STUTTGART KRIMI 4

Martina Fiess, geboren 1964 in Pforzheim, lebt als Autorin in Stuttgart. Sie studierte Kunstgeschichte und Philosophie, promovierte und war als Sachbuchlektorin und Werbetexterin tätig. Einige ihrer zahlreichen veröffentlichten Kurzkrimis spielen ebenfalls in Stuttgart. Im Emons Verlag erschienen der Kriminalroman »Tödlich schön« und die Anthologie »Nur Bacchus war Zeuge«.

MARTINA FIESS

TANZ MIT DEM TOD

STUTTGART KRIMI

Emons Verlag

Umschlagzeichnung: Heribert Stragholz
Druck und Bindung: Clausen & Bosse GmbH, Leck
Printed in Germany 2007
ISBN 978-3-89705-521-6

»Das Schlimme in der Liebe ist,
dass Krieg und Frieden ständig wechseln.«
Horaz

MONTAG

Das Opfer, wie kalt sich das anhörte. Behördendeutsch für das schreckliche Schicksal einer Frau, die nur wenige Jahre jünger war als ich. Wenn ich mir vorstellte, dass ihr Mörder jetzt, in diesem Augenblick, frei in Stuttgart herumlief und vielleicht bald wieder zuschlagen würde …

»Frau Pelzer, bitte sehen Sie sich das Foto genau an«, unterbrach Kommissar Gabriel meine Gedanken und beugte sich mit einem Farbfoto in der Hand über den Tresen. »Sind Sie sicher, dass Sie das Opfer am 28. August nicht bedient haben? Ihr Chef sagt, Sie hätten an diesem Abend Dienst gehabt.«

»Welcher Wochentag war das?«

»Mittwoch.«

Erneut betrachtete ich das Foto. Die Frau war Anfang dreißig. Dunkelbraune Locken reichten ihr bis zur Schulter. Mit ihren markanten Wangenknochen, der schmalen Nase und den sinnlich geschwungenen Lippen wirkte sie sehr attraktiv, auch wenn ihre Haut unnatürlich blass war und das Gesicht einen seltsam starren Ausdruck hatte.

»Warum sind ihre Augen geschlossen?«

Gabriel sah mich einen Moment lang schweigend an, bevor er antwortete. »Das Foto zeigt den Leichnam des Opfers. Wir wissen noch immer nicht, wer die Tote ist. Laut einer Zeugenaussage soll sie an dem Abend, an dem sie ermordet wurde, mit einem Mann hier in der Roten Kapelle gewesen sein.«

Mein Magen zog sich zu einem harten Klumpen zusammen. Ich versuchte, mir nichts anmerken zu lassen, aber ich vermied es, noch einmal auf das Foto zu sehen. »Wie … wie ist sie gestorben?«

»Sie wurde erstickt. Der Mörder hat ihre Leiche ans Neckarufer in Bad Cannstatt gelegt, wo sie am nächsten Morgen von einer Joggerin gefunden wurde.«

»Bad Cannstatt? Dann geht es um den Neckarmörder? Darüber habe ich etwas im Radio gehört.«

Gabriel wich zurück, als wolle er sich von dem reißerischen Namen distanzieren, den die Boulevardpresse sich ausgedacht hatte. »Frau Pelzer, können Sie sich wirklich nicht an die Frau erinnern? Sie müssen sie doch bedient haben.«

Während ich mit einem Schwammtuch Kaffeeränder vom Tresen wischte, musterte ich den schlanken, fast hageren Mann in dunkler Jeans und Lederjacke. Die Wattierung der Jacke konnte seine nach vorn geneigten Schultern nicht verbergen. An diese eigenartige Körperhaltung erinnerte ich mich noch, aber es waren die auffallend hellen Augen, an denen ich den Kommissar wiedererkannt hatte. Ihre Farbe erinnerte an die seltsamen Grautöne von Eis auf einem zugefrorenen See. Irritierenderweise ruhte der Blick dieser Augen noch immer auf mir, als könne er meinem Gedächtnis so nachhelfen.

Statt des Opfers des Neckarmörders sah ich das Gesicht einer anderen Toten plötzlich wieder vor mir. Monatelang hatte ich es vergeblich zu vergessen versucht. Ich ignorierte die Wellen von Übelkeit, die mein Magen aussandte, und schüttelte den Kopf.

»Tut mir leid, aber ich kann mich nicht an diese Frau erinnern. Sie sehen ja selbst, was hier schon zur Frühstückszeit los ist. In der Spätschicht bediene ich Hunderte von Gästen, da kann ich mir nicht jedes Gesicht merken.«

Dem Kommissar schien nicht aufzufallen, wie gepresst meine Stimme klang. Er steckte das Foto ein, machte aber keine Anstalten zu gehen, sondern sah sich im Lokal um. Es war kurz vor zehn, und nur noch wenige Plätze waren frei. Hip-Hop dröhnte unter den maurisch inspirierten Rundbögen. Die Rote Kapelle war für ihre spanischen Spezialitäten bekannt und bei Kreativen und Studenten beliebt, die den Westen zuhauf bevölkerten. Auch Liebhaber schöner Plätze kamen gern hierher. Malerische Ecken gab es in der Innenstadt nicht allzu viele, und zweifellos gehörte das Areal um den ehemaligen Löschwassersee zu den Highlights. Obwohl die vielbefahrene Rotebühlstraße nur ein paar Meter entfernt verlief, ließ die Aussicht auf den romantisch begrünten Feuersee und die neugotische Johanneskirche, die sich einer französischen Kathedrale gleich auf einer

Halbinsel mitten im Wasser erhob, vergessen, dass man sich in Deutschlands Auto-Hauptstadt befand.

Als der Kommissar den riesigen Stierkopf an der Wand entdeckte, hob er verblüfft die Brauen. Er wandte sich wieder zu mir. »Bei unserer letzten Begegnung arbeiteten Sie in einer Werbeagentur, wenn ich mich richtig erinnere. Haben Sie dort aufgehört?«

»Nicht direkt.« Ich schrubbte die Abdeckung der Tapas-Auslage sauber und machte eine unbestimmte Kopfbewegung. Die Formulierung »nicht direkt« war eine ziemlich geschönte Interpretation meines finanziellen Sommerlochs. Ich war als freie Texterin für Werbeagenturen tätig, das stimmte. Aber Geld verdiente ich damit zurzeit nicht, weil ich seit Wochen vergeblich auf Aufträge wartete. Bisher war der Aufschwung, den die Regierung quer durch alle Blätter mit politisch einschlägig ausgerichteten Chefredaktionen feiern ließ, komplett an mir vorübergegangen. Seit meine durch und durch schwäbische Vermieterin mir wegen Mietschulden mit fristloser Kündigung gedroht hatte, jobbte ich hier als Aushilfsbedienung. Eine demütigende Angelegenheit, schließlich hatte ich eine zweistellige Zahl von Semestern an der Universität verbracht, auch wenn mir kurz vor dem Diplom die Lust auf akademische Weihen vergangen war. Doch das musste der Kommissar nicht erfahren, unser Gespräch war auch so schon mit genügend schmerzhaften Erinnerungen verbunden.

Gabriel schien mir diesen Gedanken an der Nasenspitze abzulesen. »Ich hoffe, es geht Ihnen und Ihrem Verlobten gut. Wie hieß er gleich?«

Ein kalter Schmerz schnitt wie ein Messer durch meinen Magen, und ich zuckte zusammen. Das Schwammtuch fiel mir aus der Hand. Eine peinliche Pause entstand, während ich nach Luft rang.

»Georg Bergmann«, sagte ich schließlich. Wie fremd der Name in mir nachklang. Ich hob das Schwammtuch vom Boden auf und warf es in den Mülleimer.

»Dr. Bergmann, richtig.« Gabriel strich die halblangen dunklen Haare zurück, die schon länger keinen Friseur mehr gesehen hatten.

Wieso wurde ich das Gefühl nicht los, dass der Kommissar den Namen sehr wohl noch wusste? Plötzlich sah ich Georgs Gesicht vor mir, so deutlich, als würde er und nicht der Kommissar mir gegenüberstehen. Das sandfarbene Haar, die klaren grünen Augen mit den goldenen Punkten, die ich so gern zu Sternbildern verbunden hatte. Das lag nun schon Monate zurück, aber der Gedanke daran tat auch heute noch scheußlich weh. Kommissar Gabriel hatte die Ermittlungen geleitet, als bei meiner letzten Werbekampagne das Fotomodell unter mysteriösen Umständen ums Leben gekommen war. Wenige Tage nach dem Tod des Models hatte ich von Georgs Affäre mit ihr erfahren, woraufhin der himmlische Chor die Geigen abrupt einmottete, die bis dahin über unserer jungen Liebe geschwebt waren. Der letzte Rest von Verliebtheit verflog, als Georg wegen Mordverdacht verhaftet wurde.

Bei der Erinnerung an diese schlimme Zeit leuchtete in meinem Kopf ein neongrünes Hinweisschild mit der Aufschrift »Fluchtweg« auf. Ich wischte die Hände an einem schon ziemlich nassen Geschirrtuch ab und deutete zur Terrasse. »Haben Sie noch Fragen? Ich sollte raus, Bestellungen aufnehmen.«

»Im Moment nicht, Frau Pelzer.« Der Kommissar zog eine Visitenkarte aus seiner Jacke und reichte sie mir. Schon von Weitem erkannte ich den Polizeistern auf grün-gelb-schwarzem Streifen. »Falls Sie sich an etwas erinnern, was uns bei der Suche nach dem Täter weiterhelfen könnte, rufen Sie mich bitte an.«

Der Kommissar verließ das Lokal und stieg in einen schmutziggrauen Audi, der im Halteverbot stand. Als der Audi außer Sichtweite war, sank ich gegen den Tresen und massierte meinen schmerzenden Magen, der sich anfühlte wie schockgefroren. Während des Gesprächs mit dem Kommissar hatte ich mir nichts anmerken lassen wollen, aber die tragischen Ereignisse des Frühjahrs setzten mir immer noch sehr zu. Hoffentlich war die erneute Begegnung mit Gabriel kein schlechtes Vorzeichen für diesen Tag, wo sich doch zumindest beruflich ein kleiner Hoffnungsschimmer am Horizont zeigte.

Um mich vor dem Offenbarungseid zu retten, hatte mir meine Freundin Jeannette einen Auftrag von der Werbeagentur verschafft, für die sie arbeitete. Gleich nach meiner Schicht würde ich mich zu einem Informationsgespräch mit meinem neuen Kunden auf dem Bosch-Areal treffen. Als Jeannette mich gestern Abend anrief, um mir die frohe Botschaft zu verkünden, war mir der halbe Albtrauf vom Herzen gefallen. Endlich wieder ein Job! Nicht üppig bezahlt zwar, aber zumindest würde mein Kontostand bald etwas weniger alarmierend aussehen.

Freilich hatte sich meine Begeisterung rasch gelegt, als ich erfuhr, dass ich eine Kampagne für eine Partnervermittlung entwickeln sollte. Fast konnte ich den lieben Gott auf seiner Schäfchenwolke kichern hören. Denn ausgerechnet mich über Liebesglück schreiben zu lassen war ungefähr so sinnvoll, wie einen Schwaben nach seinen liebsten Freizeitbeschäftigungen zu fragen. Dabei konnte einfach nichts Gescheites herauskommen.

Der Weg zu meinem neuen Kunden führte mich über den Hoppenlau-Friedhof. Das zweite schlechte Vorzeichen an diesem Tag. Zu Friedhöfen hatte ich seit den Mordermittlungen gegen Georg ein zwiespältiges Verhältnis. Aber am Montagvormittag einen legalen Parkplatz in der Innenstadt zu ergattern war ein Glücksfall. Also quetschte ich meinen Corsa in eine schmale Lücke an der Rosenbergstraße und folgte dem Pfad zwischen den Grabsteinen hindurch Richtung Bosch-Areal.

Für September war es dieses Jahr ungewöhnlich mild. Die Sonne schien die globale Klimaerwärmung als neuen Zeitvertreib entdeckt zu haben. Trotzdem glitzerte an schattigen Stellen des Friedhofs noch Tau auf den Blättern der Kastanienbäume und im Gras. Mit seinen verwitterten, von Moos und Flechten überzogenen Sandsteingräbern und den zutraulichen Eichhörnchen, die ohne Scheu vor den Passanten ihre Wintervorräte anlegten, wirkte der Friedhof wie eine verwunschene Märchenlandschaft zwischen den modernen Bauten der Universität, dem Glaskasten des Edelhotels Maritim und dem umtriebigen Bosch-Areal. Doch der idyllische Eindruck täuschte. Neben dem Dichter Gustav Schwab und dem Bildhauer Johann Heinrich von Dannecker ruhten auf dem Friedhofspark auch der

Verleger Cotta und der Gründer der ersten deutschen Sektkellerei Kessler. Vielleicht versuchte die Stadt wegen der Nachbarschaft dieser weit über das Ländle hinaus bekannten Unternehmerpersönlichkeiten seit Jahren mehr oder weniger erfolgreich, auf dem ehemaligen Gelände der Firma Bosch junge Firmen anzusiedeln.

Die Partnervermittlung, deren Geschäftsführerin ich gleich traf, war erst vor ein paar Wochen nach Stuttgart gezogen und wollte ihren Kundenkreis mit einer publicitywirksamen Werbekampagne erweitern. Das war nach Jeannettes Anruf gestern so ziemlich alles, was ich bisher wusste. Diese Kampagne innerhalb von weniger als zwei Wochen auf die Beine zu stellen würde mein Job sein. Natürlich war ich Jeannette dankbar für diesen Auftrag. Allerdings war ich auch ziemlich sicher, dass ich die Falsche dafür war. Als mehrfach beziehungsgeschädigter Frau fiel es mir schwer, noch an die große Liebe zu glauben.

In meinem Leben gab es zwei Männer. Sie waren verschieden wie Tag und Nacht, aber eines hatten sie gemeinsam: Für mein Gefühlsleben waren sie die reinsten Naturkatastrophen. Seit Georgs Betrug hatte sich mein Herz in eine Gletscherlandschaft verwandelt. Das dunkelrote Samtetui mit dem goldenen Ring, der von einem funkelnden Diamanten gekrönt wurde, hatte ich im Kleiderschrank in der hintersten Ecke unter meinen Wollpullis verschwinden lassen, ebenso das Flugticket nach Venedig. Trotzdem musste ich ständig daran denken. Der Abflugtermin rückte näher und damit auch meine Entscheidung, ob ich mir eine gemeinsame Zukunft mit Georg überhaupt noch vorstellen konnte. Als der wahre Mörder des Fotomodells gefasst worden war, hatte ich versucht, unsere Beziehung wiederzubeleben. Trotz romantischen Szenarios und eines ziemlich knappen kleinen Schwarzen hatte ich dann allerdings kalte Füße bekommen, und zwar genau in dem Moment, als Georg sich vor mir auf den Boden gekniet, das Samtkästchen aufgeklappt und mich gefragt hatte, ob ich seine Frau werden wollte. Seit diesem Abend ging ich ihm aus dem Weg, wenn auch er mir nicht aus dem Sinn.

Ebenso kompliziert war der Umgang mit meinem Exfreund Teddy. Seine erotische Ausstrahlung verursachte in meinem

Körper regelmäßig Vulkanausbrüche, vor allem seit zwischen Georg und mir die emotionale Dürre ausgebrochen war. Zehn Jahre lang waren Teddy und ich ein Paar gewesen. Nach unserer Trennung hatte uns eine Laune des Schicksals in der Werbeagentur Hohlbergs Reich wieder zusammengeführt. Seit ich etwas zu tief in ein Guinnessglas geschaut und einen Rückfall auf Teddys Sofa erlitten hatte, pendelten wir irgendwo zwischen dem Austausch von Körperflüssigkeiten, gefährlicher Vertrautheit und misstrauischem Belauern. Ziemlich ungünstige Voraussetzungen also, um überzeugend für erfolgreiche Partnersuche und das Glück zu zweit zu werben, dessen trügerische Illusion das Geschäft von Partnervermittlungen war.

Das futuristisch geschwungene Glasdach schützte den Innenhof zwischen den sanierten Altbauten des Bosch-Areals vor Wind und Wetter. Offenkundig aber nicht vor dem kapitalistischen Überlebenskampf, denn inzwischen hatten sich hier statt der angestrebten Kulturszene Schickimicki-Lokale, ein Multiplexkino, Supermärkte, ein Fitnesscenter und Designerläden niedergelassen.

Am Eingang zur Partnervermittlung Lebensglück rief ich mir Jeannettes spärliche Informationen ins Gedächtnis, zupfte einige Fusseln von meinem schwarzen Blazer und drückte auf die Klingel neben der modernen Glastür. Der hölzerne Handlauf und die abgetretenen Steinstufen im Treppenhaus schienen noch originaler Baubestand zu sein. Im dritten Stock empfing mich eine Frau in einem braunen Kleid, das über den Hüften spannte.

»Guten Tag, mein Name ist Bea Pelzer. Ich komme von der Werbeagentur Hohlbergs Reich und habe um zwölf einen Termin mit Frau Brandenburg.«

Die mollige Frau bat mich herein und stellte sich als Hanna Wenzel vor. Als ich ihr zum Büro der Geschäftsführerin folgte, gab der hochgerutschte Saum den Blick auf kräftige Waden frei. Ihre flachen Schuhe quietschten auf dem Parkettboden, von dem der Geruch nach frischem Bohnerwachs aufstieg.

Geschäftsführerin Eva Brandenburg war das, was meine

Mutter eine echte Dame nannte. Schlank und groß, hielt sie sich so gerade, dass ich unwillkürlich die Schultern straffte. Das cremefarbene Kostüm harmonierte mit dem Naturweiß der Möbel in ihrem Büro, dessen Fensterfront sich zur Breitscheidstraße öffnete. Ihr goldblondes Haar war im Nacken zum Knoten zusammengefasst und passte farblich zu hochkarätigen Ohrringen und edler Halskette. Ein Seidenschal nahm den blassgelben Ton von Wänden und Teppichboden auf. Büro und Bewohnerin wirkten wie ein Gesamtkunstwerk.

Nachdem ich den Blick auf Berliner Platz und Liederhalle bewundert hatte, ließ ich mich auf einem Ledersofa nieder, dessen Kälte sofort durch meinen Hosenstoff kroch. Frau Brandenburg sank auf eine Sesselkante und neigte die Knie formvollendet zur Seite, wie meine Mutter es mir vergeblich beizubringen versucht hatte. Das Alter der Geschäftsführerin war schwer zu schätzen, Mitte oder Ende fünfzig. Sie hatte genau die Art von souveräner Ausstrahlung, von der ich sicher war, dass ich sie nie besitzen würde.

Eva Brandenburg hielt sich nicht mit höflichem Beschnuppern auf. »Jens hat mir versprochen, seine Agentur könne mir bis zum Tag der offenen Tür sämtliches Werbematerial liefern.«

Irritiert registrierte ich, dass meine neue Kundin sich mit Agenturchef Jens Hohlberg zu duzen schien und von mir offenbar nichts weniger als ein Wunder erwartete. Denn dieses Event sollte schon Sonntag in einer Woche stattfinden. Mein Gesicht schien Bände zu sprechen.

Frau Brandenburgs kleines Lächeln flaute ab. »Wie Sie vielleicht wissen, Frau Pelzer, hat sich die Partnervermittlung durch das Internet stark verändert. Wir sind ursprünglich eine klassische Partneragentur und wollen nun gezielt ein jüngeres Publikum ansprechen. Aus diesem Grund habe ich den Firmensitz von Filderstadt hierher in diese business- und freizeitorientierte Umgebung verlegt.«

»Wenn ich es richtig verstehe, möchten Sie also in Zukunft verstärkt Großstadtsingles als Kunden gewinnen?«

»Sprechen wir lieber von Klienten. Wir pflegen ein Vertrauensverhältnis, keine austauschbare Kundenbeziehung wie jeder x-beliebige Drogeriemarkt, wo sich die Kommunikation auf die Frage nach der Payback-Karte beschränkt.« Frau Brandenburg strich ihren Rock glatt. »Wir haben eine kleine, aber erlesene Klientel. Durch die neuen Flirtkurse haben wir Zulauf bekommen, deshalb habe ich Ihre Agentur engagiert.«

»Vermitteln Sie auch Kontakte übers Internet?«

Ich glaubte, Frau Brandenburg seufzen zu hören. »Das haben wir vor, dort liegt der Markt der Zukunft. Allerdings gibt es in Deutschland schon rund zweitausend Internet-Partneragenturen, und ich lege keinen Wert darauf, Nummer zweitausendundeins zu werden.« Sie fasste die Absprachen mit Hohlberg zusammen und erzählte mir von ihrem Team. »Meine Assistentin Hanna Wenzel haben Sie bereits kennengelernt. Sie ist für die Organisation hinter den Kulissen zuständig und so etwas wie die gute Seele des Hauses. Außerdem beschäftige ich zwei Halbtagsmitarbeiterinnen und freie Trainer für die Flirtkurse.«

Ich deutete auf eine Art Wall of Fame mit Fotos von strahlenden Pärchen, Hochzeitsbildern und Baby-Schnappschüssen. »Wie ich sehe, haben Sie beeindruckende Erfolge vorzuweisen.«

Frau Brandenburgs Blick glitt über die Fotos. Ihre Züge hellten sich auf. »Ich kann mir keinen schöneren Beruf vorstellen, als Menschen glücklich zu machen. Und das wahre Glück liegt nun einmal darin, den richtigen Partner zu finden, nicht wahr?«

Bevor mir eine diplomatische Antwort einfiel, erschien Hanna Wenzel. »Tut mir leid, wenn ich störe. Ihr nächster Klient ist da.«

Frau Brandenburg sah auf die Uhr. »Pünktlich auf die Minute.« Sie stand auf und zog die Ärmel ihrer Kostümjacke zurecht. »Mich müssen Sie jetzt entschuldigen. Frau Wenzel wird Sie nach draußen begleiten.«

Wenig später trat ich auf die Breitscheidstraße und atmete die sommerlich warme, leicht nach Abgasen riechende Luft ein. Erst im Auto fiel mir auf, dass ich vergessen hatte, nach Informationsmaterial über die Partnervermittlung zu fragen.

Am Rotebühlplatz wechselte ich auf die B 27a, wo ich mich im Stop and Go vorwärtsschob. Automatisch sah ich zum Locanda hinüber, das früher so etwas wie Teddys und mein Wohnzimmer gewesen war. Seit unserer Trennung mied ich dieses und einige andere Lokale und Plätze. Ebenso mied ich Orte, die mich an Georg erinnerten. Und ich mied die dreiflügelige Anlage des Finanzamtes, das sicher nicht ohne Hintergedanken in einer ehemaligen Infanteriekaserne untergebracht worden war. Wenn mein Leben nicht bald wieder in geordneten Bahnen verlief, würde ich die Stadt wechseln müssen.

Die steile Immenhofer Straße hoch schalteten alle Ampeln bei meinem Anblick auf Rot. Erst gegen halb zwei bog ich auf den Parkplatz vor der Gründerzeitvilla in der Neuen Weinsteige ein, in der Hohlbergs Reich residierte. Ich stellte den Motor ab, schloss die Augen und ließ den Kopf gegen die Nackenstütze sinken. Die Begegnung mit dem Kommissar hatte Emotionen und Erinnerungen aufgewühlt, die ich in den letzten Monaten sorgsam verdrängt hatte. Doch jetzt stürzte eine Flut von Bildern auf mich ein. Das makellos schöne Gesicht des Models, mit dem Georg mich betrogen hatte. Ihre aufreizenden Posen auf den Plakaten der Möbelkampagne. Das blutbefleckte weiße Kleid, in dem sie ermordet worden war. Schließlich verblassten die Bilder, und zurück blieb Georgs Gesicht. Nach einer Weile verschwammen seine Züge, lösten sich auf wie Spiegelungen auf einer Wasserfläche, in die ein Stein geworfen worden war.

Ich wollte gerade aussteigen, da erinnerte ich mich an mein Handy im Handschuhfach. Als ich es aufklappte, fiel mein Blick auf den tiefblau schimmernden Canale Grande vor der prunkvollen Marmorfassade eines Palazzos. Diesen Prospekt eines Luxushotels hatte ich mit einem Flugticket nach Venedig und einer kurzen Notiz von Georg vor ein paar Tagen in meinem Briefkasten gefunden. »Gib uns eine Chance und komm mit mir nach Venedig! Du wirst es nicht bereuen«, hatte er auf einen Bogen seines handgeschöpften Briefpapiers geschrieben.

Schnell griff ich nach dem Handy, knallte das Fach zu und stieg aus. Neben mir parkte ein weißer Alfa Romeo. Wie so oft stand er auf einem Platz der Geschäftsführung, obwohl er dort nichts zu suchen hatte. Der trotz kleiner Rostflecken und einer Delle in der Beifahrertür gepflegte Wagen war der ganze Stolz von Teddy, meinem Exfreund, der als Grafiker in Hohlbergs Reich angestellt war.

Die Agentur lag im zweiten Stock der Villa. Die Schokoladenseite mit Blick über den Stadtkessel war den Entscheidern vorbehalten, die bezeichnenderweise mehr mit Zahlen als mit guten Ideen zu tun hatten. Der Empfangsbereich mit chromblitzender Bar und Designersesseln roch nach kaltem Rauch. Auf der Bar standen zwei einsame Kaffeetassen, die Relikte der allmorgendlichen Besprechung zwischen Agenturchef Hohlberg und Controller Nikolas Birkner, die beide ebenso einflussreich wie humorlos waren. Durch die geschlossene Tür des Grafikateliers schraubte sich das Jaulen einer E-Gitarre in den Flur. Dumpfe Bässe ließen das Eichenparkett unter meinen Sohlen vibrieren.

Auf dem Weg zu Jeannettes Büro kam Kundenberaterin Anita auf High Heels mit einem Cappuccino aus der Küche gestöckelt. Das dritte schlechte Omen. Ich wappnete mich gegen den drohenden Zickenangriff. Anita gehörte zu den Alphaweibchen dieser aggressiven Gattung und tobte ihre Launen gerne an freien Mitarbeiterinnen wie mir aus. Ihr nicht mal annähernd knielanger schwarzer Rock umhüllte ihre Schenkel wie die Pelle die Wurst. Dazu trug sie eine ärmellose schwarze Bluse, die zum Panoramablick auf die fleischige Hügellandschaft in ihrem lila Push-up einlud.

Blasiert scannte sie mich von meinem nur rudimentär vorhandenen Scheitel bis zur Sohle meiner Deichmann-Ballerinas. »Na, endlich wieder ein Jöbchen ergattert?«, begrüßte sie mich gewohnt beleidigend. »Ich habe gehört, du arbeitest jetzt als Bedienung. Tja, die Zeiten sind hart. Da bleiben viele auf der Strecke, die nicht den nötigen Biss haben.« Sie klapperte mit lila geschminkten Lidern, anschließend mit ihren High Heels und stöckelte Po schwenkend zu Hohlbergs Büro, für den der verlockend duftende Cappuccino bestimmt war.

Die feine Ironie, dass sie zwar Kundenberaterin war, aber ebenso wie ich andere Leute bediente, nämlich ihren Chef, war ihr entgangen. Das wunderte mich nicht, denn Anitas Intelligenzquotient lag im Bereich ihrer Schuhgröße. Dafür hatte sie einen gefährlich guten Machtinstinkt und keine Skrupel, ihre weiblichen Reize gewinnbringend einzusetzen. Anita war der lebende Beweis dafür, dass frau auch in einem engen Rock große Schritte auf der Karriereleiter machen konnte.

In Jeannettes Büro hatte sich wenig verändert, seit ich das letzte Mal von Hohlbergs Reich gebucht worden war. Schwarzer Teppichboden, schwarzer Tisch mit Computer, weiße, schmucklose Wände. Ein riesiges Regal mit Ordnern und Zeitschriften, aus denen Post-it-Zettel ragten. Vor dem Fenster breitete sich das Häusermeer im Stadtkessel aus, das sich in sanften Bögen zum Haigst, zur Karlshöhe und anderen begehrten Halbhöhenlagen hinaufzog. Durch ein gekipptes Fenster drangen die Motorengeräusche von der Weinsteige herein. Die Abgase verloren das Geruchsduell gegen ein blumiges Parfüm, das von Jeannette zu stammen schien. Mit ihren meergrünen Augen, den langen schwarzen Haaren und dem fein geschnittenen Gesicht wirkte sie wie eine Elfe. Dieser Eindruck verflüchtigte sich allerdings, sobald sie den Mund aufmachte. So sensibel sie auch mit Wörtern umging, ihr derbes Mundwerk hätte ihr auf jeder Baustelle Respekt verschafft.

Meine Freundin saß inmitten von Papierknäuel, kaute auf einem Bleistift und meditierte über einem vollgekritzelten Blatt. Als Konzeptionerin entwickelte sie in Rücksprache mit Hohlberg die Werbekampagnen und domestizierte die Grafiker. Dafür brauchte sie ein Nervenkostüm aus Titanstahl und einen ebenso bruchsicheren Willen, waren Texte für Grafiker doch meist nur störende Einsprengsel ihrer Layouts, die sie daran hinderten, Designpreise zu gewinnen. Die Werbetexte schrieb Jeannette entweder selbst oder beauftragte Freelancer wie mich damit. Ihre Eloquenz hatte auch ihr ein Büro mit Blick über die Landeshauptstadt eingebracht. Zudem duldete Hohlberg ihre Ignoranz gegenüber dem Werber-Dresscode, der sich in ein Wort fassen ließ: schwarz. Jeannettes eigenwilliger Kleidungsstil ließ Außenstehende oft auf Farbenblindheit schließen. Heute trug sie zu einer grasgrünen Wildlederhose ein pinkfarbenes Shirt mit gelben Paspeln am Ärmel. Durch ihre Haare wand sich ein knallrotes Tuch.

Solange ich die Kampagne für die Partnervermittlung betreute, würde ich an dem kleinen Tisch im Erker arbeiten, der durch eine Schiebetür vom übrigen Raum abgetrennt werden konnte.

Als ich meine Tasche auf dem Rollcontainer abstellte, sah Jeannette auf und nahm den Bleistift aus dem Mund.

»Hallo, Bea. Wie war dein Date in Amors Werkstatt?« Ohne meine Antwort abzuwarten, deutete sie auf ihren Bildschirm. »Am besten, du testest gleich, ob du auf den Server kommst. Bei mir geht da nämlich nichts. Anita hat unseren Netzwerkspezialisten alarmiert, aber bis der da ist, muss ich ohne Bits und Bytes auskommen.« Sie griff nach zwei Papierknäuel und jonglierte damit. »Unser Häuptling hat um zwei ein Meeting anberaumt. Es wäre strategisch clever, wenn du ihm den Wind aus den Segeln nimmst, bevor er vor dir in die kreative See sticht.«

Agenturchef Hohlberg brachte sich zum Schrecken aller Mitarbeiter gern kreativ ein, auch wenn er dieses Wort wohl kaum korrekt buchstabieren konnte. Ich drückte den Kippschalter am Rechner, der mit den charakteristischen Geräuschen hochfuhr, dann meldete ich mich am Netzwerk an. Es klappte. »Bei mir scheint es zu gehen.«

Nachdem ich das Gespräch mit der Geschäftsführerin protokolliert hatte, bat ich Hanna Wenzel telefonisch, mir die aktuellen Werbematerialien zukommen zu lassen.

Jeannette durchwühlte die Ablagefächer auf ihrem Tisch. Kaum hatte ich aufgelegt, landete eine Stuttgarter Zeitung klatschend neben meiner Tastatur. »Ich wusste doch, dass die noch irgendwo herumliegt. In der Wochenendausgabe gab es Anfang September einen großen Partnerschaftsteil. Die Partnervermittlung hat eine Anzeige geschaltet.«

Ich blätterte bis zu den Inseraten und las vor: »Uschi aus Reutlingen mit griffigem Po und üppigem Naturbusen sucht Bumskontakt. – Knackiger Boy mit Zauberstab verwöhnt tabulose Lady.«

Jeannette kicherte. »Das wäre genau der Richtige für mich. Nach so langer Zeit als Single komme ich mir vor wie eine dieser vertrockneten Omis aus meiner Seniorenkampagne. Falten wie 'ne Trockenpflaume, drahtige Haare, die an den unmöglichsten Stellen im Gesicht sprießen, und überall Altersflecken. Nein, du musst in der Rubrik ›Flirts und Kontakte‹ suchen.« Sie trat zu mir und tippte auf eine von kleinen Herzen umrandete Anzeige.

»Lieber Herzklopfen als Herzschmerz!«, las ich laut. »Erfahrene Partnervermittlung hilft Ihnen aus der Einsamkeit. Vertrauen Sie uns Ihr zukünftiges Glück an. Wir sind diskret und absolut seriös. Rufen Sie an! Agentur Lebensglück, Telefon 0711 ...«

»Mann, da schlafen einem ja die Füße ein«, sagte Jeannette.

Als ich die Zeitung zuschlug, fiel mir die Schlagzeile auf der Titelseite ins Auge: *»Tote Frau am Neckarufer gefunden. Bevölkerung wird um Mithilfe gebeten.«*

Das musste der Mordfall sein, der den Kommissar in die Rote Kapelle geführt hatte. Das abgebildete Schwarz-Weiß-Bild schien das Foto zu sein, das Gabriel mir gezeigt hatte. Ich vertiefte mich in den Artikel.

»Einen schrecklichen Fund machte eine Joggerin am Mittwoch gegen sieben Uhr früh am Neckarufer in Bad Cannstatt gegenüber der Müllverbrennungsanlage, als sie die Leiche einer jungen Frau entdeckte. Da die Tote keine Ausweispapiere bei sich hatte, bittet die Kriminalpolizei die Bevölkerung um Mithilfe bei der Identifizierung. Inzwischen hat die Kripo die Sonderkommission ›Neckar‹ einberufen. Kommissar Tamás Gabriel, Leiter der Soko, sagte gegenüber unserer Redaktion: ›Laut Obduktionsbericht wurde das Opfer in der Nacht auf den 29. August mit einem weichen Gegenstand wie einem Kissen oder einer Decke erstickt. Ob der Fundort auch der Tatort ist, konnte noch nicht geklärt werden.‹«

»Kaum da, und schon Zeitung lesen während der Arbeitszeit! Lass das mal nicht Anita mitkriegen.« Jeannette hob den Kopf, um zu sehen, was ich las. »Oh, der Artikel über die Tote vom Neckar. Gruselig, nicht? Wieso interessierst du dich so brennend dafür?«

Widerstrebend erzählte ich vom Besuch des Kommissars in

der Roten Kapelle. »Er wollte wissen, ob ich die Frau am Abend vor ihrem Tod bedient habe.«

Jeannette schaute ungläubig. »Etwa derselbe Kommissar, der damals die Mordermittlungen gegen Georg geführt hat?«

Ich nickte schweigend und klappte die Zeitung zusammen.

»Und? War sie an dem Abend da? Hast du sie erkannt?«

»Ein Zeuge hat sie dort gesehen. Aber ich kann mich nicht an sie erinnern.«

»Ups!« Jeannette sah auf ihre Uhr. »Alarm. Du hast nur noch zehn Minuten bis zum Meeting.«

Im Besprechungszimmer saß Nikolas Birkner bereits an dem langen Glastisch. Der Controller war für Etatplanung zuständig und damit auch für mich. Als freie Mitarbeiterin stellte ich für ihn einen Kostenfaktor auf zwei Beinen dar. Kaum verwunderlich also, dass seine Aufmerksamkeit nicht mir, sondern einem Stäubchen auf dem Revers seines edlen Leinenjacketts galt. Wie Hohlberg hatte er ein Faible für Statussymbole. Damit die Agentur genug Kohle für seine Gewinnbeteiligung einfuhr, nutzte er sein schwäbisches Erbe und schikanierte die Mitarbeiter mit Sparmaßnahmen.

Als Teddy mit dem Fotografen Werner Schreier hereinkam, ballten sich düstere Wolken an meinem inneren Horizont. Sah so aus, als wäre ausgerechnet Teddy in meinem Kreativteam für die Gestaltung zuständig. Zum üblichen Kleinkrieg zwischen Textern und Grafikern kam bei uns beiden noch die verteufelt komplizierte emotionale Komponente hinzu, die bei der Möbelkampagne zu dramatischen Kollateralschäden geführt hatte.

Teddy ließ sich mir gegenüber nieder. Ich gab mir große Mühe, seinen charakteristischen Ledergeruch zu ignorieren. Obwohl er die mittlerweile ziemlich abgestoßene braune Fliegerjacke, die wir zusammen auf dem Vaihinger Flohmarkt gekauft hatten, nicht trug, gehörte ihr Geruch ebenso zu ihm wie die verwuschelten schwarzen Haare und der Dreistundenbart.

Was originelle Optik anging, hatte Werner mit seinem Don-Juan-Bärtchen und den dick gegelten, wie lackiert wirkenden Haaren mehr zu bieten. Dafür hatte der liebe Gott an seinem

Grips gespart. Werners Frauenbild hätte sogar ein Neandertaler für rückständig gehalten.

»Guten Tag, Herrschaften«, dröhnte Hohlbergs Stimme durch den Raum, begleitet von teurem Aftershave-Duft und dem rhythmischen Klackklack von Anitas High Heels.

»Time ist money, darum legen wir am besten gleich los«, verkündete Hohlberg in seinem typischen deutsch-englischen Slang, den er gern mit falsch verwendeten Marketingbegriffen anreicherte. Der Agenturchef ließ sich an der Stirnseite nieder und schob den Kopf nach oben, wie es Bandscheibenvorfall-Gefährdete in der Rückengymnastik lernen. Mit dieser übertrieben aufrechten Haltung versuchte er, seine mickrige Statur zu überspielen. Diesem Zweck dienten auch die extrabreiten Schulterpolster, die er Sonny Crockett aus der Kultserie »Miami Vice« abgeschaut hatte.

Auf Hohlbergs Nicken hin eröffnete Anita das Meeting. »Dank der guten Connections von Jens haben wir einen neuen Etat an Land gezogen: eine Kampagne für die Partnervermittlung Lebensglück. Da Jeannette mit unserem Kunden Nexx und dem Altersheim –«

»Seniorenresidenz, Anita«, unterbrach Jeannette. »Immerhin ist das die neue Positionierung, die Jens und ich entwickelt haben. Da wollen wir doch mit gutem Beispiel vorangehen.«

Anita nickte verkniffen. »Seniorenresidenz, klar. Also, da Jeannette ausgelastet ist, haben wir auf ihre Empfehlung Beatrix Pelzer gebucht. Ihr kennt Bea schon von der Möbelkampagne.« Anita blätterte in einer Jobmappe. Wahrscheinlich enthielt sie interne Informationen über den Auftrag der Partnervermittlung, die ich genauso wahrscheinlich nie zu Gesicht bekommen würde.

Betretenes Schweigen stand laut im Raum. Die Möbelkampagne hatte viel Aufmerksamkeit erregt. Leider trug der spektakuläre Tod unseres Fotomodells dazu mindestens ebenso viel bei wie die gute Leistung meines Kreativteams.

Anita sah zu Hohlberg. »Jens, wir hören.«

Der Agenturchef blickte so feierlich in die Runde, als würde er gleich den Friedensnobelpreisträger küren. »Eva und ich sind uns darin einig, dass die Partnervermittlung mit Fug und Recht den Anspruch auf Marktführerschaft erheben kann.«

Beeindruckt ließ ich die für Hohlberg recht komplexe Botschaft auf mich wirken, fragte mich aber gleichzeitig, wovon er sprach. Meinem Eindruck nach war Lebensglück von einer Marktführerschaft so weit entfernt wie Hohlberg vom Titel »Beliebtester Chef des Jahres«. Als etwas gegen meinen Schuh stieß, sah ich unauffällig unter den Tisch. Ein Cowboystiefel machte es sich neben meinen Ballerinas bequem. Mein Blick wanderte über den Tisch und landete in Teddys saphirblauen Augen. Als neben seinen Mundwinkeln die kommaförmigen Grübchen erschienen, für die ich früher einmal so viele Namen gehabt hatte, nahm mein Blick Reißaus und suchte bei Hohlberg Zuflucht, der über meine Kampagne philosophierte.

Marketingfloskeln wie Penetration, Innovation und Incentive waberten durch den Raum. Krönender Abschluss war ein für ihn typisches russisches Roulette mit Fremdwörtern. »Wir werden die Synergien zu anderen Kunden in unserem Portfolio nutzen. Ich denke da vor allem an unsere Futures für Nexx.«

Mit »Futures« meinte er »Features« und damit die Bereiche, die die Agentur für das Lifestyle-Unternehmen Nexx betreute, etwa Pressearbeit und eine Online-Zeitschrift für junge Frauen.

»Bea, stellst du uns das Werbematerial vor?«, zielte Anita instinktsicher auf meine verwundbare Stelle.

»Die Werbemittel bekomme ich heute Nachmittag«, sagte ich und sah zum Agenturchef. »Herr Hohlberg, ich denke, Sie haben recht. Wir sollten für die Public Relations unsere Plattformen bei Nexx nutzen.« Ich wies zu Jeannette und hoffte, sie würde nicht allzu erstaunt reagieren. »Nach Absprache mit Jeannette schlage ich vor, wir setzen auf Authentizität und arbeiten mit Zitaten von Kunden. Parallel sollten wir Partnersuchende im Bild zeigen.«

»Aber Werner und Teddy haben die neuen Räume letzte Woche schon fotografiert.« Anita spitzte die Lippen.

Werner setzte einen visionären Blick auf. »Wir wollen mit den weißen, cleanen Räume die Erwartungen der Singles symbolisieren.«

»Die Architektur im Bosch-Areal ist ziemlich beeindruckend. Da steckt jede Menge Geschichte drin«, unterstützte ihn Teddy.

»Uns interessieren weniger die denkmalgeschützten Räume als das, was darin passiert, nämlich dass Menschen sich kennenlernen.«

Jeannette kam mir zu Hilfe. »Genau. Hier geht's um Menschen, nicht um Architektur. Jens, du weißt, wie erfolgreich wir bei Nexx mit Einzelschicksalen emotionalisieren. Darin sind wir gut, und das weiß man in der Branche. Schließlich haben wir einen Ruf zu verlieren.«

Der Agenturchef konnte jetzt natürlich keinen Rückzieher machen. »Gut, wir setzen auf Emotionalität.«

»Aber ihr vergesst, was das alles kostet!«, wandte Anita ein. »Schließlich müssen wir mit dem Mini-Etat auskommen.«

Wie üblich beim Thema Finanzen, schaltete sich Nikolas ein. »Wie Jens so pointiert formulierte: Time is money. Wir können auf keinen Fall draufzahlen. Kunst ist hier nicht gefragt.«

»Jens, Bea hat recht«, sagte Jeannette eindringlich. »Authentizität ist unsere stärkste Waffe. Wir müssen bei so einem sensiblen Thema glaubwürdig rüberkommen und die Partnersuchenden in den Vordergrund rücken. Das wirkt authentischer als leere Räume.«

Hohlberg räusperte sich. »Nun, das sehe ich genauso. Sprecht die Details im Kreativteam ab. Morgen will ich Ergebnisse sehen.«

Ihm entging der giftige Blick von Anita. Sicher würde sie mir die ungewohnte Niederlage bald zurückzahlen.

»Von deinen guten Beziehungen zu Houdini wusste ich noch nichts«, spöttelte Jeannette, als wir in ihr Büro zurückkehrten. »Wie du die Kunden der Partnervermittlung dazu bringen willst, bei unserer Kampagne mitzumachen, darauf bin ich gespannt.«

»Wer sagt denn, dass wir mit realen Kunden arbeiten?«

Jeannette ließ ihre fein gezupften Augenbrauen in die Stirn rutschen. »Du willst die Geschichte faken.«

»Genau. Wie bei deinen Foren für GirlsOnline.«

In diesem Internet-Magazin bot die Agentur Gesprächsforen über Kosmetik oder Partnerschaft an. Um die Teilnahme anzuregen, nahm Jeannette unter falschen Identitäten teil und sorgte mit provokanten Statements für Diskussionsstoff. Dabei ließ sie mehr oder weniger dezent Hinweise auf Werbepartner einfließen.

Solange ich die Ergebnisse des Meetings festhielt, war von Jeannette eine Geräuschsinfonie aus Bleistiftkratzen, Stöhnen und Rascheln zu hören. Papierknäuel häuften sich auf, bis sie aussahen wie ein Mahnmal für Kreativität.

»Wenn du so weitermachst, hast du den Regenwald bald allein auf dem Gewissen. Was treibst du da nur?«, fragte ich schließlich.

»Ich nehme meine Zukunft in die Hand.« Jeannette malte mit den Zeigefingern die Umrisse eines Herzens in die Luft. »Allerdings war mir bisher nicht klar, was für ein schwieriges Produkt ich bin. Ziemlich knifflig, meine vielen Qualitäten in eine knackige Anzeige zu verpacken.« Sie warf das nächste Knäuel in den Papierkorb. »So ist das eben, wenn man zum Segment der Premiumklasse gehört.«

»Schreibst du etwa eine Partneranzeige für dich?«

Jeannette nickte. Ich glaubte, einen Anflug von Verlegenheit zu erkennen, aber ich konnte mich auch täuschen. Dieser Zustand war ein seltener Gast in ihrem Gefühlsspektrum.

»Weißt du, Bea«, sagte sie zögernd, »ich glaube, unser neuer Kunde ist ein Wink des Schicksals. Jeden Tag hocke ich bis spätabends hier herum und habe keine Gelegenheit, Männer kennenzulernen. Ich meine interessante Männer, nicht diese gestörten Typen aus der Agentur. Ich bin nun schon so lange Single, inzwischen weiß ich nicht mehr, wie es sich anfühlt, wenn etwas anderes – oder besser gesagt jemand anderes – als ein Kopfkissen unter mir liegt.«

»Ausgerechnet du suchst per Anzeige nach einem Mann?«

»Was ist daran so komisch? Schließlich bin ich jetzt im besten Alter. Wenn ich so schrumpelig bin wie meine Senioren, dreht sich keiner mehr nach mir um.« Sie zog ein neues Blatt aus dem Stapel.

Als ich meine Datei speichern wollte, blieb der Cursor wie festgefroren stehen. Ich schob die Maus hin und her, doch er rührte sich nicht von der Stelle. »Mein Computer hat sich gerade aufgehängt.«

»Willkommen im Klub. Unser Netzwerk entwickelt ein merkwürdiges Eigenleben. Hängt wohl mit dem Buchhaltungssystem zusammen, das kürzlich installiert wurde. Wir warten dringend auf den Mann mit dem Schraubenzieher.«

Ich musste lachen. »Von Technik verstehe ich wenig, Jeannette, aber in einem bin ich mir ziemlich sicher: Ein Schraubenzieher ist hier kaum das richtige Handwerkszeug.«

Die Tür ging auf. Anita stöckelte herein und giftete: »Ich bin nicht deine Briefträgerin.« Sie ließ eine braune Versandmappe auf meine Tastatur fallen. »Ein Radler hat das für dich abgegeben.«

Ein DIN-A5-Flyer, Anzeigen, Infos über die neuen Flirtkurse und eine Studie über den Partnermarkt waren die Ausbeute des Umschlags von Frau Wenzel. Leider war auch die Website der Partnervermittlung kaum ergiebiger: Nullachtfünfzehn-Texte und Katalogbilder mit schönen Menschen auf hellblauem Hintergrund. Langeweile pur.

Ich ging hinüber zum Grafikatelier. Vielleicht hatte Teddy Zeit, mir die Fotos der neuen Geschäftsräume zu zeigen. Aus dem Maschinenraum quollen Rauchwolken, zwischen denen sich das Aroma frisch aufgebrühten Kaffees schnörkelte. Im Grafikatelier herrschte eine befremdlich gemütliche Stimmung. Kein Tastenklicken, keine Druckergeräusche, kein Fluchen. Teddys Kollegen und eine Praktikantin mit der typischen Optik – niedlich, blond, Konfektionsgröße 34, Körbchengröße D – hingen in ihren Stühlen, die Füße auf den Tischen, und schlürften Kaffee. Fotograf Werner empfing mich mit einem entspannten Gähnen.

»Seid ihr im Streik?« Der dichte Rauch schien alle Sauerstoffmoleküle aufgezehrt zu haben. Ich versuchte, mir die Sicht frei zu blinzeln, und riss die Fenster auf.

Teddy deutete auf seinen Bildschirm, auf dem der Schoner mit dem Schriftzug »Hohlbergs Reich« zu sehen war. »Wir kommen nicht auf den Server. Wird wahrscheinlich der Router sein. Deshalb legen wir eine kreative Pause ein.«

Werner hob seine Tasse und prostete mir zu. »Wir sind dermaßen relaxt, dass wir aus Versehen Hohlbergs Luxus-Kaffeebohnenmischung aus Ostindien aufgebrüht haben.«

Der Agenturchef bewahrte in seinem privaten Küchenfach teure Genussmittel auf, die für ihn, Nikolas und Kunden reserviert waren. Obwohl es normalsterblichen Mitarbeitern verboten war, sich an diesen Schätzen zu vergreifen, bedienten sich die Grafiker gerne, wenn der Chef bei Kunden unterwegs oder anderweitig abgelenkt war. Das war auch jetzt der Fall, wie Teddy mir nun erzählte.

»Hohlberg ist mit dem Netzwerk-Doc beschäftigt.« Er grinste zu Werner hinüber. »Ich schätze aber, das Gespräch wird nicht mehr lange dauern, weil Jens von Computern noch weniger versteht als von Werbung. Den beiden dürfte bald der Gesprächsstoff ausgehen.«

Werner strich sein Don-Juan-Bärtchen glatt. »Auch wenn Jens bestimmt die letzten Reste Technikwissen zusammenkratzt, damit die Zuckerschnute so lange wie möglich sein Büro ziert.«

Sehnsüchtig schnupperte ich den Kaffeeduft. Seit einem halben Jahr wohnte über mir ein neuer Mieter. Ich kannte ihn noch nicht persönlich, legte aber auch keinen besonderen Wert darauf. Seinen Geräuschen nach zu urteilen, musste es sich um eine Mischung aus Conan der Barbar und einem Tyrannosaurus Rex handeln. Regelmäßig nachts klapperte und rumorte es über mir dermaßen laut, dass auch Ohrstöpsel nicht halfen. Vor allem dieses Klappern raubte mir den letzten Nerv. Manchmal träumte ich sogar davon – nanu? War ich so übermüdet, dass ich schon fantasierte? Klackerdiklack, klackerdiklack. Das Geräusch kam aus dem Flur und wurde lauter.

Ausnahmsweise war ich erleichtert, Anita zu sehen. Sie trat mit einer dunkelhaarigen Frau ins Grafikatelier.

»Das ist Sabina Sommer. Sie kümmert sich um die Rechner, solange unser EDV-Fachmann im Urlaub ist.«

Das war also die Frau mit dem Schraubenschlüssel. Ihr hellgrünes Kostüm brachte die Sonnenbräune ihres hübschen Gesichts und den kastanienfarbenen Lockenkopf gut zur Geltung. Lebhafte grüne Augen, sympathische Lachfältchen, Sommersprossen. Sie wirkte wie das blühende Leben und ziemlich entspannt, wenn man ihren stressigen Job als Katastrophenhelferin bedachte. Der EDV-Experte sah im Vergleich zu ihr wie ein Zombie aus.

Sabina Sommer schaute gut gelaunt in die Runde und bezog auch die Macs mit ein. Als ihre Bestandsaufnahme beendet war, schüttelte sie mir die Hand, wahrscheinlich weil ich neben ihr stand. Ihr Griff war erstaunlich zupackend. Trotz des figurbetonten Kostüms und der Pumps hätte es mich nicht gewundert, wenn sie unter den Tisch gekrabbelt wäre und dort den Kabelsalat sortiert hätte.

»Hallo, ich bin Sabina«, sagte sie und strahlte. »Freut mich, euch kennenzulernen. Anita und Herr Hohlberg haben erzählt, euer Netzwerk mache Probleme.«

Werner sprang auf und hauchte ihr einen Kuss auf den Handrücken. »Gestatten, Werner Schreier. Fotograf und Künstler.« Bewundernd glitt sein Blick an Sabinas Kurven entlang.

Teddy wischte sich die Rechte an der Jeans ab. »Teddy. Ich bin Grafiker. Und das ist mein Patient.« Er deutete auf seinen Mac und ließ Zähne und Grübchen um die Wette blitzen.

Sabina schob ihren Rock ein Stück die Schenkel hoch und setzte sich auf Teddys Stuhl. Sie sah zu Anita. »Der Server ist in Ordnung. Ich sehe mal, ob ich hier was erkennen kann.« Als sie sich wieder zum Bildschirm wandte, machten ihre Augen einen Zwischenstopp bei Teddy.

Dieser Moment genügte, um mir einen Stich zu versetzen.

Teddy war der interessierte Blick natürlich nicht entgangen. Sofort warf er sich in eine Balzpose, plusterte sich auf und strich lässig die Haare zurück. Als er sich an den Tisch lehnen wollte, sagte Sabina freundlich, aber bestimmt:

»Entschuldige, ich brauche hier den Überblick.«

Treffer versenkt, dachte ich und lächelte in mich hinein.

Teddy schob die Hände in die Jeanstaschen. Nonchalant zuckte er die Schultern. »Kein Problem. Du bist jetzt der Boss.«

Anita äugte misstrauisch in Werners und Teddys Kaffeebecher.

»Wenn du hier fertig bist, Sabina, kümmere dich bitte um die Rechner in Jeannettes und Beas Büro auf der anderen Seite des Flurs.«

Sabina nickte mir zu. »Dauert sicher nicht lange, okay?«

Jeannette empfing mich mit einer Anzeige, die sie aus der Zeitung ausgeschnitten hatte. »Bea, kommst du mit zum Speed Dating?«

»Hat das was mit schnellen Autos zu tun?«

Jeannette lachte. »Nicht alles in Stuttgart hat mit Autos zu tun. Speed Dating ist ein Blind Date mit mehreren Männern. Alles unter strenger Aufsicht, nichts Unanständiges. Und schon gar kein Sex. Jedenfalls nicht sofort.«

Das Telefon klingelte. Während Jeannette telefonierte, sammelte ich handschriftlich Ideen für meine Kampagne. Hohlberg wollte schon morgen Vorschläge sehen. Eine gute Gelegenheit, ihm zu beweisen, wie richtig Jeannette daran getan hatte, mich zu empfehlen.

Es dauerte nicht lange, bis Sabina zu uns kam.

Sie bewunderte die Aussicht durch unser Panoramafenster. »Tolle Optik. Hey, man kann sogar das Haus sehen, in dem ich wohne. Dort auf der Karlshöhe, das mit dem geschweiften Giebel.«

Beeindruckt nickte ich. Auf der Karlshöhe könnte ich mir nicht einmal einen Geräteschuppen leisten.

Sabina reanimierte ruckzuck meinen Computer. Als Jeannettes Gespräch beendet war, stellte sich Sabina vor und setzte sich an ihren Rechner. Meine Freundin erklärte mir unterdessen, was es mit einem Speed Dating auf sich hatte.

»Damit kannst du an einem Abend bis zu zwanzig Männer kennenlernen«, sagte sie begeistert. »Für jedes Gespräch hast du sechs Minuten Zeit, dann ertönt ein Gong, und der nächste Mann setzt sich zu dir.«

»Nur sechs Minuten? Wie willst du da herausfinden, ob einer von denen vielleicht der Mann deines Lebens ist?«

»Der Mann deines Lebens?« Jeannette fasste sich mit beiden Händen an den Kopf. »Och Kindchen! Sag bloß, du glaubst noch an Traummänner! Spätestens seit sich dein Märchenprinz Georg als Frosch entpuppt hat, müsstest du davon doch geheilt sein. Von Teddy red ich gar nicht, den willst du ja anscheinend auch nicht mehr.«

Ich zuckte zusammen, weil ich keinen Wert darauf legte, dass noch mehr Agenturmitarbeiter von meiner früheren Beziehung erfuhren. Je weniger Angriffsfläche ich bot, desto besser. Doch Sabina wirkte konzentriert und schien uns nicht zu beachten.

Jeannette setzte ihre Gardinenpredigt fort. »Es wird höchste Zeit, Bea, dass du etwas gegen das Chaos in deinem Liebesleben unternimmst! Außerdem sagt die Verhaltenspsychologie, man wisse schon nach wenigen Sekunden, ob man jemanden interessant findet.«

Jetzt erwies sich, dass Sabina unser Gespräch mitverfolgt hatte. »Ja, entweder man kann sich riechen oder nicht. Beim Speed Dating geraten Männer unter Flirtstress. So kriegst du schnell raus, ob ein Typ dabei ist, den du gut riechen kannst.«

»Was mich angeht, gehört Deodorant für Männer zu den wichtigsten Erfindungen der Menschheitsgeschichte«, sagte Jeannette. »Sabina, woher weißt du, wie so was abläuft?«

Sabina musterte Jeannette und mich, als überlege sie, ob sie uns Einblicke in ihr Privatleben gewähren sollte. »Ich habe schon ein paarmal mitgemacht. War spannend, auch wenn der Märchenprinz nicht dabei war. Ich glaube sowieso, der ist nur eine Erfindung unserer Mütter, damit wir eine bessere Wahl treffen als sie selbst.«

»Bist du auf Männersuche?«, fragte Jeannette unverblümt.

»Immer mal wieder.« Sabina stand auf und schüttelte die dunklen Locken zurück. »Eure Rechner laufen wieder. Jetzt muss ich rüber zu Herrn Hohlberg. Er kommt mit dem Internetbrowser nicht klar.«

»Das liegt sicher nicht am Browser«, brummte Jeannette.

Sabina lächelte stumm, woran sie gut tat. Wenn die Gerüchte stimmten, ließ Hohlberg die Agenturräume abhören.

»Wisst ihr, was Computer und Männer gemeinsam haben?«,

fragte Sabina lächelnd. »Sobald man sich einen zulegt, kommt man drauf, dass nur wenig später ein besserer zu haben gewesen wäre.«

»Das gilt auch für Chefs«, sagte Jeannette trocken.

Wir kicherten dreistimmig.

Als ich um zehn vor dem Haupteingang des Pragfriedhofs parkte, hießen mich die Glocken der Friedhofskapelle willkommen. Froh, endlich daheim zu sein, betrat ich das schon etwas marode Mehrfamilienhaus, in dem ich seit der Trennung von Teddy und einem kurzen emotionalen Asyl in Jeannettes WG lebte. Im Treppenhaus hing das künstliche Zitronenaroma eines Haushaltsreinigers. Bestimmt hatte meine Vermieterin die Kehrwoche zelebriert, die ich am Wochenende hätte erledigen sollen. Frau Graislinger war siebzig, schwerhörig und schon etwas wackelig. Trotzdem konnte sie nicht einmal das Jüngste Gericht davon abhalten, mit Argusaugen zu kontrollieren, wann und wie gründlich und mit welchem Reiniger die Mieter die heilige Pflicht der Kehrwoche erledigten.

Ich schob die Haustür behutsam ins Schloss, verzichtete wegen der klappernden Briefkastendeckel darauf, nach der Post zu sehen, und streifte die Ballerinas ab. Auf Strümpfen huschte ich die Treppe hinauf. Frau Graislinger wohnte direkt unter mir und lauerte gern hinter dem Spion. Da ich keine Lust auf Vorwürfe wegen des geschändeten Lokalheiligtums und der überfälligen Miete hatte, schlich ich an ihrer Tür vorbei, durch die Blaskapellenmusik in Volksfest-Lautstärke dröhnte. Freilich war das keine Garantie dafür, dass die Luft rein war. Frau Graislingers Gehör war geradezu ein medizinisches Wunder, wenn es um die Bloßstellung ihrer Mieter ging.

Erfreulicherweise kam ich unbeschadet in meiner Wohnung an. Sie bestand aus zwei Zimmern, Küche, Bad und einem winzigen Balkon, der einen exklusiven Blick auf die Wand des Nebenhauses bot. Ich zog einen Jogginganzug über, nahm ein Bier aus dem Kühlschrank und holte die Zeitung aus meiner Tasche, die ich aus der Agentur mitgenommen hatte, um den Artikel über die unbekannte Tote in Ruhe zu Ende zu lesen.

»Das Opfer ist 1,65 Meter groß, Anfang 30, hat braune, schulterlange Haare und grüne Augen. Auffallend sind das ovale Grübchen an ihrem Kinn und die hohen Wangenknochen. Die Frau war bekleidet mit einer weißen Jeans der Marke Levi's, einer grünen Bluse mit aufgestickten Sternchen und schwarzen Pumps der Größe 38. Wer kann die Tote identifizieren oder hat sie am Abend des 28. August gesehen? Hinweise nimmt jede Polizeidienststelle entgegen.«

Die Frau war nicht einmal so alt geworden wie ich. Mit einem mulmigen Gefühl im Magen fragte ich mich, was für schreckliche Dinge sie zwischen ihrem Aufenthalt in der Roten Kapelle und dem Moment, als ihr Mörder sie erstickte, erlebt haben musste. Dann stutzte ich und überflog den Artikel erneut. Wieso wurde die Rote Kapelle nicht erwähnt? Wollte die Kripo diese Information zurückhalten? Andererseits war der Bericht über eine Woche alt, vielleicht wusste sie damals noch nichts davon. Noch ein wichtiger Aspekt fehlte: Von dem Mann, in dessen Begleitung sie laut Kommissar Gabriel am Abend ihres Todes in der Kneipe gesehen worden sein soll, war hier nichts zu lesen.

Ich schlug meinen Kalender auf und blätterte zu den Einträgen vom 28. August. Um zehn Uhr früh hatte ich ein unerfreuliches Gespräch mit meinem Bankmenschen wegen des Überziehungslimits gehabt. Und ab acht Uhr abends hatte ich in der Roten Kapelle gearbeitet. Wann die ermordete Frau dort gewesen sein soll, hatte der Kommissar nicht genauer eingegrenzt. Möglicherweise hatte ich sie tatsächlich bedient. Wenn ja, konnte ich mich nicht mehr erinnern. Ich konnte mich an überhaupt nichts mehr erinnern, was an dem Tag geschehen war. Denn als ich an diesem Abend heimgekommen war, hatte ich die Nachricht von Georg und das Ticket nach Venedig in meinem Briefkasten gefunden.

Bevor ich ins Bett ging, kontrollierte ich den Anrufbeantworter im Wohnzimmer. Das rote Lämpchen blinkte. Ob Georg angerufen hatte? Sollte ich die Nachricht abhören? Vermutlich war es sowieso meine Mutter. Ich drückte die Wiedergabetaste.

»Hallo, Bea. Ich bin's, Georg.« Pause. »Ich hoffe, es geht dir gut und du begleitest mich nach Italien. Wir müssen uns endlich aussprechen. Ruf mich bitte an.«

Es war schon kurz vor elf. Um diese Zeit schlief Georg längst. Das entband mich von der Entscheidung, ob ich zurückrief oder nicht. Ich löschte die Nachricht und ging schlafen.

DIENSTAG

Am nächsten Vormittag führte mich Hanna Wenzel in einen großen Raum. Vier Kinosessel standen nebeneinander vor einer Wand, gegenüber erstreckte sich eine lange Bar mit Hockern. In der Raummitte wurden drei Tische mit je zwei Stühlen von U-förmig aneinandergerückten Tischen eingerahmt.

»Hier finden die Flirtkurse statt.« Frau Wenzel bat mich an einen der Zweiertische. »Die Trainer simulieren dabei typische Kennenlern-Situationen wie etwa eine Begegnung an einer Hotelbar. Ein Mann und eine Frau spielen diese Situation durch. Die Kursteilnehmer und die Trainer geben Tipps und machen auf Fehler aufmerksam.«

Ich überreichte ihr eine Liste mit Werbemaßnahmen. Frau Wenzel vertiefte sich in meine Vorschläge. In ihren schulterlangen aschblonden Haaren entdeckte ich honigblonde Strähnen, die vermutlich von der Sommersonne aufgehellt waren. Frau Wenzel schien kaum der Typ, der sich die Haare färbte. In ihrer beigen Bluse, der dunklen Jeans und den Mokassins wirkte sie ziemlich ungekünstelt. Was es wohl für sie bedeutete, jeden Tag mit Menschen auf der Suche nach Liebe zu tun zu haben? So viele Hoffnungen und Träume konnte doch auch eine Partnervermittlung kaum erfüllen. Sie selbst trug keinen Ehering, aber ich bemerkte einen schmalen Streifen heller Haut an ihrem Ringfinger.

Als sie aufsah, fühlte ich mich bei einer Indiskretion ertappt. Rasch deutete ich auf mein Konzept und erklärte, dass ich die Interviews mit Partnersuchenden in Printmedien und GirlsOnline platzieren wollte.

»Vielleicht können Sie uns einige Klienten empfehlen, die sich dafür zur Verfügung stellen. Eventuell auch für Fotos.«

»Sie möchten unsere Klienten fotografieren?«, fragte Frau Wenzel kritisch.

»Wir können die Flirtkurse gerne auch mit Fotomodellen nachstellen«, sagte ich schnell.

»Fotomodelle?« Noch eine Tonlage höher.

»Ich spreche nicht von Hochglanzschönheiten, sondern von Menschen wie Ihnen und mir.« Kaum war dieser Satz aus meinem Mund, durchlief es mich kalt. Ich überlegte, wie ich die Situation retten konnte.

Zu meiner Überraschung hellte sich das Gesicht von Frau Wenzel auf. »Genau das ist der kritische Punkt, Frau Pelzer, und er erfordert viel, nun ja, Sensibilität.« Sie lächelte jetzt beinahe. »Wie Sie gesagt haben, sind unsere Klienten nicht perfekt, sondern Menschen wie Sie und ich. Sie haben Schwächen, unrealistische Erwartungen und machen sich oft falsche Vorstellungen über ihren Marktwert. Trotzdem wünschen sich viele, die zu uns kommen, einen Partner, der aussieht wie ein Kinostar. Frau Brandenburg braucht viel Fingerspitzengefühl, damit ihre Vorschläge mit diesen Idealvorstellungen konkurrieren können.« Sie sah auf ihre Armbanduhr. »Bald beginnt ein Flirtkurs, wir sollten zum Ende kommen.« Sie deutete auf den letzten Punkt meiner Liste. »Was hat es mit dieser Modenschau auf sich?«

Diese Idee war mein ganzer Stolz. »Wir planen diese Aktion für Ihren Tag der offenen Tür: eine Modenschau, bei der sich Ihre Klienten als Models selbst präsentieren. Natürlich nur, wer möchte und sich das zutraut. Mit dieser publicityträchtigen Aktion sichern wir uns die Aufmerksamkeit der Presse. Und wir positionieren Lebensglück wie von Frau Brandenburg gewünscht als junges, ideenreiches Unternehmen.«

»Ich werde mit Eva darüber sprechen.« Frau Wenzel stand auf.

Ich folgte ihr durch den Flur. An der Wand lehnte ein Mann. Seine Schultern waren nach vorn geneigt, und die Hände beulten die Taschen der schwarzen Lederjacke aus. Beim Geräusch unserer Schritte blickte er auf und stieß sich von der Wand ab. Es war Kommissar Gabriel.

Frau Wenzel blieb stehen. »Guten Tag. Was kann ich für Sie tun?«

Der Kommissar zeigte ihr seinen Dienstausweis, ohne mich zu beachten. »Gabriel, Soko Neckar. Sind Sie die Leiterin des Instituts?«

Frau Wenzel wirkte kurz irritiert, dann schüttelte sie den Kopf und deutete zum Büro ihrer Chefin. »Das ist Frau Brandenburg. Worum geht es?«

»Wir ermitteln im Fall der Toten, die Ende August in Cannstatt gefunden wurde. Ist Frau Brandenburg zu sprechen?«

»Ich führe Sie zu ihr.«

Jetzt fixierten die hellen Augen des Kommissars mich. »Frau Pelzer. Bemerkenswert, wie schnell wir uns wiedersehen.«

Frau Wenzel war schon im Gehen begriffen, zögerte aber nun und sah verwundert zwischen mir und Gabriel hin und her.

Der Kommissar löste seine Augen gerade lange genug von mir, um Hanna Wenzel zu signalisieren, sie möge sich noch einen Moment gedulden.

»Was führt Sie hierher?«, fragte er mich dann.

»Mich?«, rutschte es mir heraus. »Mein Beruf. Ich meine, ein Auftrag für eine Werbeagentur.«

»Sie scheinen eine vielbeschäftigte Frau zu sein.«

»Und warum genau sind Sie hier? Hat dieser schreckliche Mord etwas mit der Partnervermittlung zu tun?«

Der Kommissar wippte auf den Sohlen und betrachtete seine Schuhspitzen. Als er wieder aufsah, landete der Blick seiner Augen zielsicher in meinen. »Wir überprüfen zurzeit alle Kontakte des Opfers. In ihrem Adressbuch fanden wir die Telefonnummer dieser Firma.«

Er sah zu Hanna Wenzel, die reglos wie in Stein gehauen unser Gespräch verfolgte.

Die Eingangstür ging auf, und zwei junge Frauen kamen herein. Sie redeten miteinander, lachten und wirkten ziemlich aufgedreht.

Der Kommissar deutete auf eine Tür am Ende des Flurs. »Ist dort die Geschäftsführung?« Im Sprechen setzte er sich in Bewegung.

Frau Wenzel nickte. Ihr Gesicht war weiß wie die frisch gestrichene Flurwand hinter ihr. Das wunderte mich nicht, schließlich war es für niemanden erfreulich, die Polizei im Haus zu haben. Erst recht nicht für eine seriöse Partnervermittlung, die von einem untadeligen Image und dem Vertrauen ihrer Kunden lebte. Sie grüßte die beiden Frauen, die auf den Flirtkursraum zusteuerten. Dann sah sie zum Kommissar und schien zu überlegen, ob sie ihm folgen sollte. Doch die Tür von Frau Brandenburgs Büro schloss sich eben hinter ihm.

Ich verabschiedete mich. Im Treppenhaus atmete ich durch. Schon wieder der Kommissar! Sollten sich die schlechten Vorzeichen von gestern etwa bewahrheiten?

Auf der Treppe kam mir eine junge Frau entgegen, die im Rhythmus ihrer Schritte gut gelaunt summte. An dem hellgrünen Kostüm erkannte ich die Urlaubsvertretung aus der Agentur.

Überrascht blieb ich stehen. »Sabina! Was machst du hier?«

Auch sie erkannte mich sofort. »Hallo, Bea. Das Gleiche könnte ich dich fragen.«

Ich deutete zur Partnervermittlung. »Hohlberg hat mich für eine Kampagne gebucht.«

Sabina lächelte. »Ich nehme an einer Fortbildung teil.«

»Eine Fortbildung? Hier?«

Mein erstauntes Gesicht brachte Sabina zum Lachen. »Warum schaust du so verblüfft? Heute ist es doch ganz normal, sich in Liebesdingen professionell coachen zu lassen.«

»Stimmt, du hast erwähnt, dass du an diesen Speed Datings teilnimmst.« Ich erzählte Sabina von den Interviews, die ich mit Partnersuchenden durchführen wollte. Spontan fragte ich, ob sie Lust und Zeit hätte, mir von ihren Erfahrungen zu berichten.

»Ja, gerne. Ich hab noch Zeit, bis mein Kurs beginnt.«

Wenig später waren wir im Café Felix in eine lebhafte Unterhaltung über Partnersuche vertieft. Als der Kellner unsere Getränke brachte, strich Sabina den Milchschaum von ihrem Cappuccino und leckte genüsslich den Löffel ab.

»Hm, lecker, wenn Kakao und Zucker so dick darübergestreut sind.« Sie kicherte hinter vorgehaltener Hand. »Zum Glück ist das bei mir noch nicht der Alterssex.«

»Alterssex?«

»Ja, meine Großmutter sagte immer, je weniger Sex eine Frau habe, desto gieriger sei sie auf Süßes. Und da bei den meisten

Pärchen mit den Jahren die Lust nachlässt, dafür aber die Konfektionsgröße steigt, nannte sie das eben den Alterssex.«

»Wie lange bist du schon auf der Suche nach einem Partner?«

»Ach, ich suche nicht direkt. Jedenfalls nicht nach dem Mann fürs Leben, eher für gewisse Stunden und ein bisschen Spaß.« Sie lachte. »Ich hab keine Lust auf Bausparvertrag, Reihenhaus oder eine Traumhochzeit in Weiß. Ich möchte das Leben genießen und spontan sein, statt mich fest zu binden.«

»Da bist du wahrscheinlich eine Ausnahme. Ich glaube, dass die meisten Frauen nach einem Partner fürs Leben suchen.« Ob das auch auf mich zutraf? Georg war der erste Mann gewesen, mit dem ich mir das hätte vorstellen können.

»Ja, das kann schon sein. Scheint bei uns irgendwie genetisch einprogrammiert.« Sabina musterte mich interessiert. »Suchst du auch nach Mister Perfect? Oder hast du ihn etwa schon gefunden?«

»Ich bin in so einer Art Übergangsstadium«, wich ich aus. »Wie stellst du dir deinen Wunschpartner vor?«

»Groß. Schlank. Muskulös. Dunkelhaarig. Blauäugig. Charmant. Intelligent.«

Ich musste lachen. »Falls Frau Brandenburg so ein sensationelles Exemplar in ihrer Kartei hat, gibt sie es bestimmt nur ungern her.«

»Na ja.« Sabina rührte etwas verlegen in ihrer Tasse. »Es gibt da schon einen Mann, der mir gefallen könnte.« Sie beugte sich zu mir herüber. »Das musst du jetzt aber für dich behalten. Weißt du, da ist ein total süßer Typ in meinem Flirtkurs. Eigentlich haben wir unser erstes Date sogar schon hinter uns. Letzte Woche haben wir im Kurs eine Übung zusammen gemacht. Wir saßen an der Bar wie zufällig nebeneinander und haben geflirtet. Die anderen haben uns dabei zugesehen. So ähnlich wie bei Versuchstieren.«

Ich nickte. »Frau Wenzel hat mir erzählt, wie das abläuft.«

Sabina drehte eine Locke um den Finger. »Wir waren das reinste Dreamteam. Bei uns flogen die Funken wie bei einer Wunderkerze. Und jetzt haben wir uns verabredet.« Sie machte ein Gesicht wie eine Katze, die eben eine Maus verspeist hat.

»Gratuliere. Vielleicht wird daraus ein Feuerwerk. Wenn ihr bald heiratet, gib mir bitte Bescheid. Das wäre eine geniale Werbung für die Partnervermittlung.«

Sabina lachte. »Du erfährst als Erste davon, versprochen.« Sie legte ein paar Münzen auf den Tisch. »Jetzt muss ich los. Der Kurs fängt gleich an. Wir sehen uns sicher noch in der Agentur.«

Auf einem Notizblock hielt ich unser Gespräch fest. Auch Sabinas Bemerkung über Alterssex, die würde Jeannette gefallen.

Den Nachmittag über feilte ich an meinem Konzept. Jeannette hatte ein Meeting bei Nexx, und so war ich ungestört. Trotzdem saß ich wie auf glühenden Kohlen und wartete, bis Hohlberg mich zu sich bat. Gegen Abend sah ich so oft auf die Uhr wie auf den Bildschirm. Spätestens Viertel vor acht musste ich los, um rechtzeitig in der Roten Kapelle zu sein. Auch wenn ich wieder einen Auftrag hatte, wollte ich das Bedienen zur Existenzsicherung beibehalten.

Als ich mich bei Anita abmeldete, erfuhr ich beiläufig, dass der Chef seit Stunden außer Haus war und erst morgen Zeit für mich hatte. Mein Körper hatte umsonst Adrenalin ausgeschüttet.

Das tat er auch, als mein Corsa sich von einer roten Ampel zur nächsten schob. Am Österreichischen Platz war es bereits acht. Ich würde zu spät kommen. Während ich auf Grün wartete, schaltete ich das Radio ein. Die Nachrichten begannen.

»Wie unser Polizeireporter mitteilt, gibt es neue Erkenntnisse im Fall des Neckarmörders«, verkündete der Sprecher. Ich drehte den Ton lauter. »Die Leiche der jungen Frau war Ende August im Neckarauenpark in Bad Cannstatt entdeckt worden. Da die Polizei keine Ausweispapiere bei der Toten fand, wurde die Bevölkerung um Mithilfe bei der Identifizierung gebeten. Inzwischen konnte ihre Identität geklärt werden. Wie die Polizei mitteilt, handelt es sich um eine zweiunddreißigjährige Angestellte der Stadtverwaltung. Bei der Obduktion seien vielversprechende Hinweise auf den Täter entdeckt worden, meldet die Kriminalpolizei.

Man wolle die Details aus ermittlungstaktischen Gründen aber noch zurückhalten.«

Als die Verkehrsmeldungen begannen, schaltete ich ab. Wie es in Stuttgarts Innenstadt aussah, wusste niemand besser als ich. Ich überlegte, was es mit den vielversprechenden Hinweisen auf sich haben könnte. War damit etwa die Telefonnummer der Partnervermittlung gemeint, die Gabriel heute Morgen aufs Bosch-Areal geführt hatte? Aber die war wohl kaum bei der Obduktion entdeckt worden. Mir wurde schlecht bei dem Gedanken, möglicherweise erneut in einen Mordfall verwickelt zu werden. Ob einer meiner Kollegen aus der Roten Kapelle die Tote auf dem Foto gestern wiedererkannt hatte?

Grün. Als ich einen Parkplatz gefunden hatte, rannte ich los und erreichte um zehn nach acht den Feuersee. Der Germanistikstudent, den ich ablösen sollte, war schon ziemlich genervt.

»Ein paar Tische habe ich schon auf dich gebongt«, sagte er und nannte mir die Tischnummern, bevor er grußlos davonging.

Nach einer Stunde Bestellmarathon fühlten sich meine Füße zwei Nummern größer an. Das galt leider nicht für meine Schuhe. Ich machte eine Pause hinter der Bar und trank ein Mineralwasser.

Ein weiterer Gast drängelte sich an den dicht besetzten Tresen.

»Wohl bekomm's, schöne Frau. Für mich bitte ein Weizen.«

Diese Stimme kannte ich. Mit einem raschen Blick vergewisserte ich mich.

»Teddy, was für ein Zufall«, bemerkte ich sarkastisch. Was hatte mein Ex hier zu suchen? Der Westen war eindeutig nicht sein Revier. Ich schenkte ein Bier ein und stellte es auf die Theke.

Teddy schob die Ärmel seiner Fliegerjacke hoch und zog das Glas zu sich. »Hab gehört, du machst jetzt in Gastronomie. Ich war zufällig in der Gegend und dachte, ich schau kurz vorbei.« Er prostete mir zu und trank einen Schluck. Dabei ließ er mich nicht aus den Augen.

Verwirrt griff ich nach dem Schwammtuch und reinigte die Tapas-Auslage, obwohl ich das gerade erst getan hatte. »Zufällig in der Gegend?«, spöttelte ich. Teddy lebte am Markusplatz in der Dachwohnung, die bis letzten Sommer auch mein Zuhause gewesen war. Seine Kneipentouren führten normalerweise ins Heusteig- und ins Lehenviertel. »Woher weißt du, wo ich arbeite?«

Teddy wischte sich Bierschaum vom Mund. »Ich glaub, das hat Jeannette mal erwähnt.«

Ich bemühte mich um eine gleichgültige Miene. Tatsächlich ärgerte ich mich, und zwar weniger über meinen Ex als über mich selbst. Seit ich vor vier Monaten wieder mit ihm geschlafen hatte, genügte ein intensiver Blick seiner saphirblauen Augen oder das Heben eines Mundwinkels, bis diese verwünschten kommaförmigen Grübchen erschienen, um mich zu verunsichern. Wieso schaffte ich es nicht, Teddy wie jeden anderen zu behandeln? Die Antwort war simpel. Weil er meine Schwächen viel zu gut kannte, konnte er seine Charme-Attacken direkt an meinen Soll-Bruchstellen ansetzen. Wir waren uns zu vertraut. Gefährlich vertraut.

Teddy lehnte sich zu mir und hob mein Kinn hoch, bis unsere Augen sich trafen. »Du siehst müde aus, Bea.«

Mein Blick verlor in der blauen Tiefe den Halt. Sicherheitshalber krallte ich die Finger um die Kante des Tresens.

Ohne mein Kinn freizugeben, schüttelte Teddy sanft den Kopf. »Glaubst du nicht, du mutest dir zu viel zu? Tagsüber Stress in der Agentur und abends hier, das hältst du auf Dauer unmöglich durch.«

»Sag das mal meiner Vermieterin.« Ruppig drehte ich mich weg und befreite mich aus dem Bannstrahl.

Teddy schaute in sein Bierglas und murmelte: »Du hättest nicht ausziehen müssen.« Er sah auf. »Bea, ich hatte nie Gelegenheit, dir zu sagen ... Mir tut wirklich leid, was letztes Jahr passiert ist.«

Ich wusste sofort, was er meinte. Oder besser gesagt, wen, nämlich die blutjunge Bedienung, mit der er sich nackt auf dem Sofa gewälzt hatte, als ich eines Abends früher heimgekommen war.

»Du bedeutest mir sehr viel, Bea.«

Das klang ziemlich ehrlich. Eigentlich zu ehrlich für Teddys Verhältnisse, denn er liebte es, mit meinen Gefühlen zu spielen. Höchste Zeit, mich auf sicheres Gelände zu flüchten, bevor die emotionale Mine in mir hochging und ich mich an seine Brust warf.

Energischer als nötig wischte ich den Tresen ab. »Ist dir schon aufgefallen, dass du eine geradezu pathologische Vorliebe für Bedienungen hast? Vielleicht solltest du dir einen Therapeuten suchen.« Das saß, aber leider verweigerte mein Herz den geordneten Rückzug und wummerte wie verrückt. Konnte es sein, dass Teddy mich noch immer liebte?

Aus der Ferne hörte ich jemanden rufen. »Bea! BEA!« Das war der Kollege, mit dem ich bediente. »Deine Gäste zetteln eine Revolte an, wenn du dich nicht schleunigst auf der Terrasse blicken lässt!«

Kurz sah ich zu Teddy. Sein Kopf war auf die Hand gestützt, sodass ich sein Gesicht nicht sehen konnte.

»Bin schon unterwegs.« Kaum hatte ich den nächsten Schwung Gläser aufs Tablett gestellt und war damit auf dem Weg zur Terrasse, merkte ich, dass etwas mit der Schwerkraft nicht stimmte. Hatte sich die Erdachse verschoben? Oder war Newtons Gesetz über die Gravitation in Stuttgart plötzlich ungültig? Die Gläser rutschten mir vom Tablett und zersprangen auf dem Boden. Als ich die Splitter zusammengefegt hatte, stolperte ich mit der nächsten Bestellung über ein Stuhlbein. Es gehörte zu dem Stuhl, auf dem Teddy nun auf der Terrasse saß und rauchte. Zum Glück konnte ich die ofenheißen Tonschalen mit Tapas einfangen, bevor sie ihn erschlugen.

»Du solltest zum Zirkus wechseln«, rief mir ein Gast zu.

Mit roten Backen flüchtete ich vor dem Gelächter auf die Toilette und spritzte mir kaltes Wasser ins Gesicht. »Reiß dich zusammen. Schließlich bist du eine erwachsene Frau.«

Meine Moralpredigt half. Die Schwerkraft schien sich wieder eingependelt zu haben. Bis ich sah, wie sich eine Frau in knallengen Jeans und einem tief ausgeschnittenen orangen Shirt zu Teddy an den Tisch setzte. Als ich am Tisch nebenan abkassierte, erkannte ich die hübsche Dunkelhaarige. Es war Sabina. Sie wirkte frisch und entspannt, als wäre sie eben aus einem Karibikurlaub zurückgekehrt. Das kräftige Orange des Shirts und ein um die Schultern gelegter passender Pulli betonten ihre Sonnenbräune.

Teddy winkte. Widerwillig trat ich an seinen Tisch.

Sabina ließ sich gerade von ihm Feuer geben. Als sie mich entdeckte, stutzte sie. »Bea! Was machst du denn hier?«

Ihre getuschten Wimpern ließen die grünen Augen leuchten, und die bildeten einen tollen Kontrast zu ihrem orangen Shirt. In meinen schwarzen Unisex-Klamotten kam ich mir dagegen wie ein Grufti vor.

»Geld verdienen«, sagte ich achselzuckend und blickte zu einem chromglänzenden Motorrad unter einer Platane. »Ich spare für eine Harley Davidson.« Du lieber Gott, was faselte ich da nur?

Sabina sah überrascht aus. »Du fährst Motorrad?«

Teddy zündete sich eine Zigarette an. Ohne mich anzusehen, brummte er: »Ich glaube, Bea fährt eher Schlitten. Und zwar mit uns.« Charmant lächelte er Sabina an. »Du wolltest ein Radler?«

Wortlos stellte ich wenig später das Radler vor Sabina ab. Immer wieder spähte ich zu den beiden hinüber. Sabina lachte ausgelassen und wirkte sehr sexy. Bei Teddy erkannte ich ein typisches Verhaltensmuster. Der Jäger hatte die Beute ausgemacht und legte nun seine Spezialfallen aus: Grübchen, Saphirblick und Ladykiller-Charme.

Ich ärgerte mich über den Blödsinn mit der Harley, den ich vorhin in einem Anfall von Stutenbiss erzählt hatte. Von wegen heiße Braut auf PS-starker Harley! Ich kam mir eher vor wie ein verbeulter Gebrauchtwagen, der auf den Schrottplatz wartete. Sabina war dagegen ein auf Hochglanz polierter fabrikneuer Sportwagen. Teddy liebte Sportwagen. Und er war dabei, in null Komma nichts auf zweihundert Sachen zu beschleunigen.

Eine Stunde später schienen die Demütigungen endlich ausgestanden. Teddy wollte zahlen. Geschäftsmäßig nickte ich, rechnete die Getränke zusammen und vermied den Blickkontakt. Je früher die beiden Turteltauben verschwanden, desto besser. Vielleicht gelang es mir dann, mich wieder auf meinen Job zu konzentrieren.

Sabina wollte nach dem Feuerzeug greifen. Teddy kam ihr zuvor. »Feuer, schöne Frau?«, salbte er.

Vorhin hatte er mich so genannt. Ich ballte die Fäuste, lockerte sie allerdings gleich wieder. War ich etwa auf Sabina eifersüchtig?

Teddy versenkte die Hand, zwinkerte Sabina zu und ließ mich blöd herumstehen. Er zog einen Schein und einige Münzen hervor, suchte einen Euro heraus und reichte ihn mir zusammen mit dem Schein. »Stimmt so«, sagte er gönnerhaft.

Von der Theke aus beobachtete ich, wie die beiden die Terrasse verließen und am Feuersee entlangschlenderten. Sabinas Pulli rutschte von ihren Schultern. Bevor er auf den Gehweg fiel, fing Teddy ihn auf. Wie selbstverständlich ließ er seinen Arm um ihre Schultern liegen, als gehöre er dorthin. Die beiden verschwanden in der Dunkelheit.

MITTWOCH

Jedes siebte Paar in Deutschland lernte sich heute übers Internet kennen, behauptete die Studie. Bei jedem dritten Paar hatte es gerade mal vier Wochen gedauert, bis der Blitz einschlug. Das klang, als wäre erfolgreiche Partnersuche einfach wie das Brezel-Backen. Vielleicht war mein Liebesleben so verkorkst, weil ich bisher auf zufällige Bekanntschaften in der realen Welt vertraut hatte.

Jeannette blätterte in einer Frauenzeitschrift auf der Suche nach Themen für das Internet-Magazin GirlsOnline. »Sag mal, Bea. Was hältst du davon, einen Artikel über Partnersuche zu schreiben? Darin könntest du für deine Modenschau werben.«

»Sollte ich das vorher nicht von Hohlberg absegnen lassen?«

»Ich dachte, du hast das gestern mit ihm geklärt?«

»Wollte ich auch. Ich hab den ganzen Tag darauf gewartet, mit ihm sprechen zu können. Als ich gehen musste, sagte Anita, Hohlberg sei seit dem Mittagessen außer Haus.«

»Organisation war schon immer die Stärke dieser Agentur.« Jeannette schob die Zeitschrift zurück ins Regal. »Auf eines können wir uns wenigstens verlassen. Eine Cruise-Missile wird hier niemals einschlagen. Die sucht sich nämlich intelligente Ziele.« Sie gähnte ausgiebig. »Gott, bin ich müde. Ich bring dir auch einen Kaffee mit.«

Während Jeannette zur Küche unterwegs war, widmete ich mich erneut der Studie. Plötzlich hörte ich draußen eine Frau aufschreien. Jemand klapperte auf hohen Absätzen über den Flur zur Geschäftsführung. Das war Anitas Jingle. Sekunden später erneutes Klappern, diesmal mehrstimmig und in die andere Richtung. Was war da draußen nur los?

Die Tür wurde aufgerissen, und Jeannette steckte den Kopf herein. Ihre Augen waren geweitet, als hätte sie in der Küche noch ganz andere Drogen als Kaffee konsumiert. »Bea, komm rüber ins Besprechungszimmer. Sofort!«

Ihre Stimme klang so ernst, dass ich mir sofort die wildesten Schreckensszenarios ausmalte. Hatte sich Eva Brandenburg über mich beschwert? Oder sich für eine andere Agentur entschieden, und Hohlberg brauchte nun einen Sündenbock, an dem er seine Wut über den verlorenen Etat abreagieren konnte?

Im Laufschritt folgte ich Jeannette über den Flur. Je näher wir dem Besprechungszimmer kamen, desto lauter dröhnte eine Männerstimme. Als wir den Raum betraten, verstummte das Dröhnen. Statt wie befürchtet Hohlberg erwarteten uns Anita und Nikolas. Der Controller würdigte mich wie üblich keines Blickes. Aber etwas an seiner Haltung, die weniger arrogant als sonst wirkte, signalisierte mir, dass diesmal nicht seine Verachtung für freie Mitarbeiter daran schuld war. Er stand mit verschränkten Armen vor dem Flachbildschirm des Fernsehers, der über einem niedrigen Rollregal mit Videorekorder und DVD-Player an der Wand hing.

Ich folgte Nikolas' Blick auf den Fernseher. Menschen unter Schirmen drängten sich im Gras. Nieselregen hing wie ein Grauschleier über der Szenerie. Am rechten Bildrand schimmerte etwas Helles, das ich nicht identifizieren konnte. In der oberen Ecke erschien das Logo des Regionalsenders und das Wort »Sondersendung«.

Die Männerstimme dröhnte erneut aus dem Fernseher. Es war ein Sprecher aus dem Off. »Bitte entschuldigen Sie die technische Störung. Wir fahren den Bericht noch einmal ab.«

Ein Mann im Regenmantel trat ins Bild und sprach in ein Handmikro. »Wir befinden uns hier am Neckarufer in Bad Cannstatt. Hinter mir am anderen Ufer sehen Sie die Müllverbrennungsanlage. Hier im Neckarauenpark hat ein Rentner aus Münster heute früh die Leiche einer jungen Frau gefunden.«

Erschrocken sackte ich auf den Glastisch, der ein leises Knacken von sich gab. Schon wieder eine tote Frau am Neckar!

Die Kamera schwenkte hoch, bis ein Schornstein über der Industriearchitektur des Kraftwerks ins Bild kam. Regentropfen prasselten auf das Objektiv und überzogen es mit amöbenartigen Gebilden. Als die Kamera wieder auf den Reporter zoomte, verwandelten sich die unregelmäßigen Kreise in Wassertropfen, die nach unten liefen.

»Vor zwei Wochen war unweit der heutigen Fundstelle bereits eine Tote entdeckt worden.«

Nun war ein mit rot-weißem Plastikband abgesperrter Bereich zu sehen. Ein Mann im weißen Overall mit Überschuhen kniete neben einem Schildchen. Zwei weitere Beamte der Spurensicherung standen bei einer schwarzen Plane. Sie verdeckte etwas, das dort lag, wo die Böschung in den flachen Uferabschnitt überging. Die Kamera zoomte näher heran und zeigte etwas Helles, das unter der Plane herausragte und von Grasbüscheln zum Teil verdeckt war.

Ich bekam eine Gänsehaut am ganzen Körper, als ich den zierlichen Fuß in der hochhackigen schwarzen Sandalette sah. Die Haut hatte einen gespenstisch weißen Ton, und der rote Lack auf den Zehennägeln wirkte wie Blut. Es war unheimlich und zugleich unwirklich, wie ein Horrorfilm. Und doch ereignete sich das, war ich sah, nur wenige Kilometer entfernt.

»Wie geschmacklos«, zischte Nikolas, ohne den Blick vom Fernseher zu wenden. Seine Kieferknochen malmten aufeinander, und die Finger krallten sich in den edlen Stoff des Designerjacketts, bis seine Knöchel weiß hervortraten.

Schweigend wechselte ich einen Blick mit Jeannette, der das Entsetzen in den Augen geschrieben stand. Anita verbarg das Gesicht in den Händen und weinte. Noch immer verstand ich nicht, warum wir diese Sondersendung verfolgten.

Die Kamera schwenkte auf den Reporter zurück. Der kommentierte: »Laut Auskunft der Polizei war die junge Frau bereits tot, als sie von ihrem Mörder hierhergebracht wurde. Eben ist der Leiter der Soko Neckar eingetroffen.« Der Reporter kletterte die Böschung hinauf und näherte sich einem Einsatzwagen, vor dem Polizisten standen. Nur einer trug keine Uniform. Seine schwarze Lederjacke glänzte vor Nässe, und die dunklen Haare klebten in Strähnen zusammen. Es war Kommissar Gabriel.

»Unsere Zuschauer würden gerne etwas über den Stand der Ermittlungen erfahren.« Der Reporter hielt Gabriel das Mikro hin.

Die Kamera zoomte das Gesicht des Kommissars so nahe heran, bis man die Regentropfen auf der Haut und die scharfen Linien zwischen Nase und Mundwinkeln sah.

Der Kommissar stellte den Kragen auf, als wolle er sich gegen die Fragen des Reporters wappnen. »Das Opfer wurde von einem Spaziergänger gegen halb sieben entdeckt. Der Mann alarmierte per Handy die Polizei. Wenig später trafen die Kollegen vom Revier Wiesbadener Straße ein.«

»Konnten Sie die Tote schon identifizieren?«

Neben mir schluchzte Anita auf.

An der Miene des Kommissars war abzulesen, dass er den Reporter kaum erfreulicher fand als die Leiche. »Sie haben sicher Verständnis, wenn wir zuerst die Angehörigen benachrichtigen wollen.«

»Was können Sie uns über die Todesursache sagen?«

»Das Opfer wurde höchstwahrscheinlich mit einem weichen Gegenstand erstickt.«

»Vermuten Sie einen Zusammenhang mit der Toten, die vor vierzehn Tagen hier gefunden wurde? Hat der Neckarmörder etwa wieder zugeschlagen?«

»Kein Kommentar.« Der Kommissar presste die Lippen zu einem farblosen Strich aufeinander und verschwand im Einsatzwagen.

Der Reporter wandte sich zur Kamera. »Ich gebe zurück ins Studio.«

Schnitt auf einen ernst blickenden Moderator vor einer blauen Wand. »Dieser Bericht wurde vor einer Stunde aufgezeichnet. Wie wir vorhin schon meldeten, haben wir aus verlässlicher Quelle erfahren, um wen es sich bei dem Opfer handelt.«

Im Hintergrund wurde ein unscharfes Schwarz-Weiß-Bild eingeblendet. Verschwommene dunkle Stellen markierten Augen, Mund und Nasenlöcher einer Frau. Die Haare waren eine schwarze Fläche, die das Gesicht bis zu den Schultern umgab.

Noch bevor der Sprecher zu reden begann, erkannte ich die Frau auf dem Foto. Durch meine Adern schoss flüssiges Metall.

»Sabina Sommer war erst vierunddreißig Jahre alt, als sie ihrem Mörder begegnete«, sagte der Sprecher. »Sie wurde in Ludwigsburg geboren und lebte seit ihrem Studium der Informatik in Stuttgart. Inzwischen hat die Polizei den ungefähren Todeszeitpunkt zwischen elf Uhr gestern Abend und ein Uhr früh heute Morgen festgelegt. Wir halten Sie selbstverständlich auf dem Laufenden. Ich gebe nun ab an meine Kollegen vom Boulevardmagazin.«

Nikolas schaltete den Fernseher aus. Als er die Fernbedienung auf den Glastisch legte, wirkte sein Gesicht starr, aber ich glaubte, seine Augen feucht glänzen zu sehen. Wortlos verließ er den Raum.

»Wie schrecklich«, jammerte Anita. »Jetzt verstehe ich, warum ich Sabina den ganzen Morgen nicht erreicht habe. Als ich auf ihre Mailbox gesprochen habe, da … da muss sie schon tot gewesen sein.« Sie nestelte ein Taschentuch aus dem Ärmel und schnäuzte sich. »Ich wollte mir gerade eine … eine DVD von Nexx mit Imagefilmen ansehen … da begann im Fernsehen die Sondersendung.«

Mein Körper begann zu kribbeln und wurde Zentimeter für Zentimeter taub. Wie beim Zahnarzt, wenn die Betäubung zu wirken beginnt und man Lippen und Backe zwar ertasten, aber nicht spüren kann. Der Aussage des Moderators nach starb Sabina irgendwann zwischen dreiundzwanzig und ein Uhr gestern Nacht. Als ich sie das letzte Mal sah, war es kurz vor zehn Uhr abends gewesen. Sie war am Feuersee entlanggegangen. Mit Teddy.

Leder, warum roch es plötzlich so intensiv nach Leder? Mein Magen krampfte sich zusammen. Panisch stürzte ich auf den Flur. Mir gelang es gerade noch, die Tür hinter mir zuzuwerfen und vor der Toilettenschüssel auf die Knie zu fallen, bevor ein saurer Schwall aus meinem Mund herausschoss. Als die letzten Reste herausgewürgt waren, brannten Speiseröhre und Mund von der Magensäure. Ich drückte lange die Spülung und riss das Fenster auf. Als ich mir den Mund ausspülte, klopfte jemand an die Tür.

»Bea, geht's dir gut?« Das war Jeannette.

Mühsam schluckte ich. Ich öffnete den Mund, aber es kam

nur ein Krächzen heraus. Ich räusperte mich und versuchte es noch einmal.

»Ich ... komme gleich. Alles ... in Ordnung.«

Als ich mein bleiches Gesicht im Spiegel sah, hallte der Satz in meinem Kopf nach. Alles in Ordnung. Aber nichts war in Ordnung.

»Mit dem Gesicht wärst du in der Geisterbahn auf dem Wasen *die* Sensation«, empfing mich Jeannette, als ich mit einem Glas Wasser ins Büro schwankte.

»Wie kannst du jetzt Witze machen? Gestern haben wir noch mit Sabina gelacht und über Hohlberg gespottet. Hier in deinem Büro.«

Jeannette legte die Arme übereinander. »Ja, du hast recht. Ich versuch nur dieses Bild aus meinem Kopf zu bekommen. Ihr bleicher Fuß mit dem roten Nagellack, wie er unter der Plane rausragt.« Sie schüttelte den Kopf. »Ich wage mir gar nicht auszumalen, was diese Bestie vor ihrem Tod mit ihr gemacht hat.«

Ein saurer Geschmack stieg mir die Speiseröhre hoch, und ich musste würgen.

»Immer noch nicht ausgekotzt?« Jeannette kniff die Augen zusammen und peilte meine Taille an. »Bist du etwa schwanger?«

»Quatsch. Wovon soll ich bitte schön schwanger sein?«, gab ich harsch zurück und setzte mich. »Etwa vom Pollenflug?« Mein Liebesleben fand seit Monaten so gut wie nicht statt, und dieses Gefühlsvakuum setzte mir ziemlich zu. Als Teddy mir gestern gesagt hatte, wie viel ich ihm noch immer bedeutete, wäre beinahe meine emotionale Sicherung durchgebrannt. Bis Sabina auf der Bildfläche erschienen war und mein Ex das Zielobjekt gewechselt hatte. Plötzlich schoss erneut eine heiße Welle durch meine Adern. Sabina war in der Roten Kapelle gewesen! Wie das erste Opfer des Neckarmörders, das dort am Abend vor seinem Tod mit einem Mann gesehen worden war. Ich keuchte laut, und eine Raureifschicht schien meine Haut von innen zu überziehen. Fröstelnd zog ich die Schultern zusammen.

Jeannette musterte mich besorgt über ihren Bildschirm hinweg. »Soll ich dir einen Kamillentee machen?«

»Nein, geht schon. Ich muss diesen Schock erst mal verdauen.« Meine Stimme klang ziemlich gefasst, dabei tobte in meinem Inneren ein Hurrikan. Ich nutzte den Bildschirm als Deckung und gab vor, mich in die Studie über den Partnermarkt zu vertiefen. Tatsächlich schwirrten die schwarzen Buchstaben und Prozentzahlen vor meinen Augen herum wie Obstfliegen auf einer überreifen Banane. Teddy und Sabina. Sabina und Teddy, tönte es in meinem Kopf wie ein nicht enden wollendes Echo. So deutlich wie eine Filmszene sah ich sie wie ein Liebespaar die Promenade am Feuersee entlangschlendern. Teddy in seiner Fliegerjacke, Sabina in ihrem orangen Shirt. Wie der Pulli von ihren Schultern glitt und Teddy ihn auffing, bevor er auf dem Boden landete. Ein Detail hatte sich unvergesslich in mein Gedächtnis eingebrannt: wie sein Arm so selbstverständlich um Sabinas Schultern lag, als gehöre er dorthin.

Und jetzt lag Sabina tot am Neckar, im nassen Gras, umringt von Polizisten und Schaulustigen. Und Teddy war heute nicht zur Arbeit gekommen.

Heute Morgen war ich ins Grafikatelier gegangen, um mit ihm über die Kampagne zu sprechen. Doch sein Platz war leer gewesen. Weder seine Kollegen noch Anita hatten mir sagen können, wo er war. Er war nicht mit Werner auf einem Fotoshooting unterwegs, und er hatte keinen Kundentermin. Seit Teddy seinen Festnetzanschluss letztes Jahr abgemeldet hatte, war er nur per Handy zu erreichen. Und das hatte den ganzen Morgen über behauptet, der Teilnehmer sei zurzeit nicht erreichbar. Zumindest hatte mir Anita das erzählt.

War Teddy etwa untergetaucht, weil er der Mörder von Sabina war? Aber warum hätte er das tun sollen? Wie sie war auch das erste Opfer des Neckarmörders vor seinem Tod in der Roten Kapelle gewesen. In Begleitung eines noch unbekannten Mannes. An einem Abend, an dem ich bedient hatte, genau wie gestern. So viele Parallelen zwischen den beiden Mordfällen, das konnte doch kein Zufall sein! Aber Teddy ein Mörder? Welchen Grund sollte er gehabt haben, Sabina und die andere Frau zu ermorden?

Stopp!, rief ich lautlos. Steiger dich da nicht in was rein! Teddy ist doch kein Mörder. Aber er war einer der letzten Menschen, die Sabina lebend gesehen hatten. Genau wie ich. Was war geschehen, nachdem die beiden zusammen die Kneipe verlassen hatten? Hatte Teddy Sabina nach Hause begleitet? Oder hatten sie in Teddys Wohnung am Markusplatz zusammen die Nacht verbracht? Nein, das war kaum möglich. Um zehn waren sie aus der Roten Kapelle weggegangen. Nur wenig später war Sabina gestorben. Laut Gabriel zwischen elf Uhr abends und ein Uhr früh. Vielleicht waren die beiden überfallen worden?

Besorgt setzte ich mich auf und sah durchs Fenster zum filigranen Turm der Markuskirche, der sich über den Dächern des Südens erhob. War etwa auch Teddy etwas zugestoßen? Möglicherweise lag er jetzt irgendwo in einem verlassenen Hauseingang, war schwer verletzt und konnte sich nicht bemerkbar machen. Oder er lag im Koma im Krankenhaus, und niemand wusste, wer der neue Patient war. Vielleicht hatte er sogar Sabinas Mörder gesehen und konnte ihn identifizieren?

Ich sah zum Telefon. Wieso machte ich mich verrückt, wo Teddy wahrscheinlich inzwischen im Maschinenraum über seinen Layouts brütete? Bestimmt hatte er nur verschlafen. Oder er hatte heute Morgen im Radio von Sabinas Tod erfahren und war zu schockiert gewesen, um zur Arbeit zu kommen. Besser, ich vergewisserte mich, bevor mein Gehirn heißlief. Ich griff nach dem Telefon und tippte Teddys Durchwahl.

Während es am anderen Ende klingelte, überlegte ich, was ich sagen sollte, wenn er ranginge. Unauffällig sah ich zu Jeannette hinüber. Sie wusste nicht, dass sich mein Ex gestern Abend mit Sabina getroffen hatte. Und dass ich die beiden zusammen gesehen hatte. Ich brach die Verbindung ab und starrte vor mich hin.

Mein Herz wäre vor Schreck fast aus der Brust gehüpft, als eine Männerstimme mich in die Realität zurückholte. Meine Nase reagierte noch vor meinen Augen und nahm instinktiv Witterung auf. Aber es war kein Ledergeruch, den ich schnupperte, sondern teures Rasierwasser.

Nikolas trat mit einigen Ausdrucken in der Hand zu Jeannette. »Hier, deine Texte für die Imagebroschüre der Seniorenresidenz. Jens hat die Headlines optimiert, das Übrige geht so in Ordnung. Bis auf die People-Bilder von Werner, die sind indiskutabel.«

Verwundert betrachtete Jeannette die Abbildungen auf den Ausdrucken. »Aber wieso denn? Die Fotos sind erste Sahne.«

Nikolas' Augenbraue hob sich um eine Winzigkeit. Genug, um seine Missbilligung auszudrücken. »Diese Leute sehen zu alt aus.«

»Alte Menschen haben nun einmal Falten. Warte noch zwanzig Jahre, dann wirst du dich beim Blick in den Spiegel selbst davon überzeugen können.«

»Niemand zieht in ein Altenheim, wenn die Bewohner wirken, als wären sie scheintot. Wir brauchen Lebensfreude, Ausstrahlung, Verve. Also – lasst sie jung und dynamisch aussehen! Übrigens: Die News für Nexx sind überfällig. Du brauchst noch meine Freigabe, bevor sie rausgehen.«

»Die sind fast fertig. Es fehlt nur noch ein Artikel von Bea.«

Als mein Name fiel, sah ich auf. »Artikel? Was für ein Artikel?«

»Die News-Meldung über Partnersuche, die du schreiben wolltest«, sagte Jeannette mit warnendem Unterton.

»Ach, der Artikel. D-d-das dauert noch«, stotterte ich. »Ich kann mich schlecht konzentrieren, nach dem, was mit Sabina passiert ist.«

Nikolas' sonst so souveräner Blick flackerte, und ich glaubte, einen Anflug von Schmerz zu erkennen. Doch bevor ich mich vergewissern konnte, wandte er sich ab. »The show must go on«, stellte er ungerührt fest. Seine Fassade wirkte wieder undurchdringlich wie die Chinesische Mauer. »In einer halben Stunde habe ich die News auf dem Tisch.«

»Arschloch«, kommentierte Jeannette, kaum war die Tür hinter ihm ins Schloss gefallen.

Ich versuchte, das Bild von Teddys Arm um Sabinas Schultern zu vertreiben und mich auf den Artikel zu konzentrieren. Trotzdem lauschte ich auf jedes Geräusch, das vom Flur hereindrang, in der Hoffnung, Teddys Stimme zu hören und damit zu wissen, dass ihm nichts geschehen war.

Quälend langsam reihte sich Wort an Wort. Als ich fertig war, suchte ich eine passende Illustration aus dem Online-Katalog einer Bildagentur und ging mit dem Ausdruck zu Nikolas' Büro. Der Controller lehnte neben dem Panoramafenster mit XXL-Blick über die Landeshauptstadt und bearbeitete seinen unvermeidlichen BlackBerry. Ich legte den Artikel auf seinen Tisch. Nikolas sah durch mich hindurch, als wäre ich ein Luftgeist.

Auf dem Flur zog mich eine magische Kraft zum Grafikatelier, wo mein Blick auf lange Beine fiel, die unter einem Stretch-Rock herausragten. Die Grafikpraktikantin versuchte, ein Blatt Papier aus einem Drucker herauszuzerren, das sich im Einzugsschacht verklemmt hatte. Zwei von Teddys unterbelichteten Kollegen fielen bei diesem Anblick beinahe die Augen aus den Höhlen. Der dritte verausgabte sich beim Luftgitarrespielen, wobei er seine Funkmaus als Plektrum missbrauchte. Jeder neutrale Beobachter wäre überzeugt gewesen, in einem Feriencamp für Halbwüchsige gelandet zu sein.

»Hey, Bea, wie findest du mein Solo?«, kiekste der Luftgitarrist verzückt. »Falls uns die Etats ausgehen, gründe ich eine Heavy-Metal-Band. Willst du mein erstes Groupie werden?«

»Ich fürchte, dafür bin ich zu intelligent.« Ich sah zu Teddys leerem Drehstuhl. »Wisst ihr, wo Teddy steckt?«

Der zukünftige Bandleader lachte schmierig. »So wie ich ihn kenne, schätze ich mal, in einer Blondine.«

Das Grölen des Feriencamps begleitete mich über den Flur.

Jeannette klebte mit der Nase fast an ihrem Bildschirm. »Die Boulevardzeitung spekuliert, ob ein Serienmörder aus Stuttgart endlich eine echte Großstadt macht.«

»Seit wann liest du solchen Mist?«

»Da bin ich nur zufällig hingeraten. Wollte wissen, was die Partnerbörse dieses Blattes hergibt. Während du den Artikel geschrieben hast, habe ich mir einen geilen Chatnamen ausgedacht: Raubkatze90-60-90. Wie findest du das?«

»90-60-90? Ist wohl kaum deine Sozialversicherungsnummer.«

Jeannette warf die Haare über die Schulter. »Hört sich gut an, oder? Könntest du da als Mann widerstehen? Einen heißen Chatpartner habe ich auch schon aufgetan. Er nennt sich Bill-Gates38. Bei dem werde ich sofort Anspruch auf die Kronjuwelen erheben, wenn du verstehst, was ich meine.« Ihre Finger huschten über die Tasten. Um ihre Lippen spielte ein Raubtierlächeln, als wüsste sie die Beute bereits in der Falle.

Das brachte mich auf eine Idee, wie ich mehr über Sabinas Tod in Erfahrung bringen konnte. Ich öffnete den Browser und rief eine Tageszeitung auf. Die Aufmacherseite zeigte ein Bild vom Neckar und spekulierte über einen Zusammenhang mit der ersten Toten. Ich überflog die Meldung, bekam aber nur bestätigt, was ich aus der Sondersendung schon wusste. Am Ende des Artikels wurden zwei Telefonnummern genannt, unter denen die Kriminalpolizei rund um die Uhr Hinweise entgegennahm. Die zweite Telefonnummer war für anonyme Hinweise reserviert.

Anonyme Hinweise, wiederholte ich in Gedanken und kaute auf der Innenseite meiner Backe herum. Ob die Polizei schon wusste, wo sich Sabina vor ihrer Ermordung aufgehalten hatte? War es nicht meine Pflicht, mitzuteilen, dass sie den Abend in der Roten Kapelle verbracht hatte? Aber dann würde ich auch Teddy erwähnen müssen, denn verschweigen konnte ich dieses wichtige Detail wohl kaum. Wenn ich die Nummer für anonyme Hinweise wählte, würde niemand erfahren, dass ich die Polizei auf Teddy aufmerksam gemacht hatte.

Jeannette stand auf, öffnete das Fenster und ließ den Blick über die Hügel- und Dächerlandschaft schweifen. Als sie sich umdrehte, entdeckte sie die Großansicht des Neckarufers auf meinem Bildschirm. Das Foto zeigte den mit Absperrband markierten Fundort, um den sich Schaulustige drängten. Nach dem Dauerregen in den Morgenstunden hatten sich in den Falten und Vertiefungen der Plane kleine Pfützen gesammelt, in denen sich die Regenwolken und der blassgraue Himmel spiegelten.

»Findest du es nicht merkwürdig, dass der Mörder die Leiche ausgerechnet da am Ufer deponiert hat?« Jeannette deutete auf das Foto und ließ sich neben meiner Tastatur nieder. »Stell dir vor, du hast einen Mord begangen. Danach willst du doch auf jeden Fall verhindern, dass dein Opfer entdeckt wird, oder? Also versteckst du die Leiche.« Sie überlegte einen Moment. »Oder du zerstückelst sie und wirfst die Teile an unterschiedlichen Stellen und mit Steinen beschwert in den Neckar. Oder du versuchst, sie mit Säure in der Badewanne aufzulösen, das hab ich in einem Film über einen Mafiakiller gesehen.«

»Hör auf, das ist pervers.«

»Auf jeden Fall lässt du die Leiche nirgends liegen, wo es zugeht wie auf der Königstraße. Eher früher als später musste doch ein Jogger oder Gassigeher sie entdecken.«

Stumm sah ich auf den Bildschirm. Obwohl ich noch nie vor der Notwendigkeit gestanden hatte, eine Leiche verschwinden zu lassen, konnte ich Jeannettes Argumentation nachvollziehen.

Anita unterbrach unser nachdenkliches Schweigen. »Bea, Jens erwartet dich in seinem Büro.« Mit roten, geschwollenen Augen musterte sie meinen Bildschirm. »Vor seinem nächsten Termin kann er dich kurz einschieben.«

»Mich einschieben?«, erwiderte ich verwirrt und schloss den Browser, um nicht den Verdacht zu erwecken, ich würde mir die Arbeitszeit mit privatem Surfen vertreiben. Erst mit Verspätung kapierte ich, worum es ging: um meine Kampagne. Blitzartig schoss ich hoch und durchwühlte die Blätter auf dem Schreibtisch, bis ich mein Konzept unter einem Synonymwörterbuch fand. In aller Eile überflog ich es, denn für heute hatte ich mir genug Blößen gegeben.

Drei Minuten später stand ich vor Hohlbergs Büro. Meine Fingerknöchel hatten kaum die Tür berührt, als sie aufschwang und ich einer rothaarigen Gazelle gegenüberstand. Obwohl ich Britta Hansen seit der Möbelkampagne nicht gesehen hatte, erkannte ich die junge Geliebte des Agenturchefs sofort.

Das Fotomodell war gute zehn Zentimeter größer als ich. So hatte ich ihr vollendet geformtes Kinn gut im Blick, als sie mich von oben herab taxierte. Hinter Britta erschien Hohlberg. Er hatte einen Mantel umgehängt, und unter seinem Arm klemmte eine naturgenarbte Laptoptasche, für die vermutlich irgendein seltenes, vom Aussterben bedrohtes afrikanisches Tier seine Haut hatte hergeben müssen.

»Herr Hohlberg, Sie wollten mich sprechen«, sagte ich diensteifrig und duckte mich unwillkürlich. Bei meinem letzten Auftrag war ich durch eine glückliche Fügung des Schicksals an eine sensible Information gelangt, die die geheim gehaltene Transplantation von Haar auf Hohlbergs bis dahin auffallend hohe Stirn betraf. Mit einem dezenten Hinweis auf mein Wissen hatte ich damals den tollkühnen Versuch unternommen, von Hohlberg einen längerfristigen Job zu fordern. Der hatte sich davon so wenig beeindruckt gezeigt, als sei in Karlsruhe ein Sack Reis umgefallen.

Hohlberg machte keine Miene, mich hereinzubitten. »Das war vor zehn Minuten«, kühlte er mich ab. »Jetzt bin ich beschäftigt. Lass dir von Anita einen Termin geben.« Sprach's und verschwand mit Britta im Schlepptau.

Am besten, ich legte mir im nächsten Sanitätshaus ein Paar Gesundheitsschuhe zu. Den Rest meines Lebens würde ich nämlich als Bedienung in der Roten Kapelle verbringen. Rote Kapelle! Mein Puls schoss in die Höhe. Ob Teddy inzwischen aufgetaucht war?

Als ich auf dem Weg zum Grafikatelier an Jeannettes Büro vorbeikam, hörte ich das Telefon klingeln. Es war Frau Wenzel, die mir mitteilte, dass die Geschäftsführerin mein Konzept für gut befunden hatte. Ich bedankte mich und lief rüber zur Grafik.

Das Feriencamp hatte sich zurückverwandelt in eine Brutstätte für Gestaltung. Hinter den Bildschirmen der Grafiker stiegen Rauchsäulen auf. Statt Gitarrenkreischen waberte der stechende Geruch von Klebstoff durch den Raum. Die Praktikantin klebte Farbausdrucke von Jeannettes Imagebroschüre zu einem Dummy für die Präsentation zusammen. Teddys Platz war noch immer leer.

Auf dem Nachhauseweg verdrängte ich die Sorge um Teddy, indem ich mir eine Strategie für Hohlberg ausdachte. Ich musste ihm klarmachen, warum er bei der Kampagne unmöglich auf meine Dienste verzichten konnte. Mein Plan war so einfach wie überzeugend: hundertfünfzigprozentige Identifikation mit meiner Aufgabe und gnadenlose Selbstausbeutung meiner wichtigsten Ressourcen Gehirnschmalz und Lebenszeit.

Obwohl ich die Lebenszeit von Hohlberg heute fahrlässig verschwendet hatte, schätzte ich meine Chancen passabel ein. Jeannette war mit anderen Etats beschäftigt, und Frau Brandenburg hatte meinem Konzept zugestimmt. Was am meisten für mich sprach, war das Timing. Der Job war brandeilig, und ich würde Feuerwehr spielen. Damit wollte ich jetzt gleich anfangen.

Auf der Höhe des Bahnhofs bog ich in die Kriegsbergstraße ab, statt heimzufahren. Mein Ziel war das Bosch-Areal. Dort lag der Geschäftssitz meines Kunden, und genau dort begann meine Mission.

In Wiener's Kaffeebar am Berliner Platz holte ich mir einen Milchkaffee to go und folgte der Breitscheidstraße zur Partnervermittlung. Meine Aufmerksamkeit galt dem Filetstück meiner Ideen, der Modenschau für Singles. Für eine solche Veranstaltung waren die Räumlichkeiten der Partnervermittlung zu klein, doch glücklicherweise war der sonnige Spätsommer ideal für ein Open-Air-Event im Innenhof. Am Eingang der Partnervermittlung blieb ich stehen und trank zur Inspiration ein paar Schlucke. Wie wäre es, den Weg von hier aus mit roten Herzen zu markieren? Dafür musste Anita den zuständigen Stellen die Genehmigung abringen, aber der Aufwand würde sich lohnen. Die Herzen würden als Eyecatcher alle auf unser Event aufmerksam machen.

Ich trank noch einen Schluck und verfolgte mit gesenktem Blick die fiktive Spur der Herzen. Hier würden die roten Symbole direkt bis zum Catwalk führen, auf dem die Modenschau – rums, knallte ich frontal gegen ein massives und gleichzeitig weiches Hindernis.

Als sich etwas Heißes über meine Brust ergoss, schrie ich auf. Beim Aufprall war der Deckel vom Pappbecher gesprungen, und mein Kaffee hatte das »to go« allzu wörtlich genommen. Ich ließ den Becher fallen und zupfte an meiner feucht-heißen Bluse herum, die wie eine Fangopackung auf der Haut klebte.

»Meine Güte, da hab ich ja was Schönes angerichtet. Tut mir wirklich leid, aber ich war so beeindruckt von diesem Dach, dass ich dich total übersehen hab.«

»Macht nichts. Daran bin ich gewöhnt«, gab ich trocken zurück, wenn auch nur im Tonfall.

Mein Blick landete in braunen Augen, die an polierte Kastanien erinnerten. Die hollywoodreifen Strahler gehörten zu einem Mann um die dreißig. Seine schwarzen Haare lagen in einer James-Dean-mäßigen Tolle über der Stirn. Einige Strähnen hatten sich gelöst und reichten bis über die Augen, was ihm etwas Piratenhaft-Verwegenes verlieh. Über der Schulter hing eine verwaschene Jeansjacke, auf der sich Kaffeeflecke ausbreiteten. Unter dem weißen T-Shirt zeichneten sich die Muskelstränge des athletischen Oberkörpers so deutlich ab wie bei diesen unwirklich schönen Parfümmodels, die sich nackt in der Brandung räkelten. Mir wurde heiß, doch diesmal lag es nicht am verschütteten Kaffee.

»Schau dir nur dein schönes Hemd an.« Der Mann schüttelte bedauernd den Kopf. »Dein Blazer hat auch was abgekriegt.«

»Deine Jacke auch.«

Wir lachten gleichzeitig.

Er deutete auf meinen Blazer. »Meine Jacke ist schon uralt, aber deine sieht neu aus. Ich zahl dir die Reinigungskosten.«

»Das ist wirklich nicht nötig.« Ich schüttelte den Kopf und wollte weitergehen, aber meine Füße verweigerten den Dienst.

»Aber ich möchte das wiedergutmachen. Ah, warte mal. Ich hab 'ne Idee.« Er nestelte etwas aus der Innentasche seiner Jeansjacke und reichte es mir. Es war eine Eintrittskarte für das Theaterhaus. »Eigentlich wollte ich die einem Freund schenken, aber ich glaube, bei dir ist sie besser aufgehoben.«

»Tanztheater? Bist du Tänzer?«

»Ja, Tänzer und Schauspieler. Sascha aus Berlin.« Er verbeugte sich und vollführte dabei mit der Rechten eine galante Geste, die aus einem Ritterfilm hätte stammen können.

Jetzt war mir klar, woher die starke körperliche Ausstrahlung kam. »Freut mich, dass mal jemand aus Berlin nach Stuttgart kommt. Normalerweise ist es umgekehrt.«

Ein Lächeln überzog Saschas Gesicht. Das Ergebnis war eigenwillig. Seine rechte Gesichtshälfte lächelte, die linke wirkte unbewegt. Mir wurde etwas flau im Magen, als ich das Grübchen in seiner Wange entdeckte. Teddy hatte zwei davon, und die hatten mir schon eine Menge Ärger eingebracht.

»Ich bin Bea.« Erneut betrachtete ich die Eintrittskarte in meiner Hand. »Leider weiß ich noch nicht, ob ich am Freitag Zeit habe.«

Sascha grinste, als wüsste er mehr als ich. »Das klappt schon. Und nach der Vorstellung lade ich dich auf einen Drink ein, ja? Als Wiedergutmachung für die heiße Dusche.« Er deutete auf meine Bluse.

»Okay.« Diesmal hielt ich den Strahlern stand.

»Ich muss leider weiter. Wir sehen uns am Freitag, Bea.«

Ich wollte die Eintrittskarte in die Innentasche meines Blazers stecken, doch der war milchkaffeegetränkt. Also schob ich sie in meine Umhängetasche. »Tschüs. Und vielleicht bis Freitag.«

Ich drehte mich um und ging zielsicher in die entgegengesetzte Richtung, ohne genau zu wissen, was ich dort wollte. Als ich über die Schulter sah, drehte sich im selben Augenblick auch Sascha um. Er lachte und winkte mir zu. Mein Herz legte eine Polka ein. Schnell lief ich weiter. Vor der alten Reithalle überlegte ich, warum ich hergekommen war. Ich kehrte in den Innenhof zurück und inspizierte die Location für die Modenschau. Auf meinem Notizblock listete ich alles auf, was noch organisiert werden musste: Technik, Licht, Bühne, Musik, Moderation, Infostand. Obwohl ich wieder bei der Sache war, wollte mir Sascha nicht aus dem Kopf gehen.

Unbehelligt von Frau Graislinger kam ich in meiner Wohnung an. An dem rostigen Nagel neben meiner Klingel, der zum Befestigen des Kehrwochenschildes gedacht war, hing ein Zettel.

»Mietschulden sind Ehrenschulden!!!«, variierte die Graislinger

das Sprichwort in krakeliger Kugelschreiberschrift. *»Ihre Miete ist seit drei Wochen überfällig!!!«*

Ich riss den Zettel ab, schloss die Tür auf und hängte den fleckigen Blazer an die Garderobe. Auf dem Weg ins Bad schlüpfte ich aus meiner feuchten Bluse. Nach einer Katzenwäsche zog ich ein Shirt über und klebte die Eintrittskarte fürs Theaterhaus neben den Flyer eines Pizzaservices an die Küchentür.

Das Telefon klingelte. Ich ging ins Wohnzimmer, wo der Anrufbeantworter ansprang. Seit zwischen Georg und mir Funkstille herrschte, war das Gerät im Dauerbetrieb. Als meine automatische Begrüßung zu Ende war, plapperte eine Frauenstimme auf mein Band.

Es war Jeannette. Ihre Stimme wurde von ständig an- und abschwellendem Lärm übertönt.

»Bea, bist du da? Nimm ab! Ich weiß genau, dass du jetzt neben dem Telefon stehst und abwartest, ob Georg dir wieder einen Heiratsantrag –«

Ich nahm den Hörer ab. »Joggst du auf der Landebahn des Flughafens, oder was dröhnt da so im Hintergrund?«

»Die Neckarstraße. Neben mir toben sich geschätzte hunderttausend Autofahrer vierspurig aus. Bea, du wirst dich totlachen, wenn ich dir erzähle, was mir passiert ist! Treffen wir uns in der Academie?« Damit meinte sie das Café Academie der Schönsten Künste in der Charlottenstraße.

»Jetzt?«

»Ja, ich bin schon unterwegs.«

Die Aussicht, hier herumzusitzen und über Sabina und Teddy zu grübeln, war nicht allzu verlockend. »Ich nehme die nächste Stadtbahn.«

Ich zog ein bequemes Flanellhemd über und wickelte die Ärmel bis zum Ellbogen zurück. Mit den Stiefeln in der Hand schlich ich die Treppen hinunter. Erst vor dem Haus schlüpfte ich hinein und ging zur Haltestelle Pragfriedhof.

Inzwischen war es kurz nach neun. Über den Himmel zogen düstere Regenwolken in allen Grauschattierungen, und durch die Friedhofstraße blies ein kühler Wind. Ich stellte den Hemdkragen hoch und kontrollierte die Mailbox meines Handys.

Keine Anrufe. Umso besser. Schlechte Nachrichten hatte ich heute schon genug bekommen.

Als die Bahn in die Unterwelt der Gleise eintauchte, versetzte mich das gleichmäßige Ruckeln in einen angenehmen Dämmerzustand. Am Charlottenplatz stieg ich aus und wechselte durch die nach Urin stinkende Unterführung die Straßenseite. Bald erreichte ich die Academie der Schönsten Künste. Durch die verglaste Front sah ich Jeannette an einem Tisch sitzen. Vor ihr standen ein leeres Grappa- und ein halbvolles Rotweinglas.

»War dein Termin so schlimm?« Ich setzte mich zu ihr.

»Jede Wette, dass du nie errätst, wo ich eben war.«

»Lippenstift, Bluse, knielanger Rock, und mir scheint, du bist sogar gekämmt. Hast du dich für dieses Speed Dating so aufgetakelt?«

»Hab den direkten Weg genommen. Wie du weißt, bin ich als Raubkatze90-60-90 auf Männersuche. Und ich habe dir doch schon von meinem wahnsinnig coolen Chatpartner erzählt.«

»Bill Gates. Ich erinnere mich.«

»Den habe ich heute Abend getroffen. In der Hotelbar im Le Méridien. Stell dir vor, Bill Gates ist weder Redenschreiber, noch hat er einen Lehrstuhl für Betriebswirtschaft, wie ich nach seinen intelligenten E-Mails vermutet hatte. In Wirklichkeit ist er niemand anders als – Nikolas.«

»Nikolas? Du meinst unseren Nikolas aus der Agentur? Ist dem überhaupt schon aufgefallen, dass es zwei Geschlechter gibt?«

Jeannette rollte mit den Augen. »Zuerst hat er kein Wort rausgebracht, weil er genauso geschockt war wie ich. Als ich schon abhauen wollte, hat er endlich den Mund aufgemacht. ›Du bist also die Raubkatze mit den Traummaßen‹, hat er gesagt und schmierig gegrinst. Ich hätte ihm am liebsten in die Eier gekickt. Kaum zu glauben, dass so ein Primitivling derart originelle E-Mails zustande bekommt.«

»Vielleicht hat er einen Ghostwriter engagiert. Oder was aus einem Ratgeber abgeschrieben. Worüber habt ihr euch unterhalten?«

»Ich hab ehrlich versucht, Konversation zu pflegen, und gefragt, wie lange er das schon macht und warum sein Deckname Bill Gates ist.« Jeannette seufzte. »Aber dann fiel mir der ganze Ärger wieder ein, den er mir letzte Woche eingebrockt hat. Für einen Kunden aus der Lebensmittelbranche hat er sich als Kreativer betätigt und die Bezeichnung KonferenzZenter für einen Neubau vorgeschlagen. In einem Wort zusammengeschrieben und Center mit großem Z.«

»Das ist eigentlich dein Job.«

»Korrekt. Aber ich wusste gar nichts davon und Jens auch nicht. Erst als die Supermarktkette sich beschwerte, weil es dafür nur absolut indiskutable Abkürzungen gibt, flog Nikolas' Alleingang auf.«

Ich überlegte laut. »KonferenzZenter. Abgekürzt ... oh nein!«

Jeannette nickte. »KZ, genau. Oder anders abgekürzt KoZe. Nicht gerade das Gelbe vom Ei für die Lebensmittelbranche. So viel zum Thema Chatpartner.« Sie warf mir einen kritischen Blick zu. »Bei dir wird's auch höchste Zeit, dass du dir was Neues suchst.«

»Was Neues?«

»Einen neuen Mann, meine ich. Damit du endlich von diesem Langweiler Georg loskommst.«

»Georg arbeitet in einer Bank, aber deshalb ist er doch kein Langweiler. Außerdem habe ich ihn seit Wochen nicht gesehen.«

Jeannette zupfte am Ärmel meines Flanellhemdes. »Bist du dir da sicher? Immerhin trägst du sein Hemd.«

Ich sah an mir herunter. Tatsächlich. Das schwarz-weiß karierte Holzfällerhemd stammte aus Georgs Kleiderschrank. Vor Monaten hatte ich es von ihm geliehen und vergessen, es zurückzugeben. Als ich das Hemd vorhin angezogen hatte, war mir nicht bewusst gewesen, wem es gehörte. Aber das glaubte mir Jeannette bestimmt nicht.

DONNERSTAG

Wie vermutet war Teddy von meiner Idee für das Logo der Partnervermittlung entsetzt.

»*Wie* soll das Logo aussehen?«, fragte er entgeistert und bohrte sich den Zeigefinger ins Ohr. »Ich glaube, ich hab 'nen Hörfehler.« Er sah zu Werner, der mit den Schultern zuckte.

Ich gab mir Mühe, ruhig zu bleiben, und erläuterte, warum das neue Logo unbedingt ein rotes Herz enthalten sollte. »Damit wahren wir die Kontinuität zum bisherigen Erscheinungsbild. Dieses Symbol taucht in sämtlichen alten Werbemitteln auf.«

Teddy klappte sein Skizzenbuch zu. »Ja, und ich tauche gleich unter.«

Das hast du gestern schon getan, dachte ich und hoffte erneut, Werner möge doch endlich für ein paar Minuten verschwinden, damit ich mit Teddy allein war. Stattdessen zündete sich Werner seelenruhig die nächste Zigarette an. Eigentlich war das Besprechungszimmer rauchfreie Zone. Aber außer den Nichtrauchern hielt sich niemand daran.

Wie Teddy verschränkte ich die Arme und schwieg. Dieses Spielchen hatten wir im Laufe unserer Beziehung perfektioniert. Wer zuerst das Schweigen brach, hatte verloren. Über die Farbwelt und die Schriften der neuen Werbemittel waren wir uns einig geworden, aber was das Logo anging, kamen wir keinen Schritt weiter. Ich beharrte auf meiner Idee mit dem Herz, und Teddy wollte sich nicht auf diesen »romantischen Weiberkitsch« einlassen. Natürlich war Obermacho Werner seiner Meinung. Wieder einmal zeigte sich, dass sogar die Einzelgänger unter den Männern sich sofort zu Rudeln zusammenrotteten, wenn es darum ging, Frauen beruflich von der Wasserstelle fernzuhalten.

Heute früh hatte ich als Erstes die Agenturküche angesteuert, weil der Mieter über mir die halbe Nacht herumgepoltert hatte und ich dringend etwas zum Wachwerden brauchte. Als ich Teddy an der Spüle lehnen sah, verwandelten sich meine Knie in Butter. Sofort sah ich vor meinem geistigen Auge, wie Teddy den Arm um Sabinas Schultern legte. In der nächsten Szene packte er sie am Hals und drückte zu. Sabina riss den Mund auf und wollte um Hilfe rufen, aber konnte nur krächzen. Was ist gestern Abend passiert?, wäre ich am liebsten herausgeplatzt. Aber ich hatte keine Gelegenheit, danach zu fragen, denn Teddy war in Gesellschaft. Fotograf Werner hing langgestreckt in einem Stuhl, die Beine auf dem Tisch, und bewunderte die geschmacklosen Stiefel mit Krokomuster, von denen er eine ganze Kollektion zu besitzen schien.

Mit Kaffee bewaffnet waren wir drei ins Besprechungszimmer gegangen. Das war vor fast einer Stunde gewesen. Jetzt saßen Teddy und ich uns mit trotzig verschränkten Armen gegenüber. Werner formte Rauchkringel und verfolgte, wie sie zur Decke aufstiegen.

»Lassen wir das Logo zunächst beiseite«, sagte ich schließlich. »Konzentrieren wir uns auf das Bildmaterial. Wann soll das Shooting stattfinden?«, wandte ich mich an Werner.

Der Fotograf drückte seine Zigarette im Aschenbecher aus. »Sonntag.«

Vom Flur war der melodische Dreiklang der Eingangstür zu hören. Teddy hockte noch immer reglos wie ein Buddha in seinem Stuhl und ignorierte mich.

»Hat Anita die Models schon gebucht?«, fragte ich Werner. Da wir die Flirtkurse nachstellen mussten, hatte ich Anita gebeten, einige Fotomodelle zu engagieren.

»Welche Models? Soweit ich weiß, ist Britta am Sonntag die einzige Professionelle, und die kriegt Jens zum Sonderpreis.« Ein anzügliches Grinsen überzog Werners solariumgebräunte Züge.

»Aber wie sollen wir mit nur einer Frau die Flirtkurse nachstellen? Wir brauchen dafür unbedingt Pärchen.«

»Jens meinte, das würdet ihr übernehmen. Nikolas will kein Geld für Models verschwenden, dafür sei der Etat zu klein.«

Hohlberg hielt es anscheinend nicht für nötig, mir solch wichtige Entscheidungen mitzuteilen. Stimmen waren zu hören, dann erschien jemand in der Tür. Vor Schreck wäre ich fast vom Stuhl gerutscht. Neben Anita stand Kommissar Gabriel. Seine Schultern wirkten noch eingefallener als sonst, und sein Gesicht war genauso teigig-blass wie meins. Hatte wohl auch zu wenig geschlafen.

»Das ist Kommissar Gabriel von der Soko Neckar. Er möchte mir dir sprechen, Teddy«, sagte Anita.

Ihre Stimme klang ziemlich sachlich, als wären Besuche der Kripo in dieser Agentur nichts Besonderes.

Teddys Gleichgültigkeit verpuffte. Er schoss in die Höhe und stieß gegen den Tisch. Seine Tasse machte einen Satz, und der Kaffeelöffel fiel vom Unterteller. Als Teddy danach griff, warf er die Tasse um. Braune Brühe breitete sich auf der Glasplatte aus.

Der Kommissar trat zum Tisch. »Herr Tewes, Ihr Vermieter hat mir gesagt, wo ich Sie finde. Ich habe ein paar Fragen an Sie. Können wir uns unter vier Augen unterhalten?«

»Äh, ja.« Teddy wischte mit einer Serviette über die Kaffeepfütze. »Am besten, wir bleiben hier.« Er sah zu Anita.

Die nickte. »Der Raum ist frei, kein Problem.«

Ich packte meine Notizen zusammen und folgte Werner zur Tür. Wie von einem Leitstrahl gezogen landete mein Blick in den hellen Augen des Kommissars.

»Guten Tag, Frau Pelzer. Wir scheinen in diesen Tagen öfter miteinander zu tun zu haben.«

»Das tut mir leid.« Kaum waren die Worte ausgesprochen, ging mir auf, wie missverständlich sie waren. »Ich ... ich meine nicht, Sie zu sehen. Ich wollte sagen, mir tut leid, was mit Sabina passiert ist.«

»Sabina?«, wiederholte der Kommissar. »Sie kannten sie?«

Eine heiße Welle schwappte durch meinen Körper. »Alle hier kannten sie«, sagte ich rasch und deutete unbestimmt in den Raum.

»Frau Sommer betreute unser Computernetzwerk«, erklärte Anita.

»Sie arbeitete auch für diese Agentur?«, hakte Gabriel nach.

»Sie ist, ich meine, sie war keine ständige Mitarbeiterin«, korrigierte Anita. »Sabina war die Urlaubsvertretung für unseren EDV-Administrator.«

»Ich würde nachher gerne Ihren Chef sprechen.«

Ich eilte Werner nach, um Anita zu entkommen, die in einer angesichts der Höhe ihrer Absätze rekordverdächtigen Frequenz hinter mir herstöckelte.

»Bea, warte doch einen Augenblick.« Anita schnappte nach dem Ärmel meines Pullis und bremste mich. »Sag mal, du kennst Teddy doch auch privat«, biederte sie sich an, als wären wir die besten Freundinnen. »Warum will der Kommissar ausgerechnet mit ihm sprechen? Ich meine, er könnte doch auch dich oder mich verhören, schließlich hatten wir genauso mit Sabina zu tun.«

»Das ist sicher kein Verhör.« Ich gab mir Mühe, möglichst aufgeräumt zu klingen. Sanft, aber bestimmt löste ich meinen Ärmel aus Anitas Griff und ging weiter.

»Aber, ich meine, wir wissen doch alle, dass Teddy nichts anbrennen lässt. War da was zwischen den beiden?«

Eine Natterngrube musste geradezu ein gemütlicher Ort sein im Vergleich zur Gesellschaft dieser Frau. Ich ergab mich in mein Schicksal und blieb stehen, um Anita jeglichen Verdacht über ein Tête-à-Tête zwischen Sabina und Teddy auszureden. Natürlich trog sie ihr Instinkt nicht, aber Teddy hatte auch so schon genug Ärger am Hals. Und ich war viel zu gutmütig für diese Welt.

Da Jeannette bei einem Kundentermin war, hatte ich das Büro für mich allein. Ideale Voraussetzungen also, um ungestört zu arbeiten. Aber ich war zu aufgewühlt und konnte weder meine Gedanken im Zaum noch die Finger auf der Tastatur halten. Mein Kopfkino setzte die Sondervorstellung mit Genre-Schwerpunkt Krimi fort: Teddy, wie er Sabinas Leiche aus seinem Auto zog, über die Böschung schleppte und am Neckarufer im Gras deponierte. Die nächste Szene zeigte, wie der Kommissar ihn in Handschellen abführte.

Als das Telefon klingelte, erschrak ich fast zu Tode.

Es war Anita. »Jens hat um halb elf Zeit für dich. Ich rate dir, diesmal pünktlich zu sein«, zischte sie. Ihre eben noch zelebrierte Freundschaft schien bereits Geschichte zu sein. Vielleicht ahnte sie, dass ich mehr über Teddy und Sabina wusste, als ich ihr erzählt hatte.

Ich hatte noch eine knappe halbe Stunde, um mich auf das Gespräch vorzubereiten. Punkt für Punkt ergänzte ich mein Konzept um die Vorschläge, auf die Werner, Teddy und ich uns geeinigt hatten. Was das Logo anging, beließ ich es bei meiner Idee. Vielleicht hatte ich Glück und Hohlberg stimmte zu. Dann bliebe Teddy nichts anderes übrig, als sich zu fügen.

Als ich zwischenspeichern wollte, hängte sich mein Rechner erneut auf. Nach dem Neustart war bestimmt die Hälfte meiner eben eingefügten Aktualisierungen verschwunden. Vorsichtshalber wechselte ich an Jeannettes Computer und rief die Sicherheitskopie auf dem Agenturserver auf. Rasch aktualisierte ich das Konzept erneut und druckte es aus. Ich wollte Jeannettes Rechner eben herunterfahren, als ich auf ihrem Desktop eine Datei mit dem Namen »Liebesglück« entdeckte. Neugierig klickte ich auf das Symbol. In der Datei verbarg sich eine Art elektronisches Tagebuch, in dem meine Freundin ihre Männersuche dokumentierte. Ich schaltete den Rechner aus.

Als ich vor Hohlbergs Büro ankam, trat der Kommissar heraus und lief an mir vorbei, ohne mich zu beachten. Mit gestrafften Schultern baute ich mich vor Hohlbergs Designerschreibtisch auf. Demonstrativ sah der Chef auf seinen edlen Chronometer, bevor er das Konzept durchsah. Er verfolgte die Zeilen mit seinem Designerkugelschreiber, hakte einiges ab und strich anderes energisch durch. Im Telegrammstil kommentierte er meine Ideen.

»Modenschau im überdachten Innenhof. Publicityträchtig, findet statt. Sind die Genehmigungen schon da?«

Ich schüttelte den Kopf und setzte zu einer Erklärung an. Hohlberg brachte mich mit einer Geste zum Verstummen. »Anita soll sich sofort darum kümmern. Flyer über die Flirtkurse, okay. Text bis morgen. Interview mit Eva Brandenburg, okay. Da fehlt ein i in Interview«, fügte er tadelnd hinzu und malte den fehlenden Buchstaben übergroß neben die Zeile. »Das Interview mache ich selbst, wenn ich mich heute mit Eva treffe.«

Gerade noch konnte ich den Seufzer unterdrücken, der aus meiner Kehle aufstieg. Der Agenturchef zeichnete seine Interviews mit einem Diktiergerät auf. Da sein Fremdwörter-Roulette die Interviewpartner verwirrte, kam meist Kauderwelsch heraus. Meine Aufgabe würde es sein, daraus druckreife Sätze zu drechseln. Zudem sollte ich meinen Artikel übers Flirten zu einem Flirtführer ausbauen, den die User kostenpflichtig von der Website herunterladen konnten.

Für meine Verhältnisse kam ich glimpflich davon. Sogar das herzförmige Logo fand seine Zustimmung. Teddy würde einen Tobsuchtsanfall bekommen, weil ich ihn mit einem Umweg über die Führungsetage ausgetrickst hatte. Er bekam noch mehr Arbeit, denn Hohlberg wollte andere Schriften und Alternativvorschläge für die Farbgestaltung der Werbemittel.

»Klär das gleich mit Teddy«, wies er mich an. »Er soll mir heute Mittag neue Entwürfe vorlegen. Um fünf habe ich ein Meeting mit Eva. Eine gute Gelegenheit, ihr unsere Layouts zu präsentieren.«

Am besten, ich überbrachte Teddy die Hiobsbotschaft sofort. Aber sein Arbeitsplatz war verwaist. Keiner seiner Kollegen wusste, wo er war. Als ich aus der Küche Geschirr klappern hörte, folgte ich den Geräuschen.

In der Küche traf ich die Grafikpraktikantin an. Sie räumte schmutziges Geschirr in die Maschine.

»Weißt du vielleicht, wo ich Teddy finde?«

Die Praktikantin hob ihre mageren Schultern. »Der ist gegangen.«

»Gegangen? Wohin denn?«

»Weiß nicht. Vorhin hat er seine Sachen geholt und ist weg.«

Bei den Kundenberaterinnen fragte ich nach, ob Teddy zu einem Termin sei. Aber davon wusste Anita nichts.

Nervös kehrte ich in mein Büro zurück. Offenbar war Teddys Gespräch mit dem Kommissar wenig erfreulich verlaufen. Was sollte ich tun? Hohlberg erwartete die neuen Entwürfe bis zum Nachmittag. Irgendwie musste Teddy davon erfahren. Ich nahm das Telefon zur Hand und wählte seine Handynummer. Niemand ging ran. Ich hinterließ auf der Mailbox eine Nachricht und bat ihn, mich sofort anzurufen.

Als ich eine Stunde später noch nichts von ihm gehört hatte, beschloss ich, etwas zu unternehmen, statt tatenlos abzuwarten, bis Hohlbergs Unmut über mich hereinbrach. Weil mein Corsa von Nikolas' Porsche Boxster zugeparkt war, machte ich mich zu Fuß auf den Weg zum Markusplatz.

Vor Teddys Mehrfamilienhaus war ich von widersprüchlichen Emotionen hin und her gerissen. Ein Teil von mir fühlte sich hier noch immer wie daheim. Gleichzeitig spürte ich einen bitteren Geschmack im Mund. Doch privates Gefühlschaos konnte ich mir jetzt nicht leisten. Entschlossen drückte ich auf Teddys Klingel. Nichts rührte sich. Ich klingelte noch einmal. Keine Reaktion. Trotzdem war ich mir sicher, dass er zu Hause war. Schließlich stand sein weißer Alfa Romeo neben dem Pfarrhaus. Energisch drückte ich so lange die Klingeln durch, bis sich ein Nachbar über die Sprechanlage meldete.

»Ich bringe die Post.«

Sofort ertönte der Summer. In Teddys Dachwohnung regte sich erst nach langem Klopfen etwas. Die Tür öffnete sich ein Stück weit und entließ Zigarettenrauch und den Geruch frischer Farbe.

Die düstere Miene von Teddy erschien. »Was willst du?«

»Deinen Hintern retten.« Energisch schob ich die Tür auf, ihn zur Seite und betrat die Wohnung.

Teddys Gesicht wirkte ebenso grau, vereist und unzugänglich wie die Eigernordwand. Mitleidslos fuhr ich ihn an: »Wieso verschwindest du neuerdings dauernd und lässt mich die ganze Arbeit allein machen?«

Da ich sowieso nicht mit einer Antwort rechnete, ließ ich Teddy stehen und ging ins Wohnzimmer, wo ich den Zwei-Baedeker-Sterne-Ausblick auf die Dachlandschaft des Südens bewunderte. Schräg gegenüber balancierte die majestätische Löwenskulptur mit ausgebreiteten Flügeln auf dem Firstbalken des Kirchdachs. Der Löwe war mittlerweile an vielen Stellen grünlich verfärbt, trotzdem tat mir der Anblick gut. Dieses Fenster war früher mein Lieblingsplatz gewesen.

Mein Blick fiel auf das abgewetzte dunkelrote Sofa. Den Ledersessel neben dem CD-Player. Das vergilbte Poster einer Picasso-Ausstellung in der Tübinger Kunsthalle, die wir zusammen besucht hatten. Alles war voller Erinnerungen.

Die Wohnung bestand aus drei Zimmern, Küche, Bad. Das quadratische Eckzimmer, das mein Reich gewesen war, diente Teddy nun als Atelier, wie ich bei meinem Rundgang feststellte. Der Boden war mit Kartons abgedeckt, und auf zwei Staffeleien standen halbfertige Gemälde. Tuben mit Ölfarbe lagen zwischen verschmierten Lappen auf einem Tapeziertisch. Von hier kam also der Geruch nach frischer Farbe. Wie es aussah, hatte Teddy wieder mit dem Malen begonnen. Schon während des Kunststudiums hatte er seinen Lebensunterhalt mit Illustrationen und Fotos für Werbeagenturen verdient. Nach seinem Abschluss und wenig erfolgreichen Versuchen, sich als Künstler zu etablieren, hatte er sich in sein Schicksal ergeben und statt Kunst Layouts produziert. Offenbar befriedigte ihn das nicht mehr.

Teddy lehnte an der Fensterbank in der winzigen Küche. Hinter ihm ragte über den Dächern die Aussichtsplattform des Weißenburgparks auf, über der sich ein graublauer, fast wolkenloser Himmel öffnete.

»Hohlberg schickt mich«, sagte ich. »Er braucht deine Entwürfe für die Partnervermittlung bis fünf. Du musst sie überarbeiten.« Das Logo-Thema ließ ich unter den Tisch fallen.

Teddy rührte sich nicht. Hatte er mir überhaupt zugehört?

»Ich weiß, du hast im Moment andere Sachen im Kopf –«

»Nichts weißt du!«, fiel mir Teddy ins Wort. »Gar nichts.«

Das stimmte ausnahmsweise. Und langsam machte mich das wütend. »Woher soll ich auch wissen, was los ist? Du behältst doch alles für dich. Zum Beispiel, was du und Sabina gemacht habt, nachdem ihr aus der Roten Kapelle weggegangen seid!« Kaum waren die Worte heraus, ärgerte ich mich. Natürlich hatte ich dieses Thema ansprechen wollen. Aber kühler und mit viel mehr Selbstbeherrschung. Stattdessen hatte ich mich angehört wie eine eifersüchtige Furie.

Teddy stieß sich von der Fensterbank ab und kam auf mich zu. Ich wich zurück, bis sich die Türklinke in meinen Rücken bohrte.

»Denkst du etwa auch, ich hätte etwas mit ihrem Tod zu tun?«

»Wer denkt das? Etwa der Kommissar?«

Teddys Energie verpuffte, als hätte ihm jemand die Luft herausgelassen. Er sank gegen die Wand und ging in die Hocke.

Als ich auf seinen zerwühlten dunklen Schopf hinunterblickte, zog sich etwas in mir zusammen. Ich setzte mich neben Teddy auf die zerkratzten Fliesen mit dem altmodischen Rautenmuster. »Willst du mir erzählen, was passiert ist?«

Teddy schwieg eine Weile. Ohne mich anzusehen, flüsterte er schließlich: »Ich weiß es nicht.«

»Aber ihr … ihr wart doch zusammen.«

»Wir sind zusammen zum Parkplatz am Finanzamt gegangen, dort stand der Alfa. Ich habe ihr angeboten, sie nach Hause zu fahren. Das habe ich dann auch gemacht.«

Ich schluckte und schluckte, bis ich genug Mut zusammenhatte. »Hast du mit ihr … Ich meine, warst du noch in ihrer Wohnung?«

Er schüttelte den Kopf. »Ich bin nach Hause gefahren.«

»Du hast nicht bei ihr –«

»Nein«, rief Teddy. Seine blauen Augen blitzten. »Nicht was du denkst. Ich habe nicht mit ihr geschlafen!« Er sank erneut in sich zusammen. »Aber wäre ich bei ihr geblieben, würde sie vielleicht noch leben.«

»Du konntest doch unmöglich ahnen, was in dieser Nacht passiert. Woher wusste der Kommissar überhaupt, dass du und Sabina … ich meine, dass ihr euch getroffen habt?«

»Unsere Verabredung stand in ihrem Kalender.«

Nach einer Pause fragte ich leise: »Hast du sie gemocht?« Hoffentlich hörte Teddy das Zittern in meiner Stimme nicht heraus.

»Ja. Ich habe sie gemocht.« Seine Kieferknochen malmten. »Und ich habe sie benutzt.«

»Du hast was?«

Teddy starrte auf die Fliesen. »Ich habe mich mit ihr verabredet, weil ich … ich wollte …« Er brach ab.

»Was?«

»Ich wollte testen, wie du reagierst.« Sein intensiver Blick traf mich unerwartet.

Verwirrt wich ich zurück. »Wie ich reagiere? Auf Sabina? Das versteh ich nicht.«

Er sah mich durchdringend an, bis mir schwindelig wurde. Und plötzlich ahnte ich, was er meinte. Aber das wollte ich nicht hören. Oder doch?

»Bea, du bist die einzige Frau, die mir wirklich etwas bedeutet. Das ist die Wahrheit.« Er griff nach meiner Hand und küsste sie. Etwas Warmes netzte meine Finger. Eine Träne. Und dann war da dieser Geruch seiner Haut, seiner Haare. Gerüche, die ich so gut kannte. Vor denen ich mich fürchtete, weil sie Macht über mich hatten. Weil sie etwas in mir ansprachen, das ich nicht kontrollieren konnte. Mein Blick verhakte sich in der blauen Tiefe.

Sekunden später lagen wir auf dem Küchenboden. Die Fliesen fühlten sich kalt an. Gleichzeitig war mir heiß, sehr heiß. Am liebsten hätte ich mir die Kleider vom Leib gerissen. Teddy schien das zu ahnen. Er zog mir den Pulli über den Kopf und küsste mich stürmisch. Es tat weh, und es fühlte sich herrlich an. Seine Berührungen, die Zärtlichkeiten, das Kratzen seiner Bartstoppeln, all das startete ein Programm in mir, das wie automatisch ablief. Meine Beine schlangen sich um ihn. Teddys Zähne gruben sich in meinen Hals. Als meine nackte Haut die Fliesen berührte, zuckte ich zusammen. Er hob mich hoch und trug mich ins Schlafzimmer. Dabei hörte er nicht auf, mich zu küssen. Meine Lippen öffneten sich gierig, als könnte ich von einer lang entbehrten Speise nicht genug bekommen.

Als die Glocken der Markuskirche läuteten, wachte ich auf und wusste sofort, wo ich war. Neben mir lag Teddy, den Kopf in der Kuhle zwischen meinem Hals und der Schulter. Ich fühlte mich wie betäubt, als stünde ich unter Drogen. Guten Drogen, die genau so wirkten, wie ich es brauchte. Ich schloss die Augen und schwebte im fünften Stock über den Dächern, weit weg von der Welt da draußen.

Irgendwo im Flur hörte ich mein Handy klingeln. Es war mir egal. Mir war alles egal, und das fühlte sich wunderbar an. Ich wünschte, dieses Gefühl würde niemals enden.

Ein anderer Klingelton wurde lauter. Teddy schreckte auf und rieb sich die Augen. Er sah mich und lächelte. Ich lächelte zurück. Dann schaute ich mich nach meiner Uhr um.

»Bleib hier.« Teddy strich über meinen Schenkel.

Ich folgte der Spur der Kleidungsstücke bis zur Küche. Teddys Jeans, einer seiner Stiefel, meine Ballerinas, ein Knäuel Strümpfe, Teddys Sweatshirt, meine Hose, mein BH. Mittlerweile schrillte das Klingeln von Teddys Handy durch die ganze Wohnung. Meine Uhr entdeckte ich auf der Schwelle der Küchentür.

Auf dem Weg ins Schlafzimmer nahm ich Teddys Handy von der Kommode im Flur. Wortlos reichte ich es ihm.

Teddy machte keine Anstalten, mir das dröhnende Monster aus der Hand zu nehmen.

»Das ist bestimmt Anita. Oder Hohlberg.«

»Ist mir egal. Mir ist alles egal.« Teddy schien dieselben Drogen wie ich genommen zu haben. Er sah mich an und lächelte schief. Die kommaförmigen Grübchen erschienen neben seinen Mundwinkeln. »Nein, das stimmt nicht ganz«, flüsterte er und zog mich zu sich aufs Bett. »Es gibt jemanden, der mir alles andere als egal ist.«

Ich wies den Anruf ab und warf das Handy von mir.

Später zog ich Teddys Sweatshirt über und trottete in die Küche. Der Schweiß auf meiner Haut kühlte ab, und ich begann zu frieren. Auf Zehenspitzen tapste ich über die Fliesen und nahm eine Flasche Cola aus dem Kühlschrank. Ich trank sie halb leer und kehrte ins Schlafzimmer zurück. Teddy lag quer über dem Bett und schlief. Er war immer noch nackt. Ich zog die Decke über ihn und sammelte meine Kleider zusammen. Der Trip war vorbei. Ob ich wollte oder nicht, ich musste zurück in die Realität.

Im Flur nahm ich erneut den Geruch von frischer Farbe wahr. Ich blieb vor meinem früheren Zimmer stehen. Mein Blick glitt über den Tapeziertisch, die farbverschmierten Lappen und zu den Staffeleien, auf denen Rahmen mit aufgespannter Leinwand standen. Ein Rahmen war weiß grundiert, Kohlestriche deuteten ein waagrechtes Muster an. Das rechte Bild zeigte eine blaugraue Fläche mit weißen und schwarzen Linien. Auf einem Stuhl lag ein Stapel Kunstkataloge. Der oberste war aufgeschlagen. Ein Seerosenbild von Claude Monet. Jetzt verstand ich die Motive: Wasser.

Auf dem Tapeziertisch entdeckte ich einige Fotos. Das oberste zeigte eine unbewegte Wasserfläche, in der sich dramatische weißgraue Wolkengebirge spiegelten. Ein Segelboot im Hintergrund, am rechten Bildrand verlief ein Holzsteg. Auf dem nächsten Bild erkannte ich den Max-Eyth-See in Mühlhausen. Auch die anderen Bilder zeigten Wasser. Auf einem war die Anlegestelle Wilhelma zu sehen, das musste der Neckar sein. Nahaufnahmen zeigten Wasserflächen in allen Schattierungen von Blau, Braun und Grau. Mal mit einem toten Fisch, der bäuchlings am Ufer dümpelte, mal mit grasbewachsenem Ufer. Auf den letzten Bildern ragten Industriebauten auf. Das Kraftwerk in Münster. Das Ufer des Neckarauenparks. Von einer Sekunde auf die andere wurde mein Mund staubtrocken. Noch einmal dieser Uferabschnitt, rechts als schmutziggraues Band der Fluss – war das nicht die Stelle, an der Sabinas Leiche gefunden worden war? Ich ließ die Fotos auf den Tisch fallen, als hätte ich mir die Finger verbrannt, und rannte aus der Wohnung.

So geräuschlos wie möglich schlich ich durch den Flur der Agentur. Der Eichenboden knarzte trotzdem bei jedem Schritt.

Anitas blonde Mähne erschien im Türrahmen der Kundenberatung. Als sie mich sah, glich sich ihre Gesichtsfarbe dem himbeerroten Lippenstift an. »Dass du dich überhaupt noch hierher traust!«, keifte sie. »Jeannette ist seit Stunden im Altersheim, weiß der Geier, was sie dort tut. Teddy ist verschwunden und geht nicht ans Handy, und jetzt treibst du dich auch noch irgendwo in der Weltgeschichte herum.« Sie stemmte die Hände in die Taille. »Jens ist auf hundertachtzig. Wenn du keine gute Entschuldigung hast, kannst du gleich ins nächste Bierzelt marschieren.«

»Die Modenschau«, sagte ich das Erstbeste, was mir in den Sinn kam. Hoffentlich signalisierte meine rosige Gesichtsfarbe nicht allzu deutlich, wo ich die letzten zwei Stunden tatsächlich verbracht hatte. »Ich musste dringend zur Location auf dem Bosch-Areal. Um zu sehen, wo wir die Bühne aufstellen. Das musst du doch wissen, wenn du die Genehmigungen einholst. Herr Hohlberg meinte übrigens, du solltest das unbedingt noch heute erledigen.«

Die Kundenberaterin musterte mich argwöhnisch und verschwand ohne ein weiteres Wort.

Das war noch einmal gut gegangen. Erschöpft verzog ich mich in Jeannettes Büro und sackte auf den Stuhl. Warum hatte ich mich wie eine Liebeskranke an Teddys Hals geworfen? Bestimmt war mein Hormonspiegel schuld, denn ich hatte seit Monaten keinen Sex mehr gehabt. Die Hormone hatten mein Gehirn geflutet, das war die einzig schlüssige Erklärung. Gab es auch so eine einfache Erklärung für die Fotos in Teddys Atelier?

Im Flur kreischte eine Frau. Hörte sich an wie Anita. Sofort musste ich daran denken, wie wir aus dem Regionalfernsehen von Sabinas Tod erfahren hatten. Drohten schon wieder schlechte Nachrichten? Jetzt war Jeannettes Stimme zu hören. Die beiden sprachen eine Weile miteinander, ohne dass ich verstand, worüber.

Als Jeannette hereinkam, klappte mir vor Verblüffung der Kiefer herunter. Meine Freundin sah aus, als sei sie einem experimentierfreudigen Friseur in die Hände gefallen, der sein komplettes Lockenwicklersortiment an ihr ausprobiert hatte. Ihre ehemals langen, glatten schwarzen Haare reichten nur noch bis zur Schulter, hatten sich in Korkenzieherlocken verwandelt und die Farbe von dunklen Karamellbonbons angenommen.

»Was hast du mit deinen Haaren gemacht?«, fragte ich entgeistert.

Jeannette warf sich in eine gezierte Modelpose und drehte

den Kopf wie in einem Shampoo-Werbespot locker umher. Geschmeidig wippten die glänzenden Locken bei jeder Bewegung. Unter dem schwarzen Blazer, den sie für Kundentermine überzog, trug sie ein Hemd in einem graugelben Ton und unförmige grüne Cargohosen mit Taschen an der Seite. Als sie den linken Fallschirmspringerstiefel diagonal vor den rechten stellte, verstärkte sich der schräge Eindruck ihrer Gesamterscheinung.

»Wie findest du meinen optischen Relaunch?«, fragte sie. »Hoffentlich hat Marcellino das Beste aus meinen Typ rausgeholt. Teuer genug war es jedenfalls. Marcellino hat bei der heiligen Jungfrau geschworen, ich würde aussehen wie Pretty Woman.«

Beim Gedanken an die gepflegte Erscheinung von Julia Roberts und wie sie in ihrem eleganten braunen Haute-Couture-Pünktchenkleid mit passenden Pumps und Hut in dieser Rolle ein Polospiel verfolgt hatte, musste ich lachen. »Nun ja, deine Haare sind kürzer, aber eine gewisse Ähnlichkeit ist schon da. Du wirkst wie Pretty Woman im Military-Look, kurz vor dem Einmarsch in den Iran. Übrigens, wer ist Marcellino? Deine neueste Chatbekanntschaft?«

Jeannette zog eine rote Heftmappe aus ihrer Umhängetasche. »Marcellino ist der Friseur meines Vertrauens. Meine neue Optik ist für diese Leckerstangen hier bestimmt.« Sie nahm drei Blatt Papier aus der Mappe und fächerte sie auf. Die Blätter erinnerten an den tabellarischen Lebenslauf eines Bewerbungsschreibens. In der rechten oberen Ecke ein Farbfoto, darunter zwei Textspalten.

Jeannette deutete auf das oberste Blatt. Das Foto zeigte einen braungebrannten Mann, dessen halblanges dunkles Haar vor Wetgel triefte. »Das ist Erik, sechsunddreißig, Diskothekenbesitzer und Fan von Britney Spears.«

Ich lehnte mich über den Tisch. Dieser Erik sah aus wie eine Mischung zwischen Jürgen Drews und Werner. »Dein Katastrophendate mit Nikolas scheint dich kaum abgeschreckt zu haben.«

»Im Gegenteil!«, sagte sie voller Begeisterung. »Deswegen habe ich beschlossen, meine Männersuche in Zukunft in die vertrauensvollen Hände deines Kunden zu legen. Du darfst mir also gratulieren. Seit einer Stunde bin ich Klientin von Eva Brandenburg. Die ist wirklich herrlich mit ihren Hochzeitsfotos und den Wonneproppen an der Wand. Wahrscheinlich denkt sie, ich wäre auf der Suche nach einem potenziellen Kindsvater und soliden Ernährer, dabei geht es mir in erster Linie um regelmäßigen Sex. Diese drei Partnervorschläge hat mir die Brandenburg netterweise gleich mitgegeben, als ich beiläufig meine Hitzewallungen erwähnte.« Jeannette grinste und schob das nächste Blatt zu mir herüber. Erst jetzt bemerkte ich die Fußzeile mit der Adresse der Partnervermittlung.

»Das hier ist Jan«, erklärte Jeannette und tippte auf den zweiten Vorschlag. »Jan ist neununddreißig, Architekt mit eigenem Büro. Er ist beruflich sehr erfolgreich und hat sein Liebesleben der Partnervermittlung anvertraut, weil er keine Zeit fürs klassische Balzen hat. Sein Büro baut ein Gewerbezentrum bei der neuen Landesmesse auf den Fildern. Sieht er nicht zum Anbeißen aus?«

Dass der Mann Architekt war, sah ich auf den ersten Blick. Die gab es hordenweise hier in Stuttgart, und alle sahen irgendwie gleich aus. Auch wenn sich jeder als Individualist verstand. Jan passte in das gängige Raster: die schwarzen Haare über der Stirn zu einem lässigen, nonkonformen Wirbel hochgekämmt, eckiges Designerbrillengestell, intellektueller, von architektonischen Visionen verhangener Blick. Aber er sah sympathisch aus. Aus den Lachfältchen schloss ich, dass er sich mit Jeannette zumindest auf dieser Ebene gut verstehen könnte.

»Nicht schlecht«, urteilte ich nach bewährter Schwabenmanier.

Plötzlich spürte ich, wie Jeannettes Röntgenblick mein Gesicht abtastete. Ich beugte mich tiefer über das Profilblatt des nächsten Kandidaten. Der dritte Partnersuchende hieß Bertram, war Gärtner und hatte sich passenderweise in grüner Latzhose und mit einem Rechen in der Hand ablichten lassen.

»Welchen der drei möchtest du als Ersten vernaschen?«

Obwohl Jeannette sonst auf das Thema Sex todsicher ansprang, fiel sie nicht auf mein Manöver herein.

»Deine Lippen sehen aus wie frisch aufgespritzt«, stellte sie fest. »Deine Haut schimmert wie ein Pfirsich, und dein Gesicht beginnt gerade zu glühen wie ein Lampion beim Martinsumzug.«

Ich zog den Kopf ein, denn ich ahnte, was als Nächstes kommen musste.

»Du hattest Sex!«, rief Jeannette verblüfft. »Und das während der Arbeitszeit! Unglaublich. So was bringe ja nicht einmal ich fertig.«

Sie schaute mich mit einer Mischung aus Ungläubigkeit und Bewunderung an. »Kaum bin ich einen halben Tag lang nicht hier, schon geht die Post ab. Teddy verschwindet spurlos, nachdem die Kripo ihn in die Mangel genommen hat. Und du findest trotz der vielen Arbeit noch Zeit, um durch die Laken zu toben. Wer war der Glückliche?«

Als ich schwieg, begann Jeannette zu kombinieren. »Anita sagte, du seist auf dem Bosch-Areal gewesen. Aber da hast du ihr einen Bären aufgebunden, weil du logischerweise unmöglich sagen konntest, was du tatsächlich getrieben hast.« Ihr Finger zielte auf mein Sonnengeflecht. »Weil du überhaupt nicht auf dem Bosch-Areal warst, sondern bei Teddy!« Triumphierend klatschte sie in die Hände. »Genauer gesagt, in seinem Bett. Musstest ihn wohl trösten wegen der Kripo. Was wollte die überhaupt von ihm?«

Etwas benommen von diesem Wortschwall sagte ich: »Der Kommissar wollte ihn wegen Sabina befragen.«

»Sabina?« Jeannette stutzte. »Was hat Teddy denn mit Sabina zu tun?« Als ich ihrem Blick erneut auswich, meinte sie: »Okay, lass mich raten. Er hatte eine Affäre mit ihr?«

»Ein Date. Es war nur ein Date.«

»Wieso klingt das so, als würdest du ihn verteidigen?« Jeannette musterte mich misstrauisch. »Raus mit der Sprache, was läuft hier eigentlich? Woher weißt du, dass Teddy mit Sabina verabredet war?«

»Ich war dabei.«

Jeannette zog die Augenbrauen hoch. »Wie darf ich das nun wieder verstehen? Habt ihr etwa zu dritt …«

Ich schüttelte den Kopf und erzählte, wie Teddy sich in der

Roten Kapelle mit Sabina getroffen hatte. Wohlweislich verschwieg ich, wie unverblümt er zuvor mit mir geflirtet hatte.

»Und was ist so verdächtig daran, dass Teddy mit Sabina verabredet war?«

»Na ja«, druckste ich herum. »Die beiden sind zusammen weggegangen.« Und zwar Arm in Arm, fügte ich nur in Gedanken hinzu. »Das war so gegen zehn am Dienstagabend.«

Jeannette pfiff durch die Zähne. »Verstehe. Du hast vielleicht ein Händchen für zwielichtige Männer! Was wollte der Kommissar von ihm wissen?«

»Weiß nicht, wir sind vorher rausgegangen. Mir hat Teddy erzählt, er habe Sabina zu ihrer Wohnung gefahren. Vor der Haustür habe er sich von ihr verabschiedet.«

»So, das hat er dir also erzählt. Und, glaubst du ihm?«

»Wieso sollte ich ihm nicht glauben?«

»Bist du wirklich so naiv, Bea?« Jeannette verdrehte die Augen. »Wahrscheinlich hat er mit dir geschlafen, um dein Gehirn mit seinem Testosteron auszuschalten.«

Das Telefon klingelte. Unwillig nahm Jeannette ab. »Anita, was gibt's? Wieso hat Werner keine Zeit, um im Seniorenheim neue Fotos zu schießen?«

Während Jeannettes Telefonat überlegte ich, ob an ihren Zweifeln an Teddys Aufrichtigkeit etwas dran war. Dieser Gedanke tat weh, aber aus bitteren Erfahrungen wusste ich, wie kreativ mein Ex mit der Wahrheit umging. Und wie clever er seine erotische Wirkung auf Frauen ausspielte, wenn er etwas erreichen wollte. Mir wurde heiß vor Scham. Hatte Teddy seine sexuelle Anziehungskraft etwa tatsächlich benutzt, um mich von seinem Treffen mit Sabina abzulenken? Spielte mir das Unschuldslamm vor, während er in Wirklichkeit einen Mord begangen hatte?

»Jobalarm!« Jeannette legte auf. »Nexx will noch einen Artikel. Das machst du. Ich muss mich um die Imagebroschüre der Seniorenresidenz kümmern, die sollte längst fertig sein.«

Kaum hatte ich begonnen, rief Hohlberg an und verlangte sofort eine schlüssige Argumentation für ein neues Logo der Partnervermittlung, das er eben mit Teddy beschlossen habe.

Also war Teddy inzwischen in die Agentur zurückgekehrt. Nur Minuten später bekam ich von ihm eine E-Mail mit dem Entwurf für das Logo. Sonst war kein Text dabei, als habe er mir nichts zu sagen.

Als ich gegen halb acht meine Ration Nachtarbeit für zu Hause zusammenstellte, übergab mir Anita das Aufnahmegerät mit Hohlbergs Interview. Schon morgen wollte er die überarbeitete Fassung sehen. Ich spulte zurück und hörte mir die ersten Minuten an. Wie befürchtet, kauderwelschte sich der Agenturchef am Thema vorbei wie ein Slalomläufer an den Torstangen. Ich begann, das Interview abzutippen. Bald traf ich vor Müdigkeit kaum mehr die richtigen Tasten. Ich packte das Aufnahmegerät ein und ging durch den Flur Richtung Ausgang.

Die Toilettentür stand offen und gab den Blick frei auf eine blonde Mähne und einen karamellfarbenen Lockenkopf, die sich vor dem Spiegel über dem Waschbecken dicht nebeneinander drängten.

»Mit dem Pinsel hier trage ich das Rouge auf?«, fragte der Lockenkopf und pustete über einen ausladenden Kosmetikpinsel. Rote Puderteilchen schwebten durch die Luft und sanken auf das Waschbecken, das aussah, als hätte der Marmor Röteln bekommen.

»Ja, damit betonst du die Wangenknochen.« Das war Anita.

Wie es aussah, nahm Jeannette ausgerechnet bei ihr eine Nachhilfestunde in Schminktechnik.

Mein Blick traf sich mit Jeannettes im Spiegel. Ihre Augen waren mit Kajal umrandet, und auf den Lidern schillerten passend zu ihren meergrünen Augen Blau- und Grüntöne.

»Bea, du siehst aus wie ein Zombie. Ein bisschen Rouge würde dir auch nicht schaden.«

»Von einem Friseurbesuch ganz zu schweigen.« Anita kicherte.

»Ich habe ein heißes Date heute Abend«, erklärte Jeannette und deutete auf den Rougepinsel. »Dafür brauche ich die richtige Kriegsbemalung.«

Hatte sie Anita etwa von ihrer Partnersuche erzählt? Das

konnte ich mir kaum vorstellen. Aber bis heute hätte ich auch nicht geglaubt, dass Jeannette wie Pretty Woman aussehen wollte.

Zu Hause schaltete ich die Abendnachrichten des Regionalsenders ein. Ein längerer Beitrag widmete sich den gebetsmühlenhaften Forderungen des Flughafenchefs nach einer zweiten Start- und Landebahn. Als der Bericht zu Ende war, wurde hinter der Sprecherin ein Foto vom Neckarufer eingeblendet. An der Müllverbrennungsanlage im Hintergrund erkannte ich Bad Cannstatt. Ich stellte den Ton lauter.

»Wie der Pressesprecher des Polizeipräsidiums mitteilt, gibt es neue Hinweise auf den sogenannten Neckarmörder. Seine Opfer waren im Abstand von vierzehn Tagen am Neckarufer gefunden worden.«

Ein Film wurde eingespielt. Zwei Männer standen vor dem Polizeipräsidium. Ein Reporter hielt einem Mann im dunklen Anzug mit Schnauzbart und hoher Stirn ein Mikro mit dem Logo des Regionalsenders unter die Nase.

»Herr Keilbach, was können Sie uns über die Ergebnisse der Obduktion von Sabina Sommer sagen? Ist sie das zweite Opfer des Neckarmörders?«

Der Mann im Anzug räusperte sich. »Die Todesursache ist aller Wahrscheinlichkeit nach Ersticken, die Tatwaffe ein weicher Gegenstand wie ein Kissen oder eine Decke. Schleifspuren deuten auf einen Transport hin, und der Fundort stimmt nicht mit dem Tatort überein. Da beide Opfer am gleichen Uferabschnitt gefunden wurden, gehen wir von einer Wiederholungstat aus.«

Eine Wiederholungstat. Also hatte der Neckarmörder wieder zugeschlagen! Und auch diesmal war das Opfer kurz vor seinem Tod in der Roten Kapelle gewesen. Wieder an einem Abend, an dem ich bedient hatte. Meine Hände wurden vor Aufregung feucht. Ich wendete den Blick nicht vom Fernseher.

»An beiden Leichnamen wurden Spermaspuren sichergestellt«, fuhr der Pressesprecher fort.

Spermaspuren! Davon wusste ich noch nichts.

»Wurde die Frau vor ihrem Tod vergewaltigt?«, hakte der Reporter nach.

»Sie verstehen, dass wir darüber zurzeit keine Auskunft geben können. Unsere Ermittlungen konzentrieren sich auf das private und berufliche Umfeld der Toten. Wie das erste Opfer wurde auch Frau Sommer am Abend vor ihrem Tod in einem Lokal in der Innenstadt gesehen. Danach verliert sich ihre Spur.«

Im Klartext bedeutete das, die Polizei hatte keine Ahnung, was passiert war. Oder aber sie behielt es für sich. Jetzt war wieder die Nachrichtensprecherin des Lokalsenders zu sehen. Hinter ihr wurde ein Bild von Sabina eingeblendet. Sie saß auf einer Parkbank, hatte die Arme auf die Sitzfläche gestützt und den Kopf in den Nacken gelegt. Sie lachte und wirkte so fröhlich, wie ich sie kennengelernt hatte.

»Wie der Pressesprecher bereits erklärte«, sagte die Nachrichtensprecherin, »wurde Sabina Sommer zuletzt gesehen, als sie ein Lokal am Feuersee in Begleitung eines Freundes verließ.«

In Begleitung eines Freundes, wiederholte ich in Gedanken. Obwohl ich allein war, stieg mir das Blut in den Kopf. Ich zog die Beine an und wappnete mich, falls gleich ein Bild von Teddy in Handschellen gezeigt werden würde.

»Die Polizei hofft nun auf Hinweise von Augenzeugen. Falls Sie also diese junge Frau am Dienstagabend im Stuttgarter Westen oder in Bad Cannstatt gesehen haben oder falls Sie wissen, wo sie sich sonst aufgehalten hat, melden Sie sich bitte bei der Polizei unter der folgenden kostenfreien Telefonnummer ...«

Also doch kein Teddy in Handschellen. Ich schaltete den Fernseher aus, ging in die Küche und holte mir im Dunkeln ein Bier aus dem Kühlschrank. Damit ließ ich mich auf der Fensterbank nieder. In der Wohnung gegenüber bildeten die Nachbarin und das Bügelbrett dunkle Silhouetten vor dem bläulich flackernden Fernseher. Ob sie auch den Bericht über den Neckarmörder verfolgt hatte?

Der Pressesprecher des Polizeipräsidiums hatte nichts von einem Hauptverdächtigen gesagt. Aber vielleicht war das auch nur Taktik, solange gegen Teddy ermittelt wurde. Stammten die Spermaspuren an Sabinas Leiche etwa von dem Mann, mit dem ich heute geschlafen hatte? War mein Ex tatsächlich zu einem Mord fähig? Aber wieso hatte der Kommissar ihn dann nicht schon verhaftet? Wieder sah ich Teddy und Sabina vor mir. Wie er sie küsste. Die beiden eng umschlungen. Teddys Hände an ihrer Kehle. Ihre vor Entsetzen geweiteten Augen.

Ich sprang auf und schaltete das Licht an, um die schrecklichen Bilder zu vertreiben. Mein Blick fiel auf den Laptop. Die perfekte Ablenkung. Um Mitternacht war mein Gehirn vom Alkohol angenehm wattiert.

FREITAG

Als ich Jeannettes Büro betrat, dachte ich zuerst, ich sei aus Versehen bei den Kundenberaterinnen gelandet. Das lag zum einen an der betäubenden Parfümwolke, die wie eine bösartige Lebensform aus einer anderen Galaxis unter der Decke hing. Zum anderen an der Aufmachung von Jeannette, die vor dem Regal stand und an einem tief ausgeschnittenen roten Jerseyshirt herumzupfte, das sie zu einem hautengen schwarzen Lederrock trug. Dieser nuttige Look war eher Anitas Stil. Die dazu kombinierten braunen Sandalen mit klobigen Keilabsätzen stammten dafür eindeutig aus Jeannettes Schuhschrank.

»Höchste Zeit, dass du kommst«, begrüßte mich Jeannette. »Jens war schon zweimal hier, um dir seine Headlines für die Pick-up-Karten zu überreichen. Liegt auf deinem Tisch.«

Mit den kostenlosen Postkarten zum Mitnehmen wollten wir in Kneipen, Szeneklubs und Boutiquen für die Partnervermittlung und die Flirtkurse werben. Dafür hatte ich mir heute Nacht einige Bildmotive mit passenden Sprüchen ausgedacht. Über einer vollbusigen Landschönheit im Dirndl mit geflochtenen Zöpfen sollte zu lesen sein: »Bei uns findet jede Heidi ihren Peter.« Im Kontrast dazu wollte ich auf einer anderen Karte einen niedlichen Punk mit Irokesenschnitt, Nasen- und Brauenpiercings zeigen, darüber die Headline: »Wanted: Friseurin ohne Nickelallergie.«

Wie es aussah, hätte ich mir meine Nachtarbeit sparen können. Leider waren Hohlbergs Vorschläge genauso banal wie befürchtet. »Jedem Töpfchen sein Deckelchen«, stand neben der Skizze eines Kochs mit Schneebesen und Pfanne in der Hand.

Jeannette zupfte den Ausschnitt des Oberteils zurecht und reckte ihre Minibrüste. »Wie findest du meinen Vamp-Look? Jan war total begeistert.«

»Welcher Jan?«

»Na der unglaublich gut aussehende Architekt, mit dem ich

mich gestern Abend in der Rosenau getroffen habe. Du weißt schon, einer der drei Typen, die Frau Brandenburg mir als potenzielle Zukünftige vorgeschlagen hat. Nach der katastrophalen Generalprobe mit Nikolas wollte ich unbedingt gleich noch einmal mein Glück versuchen. Dass Jan spontan Zeit hatte, ist bestimmt ein Wink des Schicksals.« Sie seufzte und stierte mit ungewohnt verträumtem Gesichtsausdruck aus dem Fenster, wo sich passenderweise Schäfchenwolken im blauen Himmel zu einer Herde ballten.

»Unglaublich, wie sexy du aussiehst.« Anita erschien in der Tür und deutete auf Jeannettes Rock. »Der steht dir fast so gut wie mir.«

Jeannette sah an sich hinunter und lächelte zufrieden. »Dank deinen Klamotten hatte ich den meisten Sexappeal in der Rosenau.«

»Jens wartet auf den Flirtführer«, ließ Anita mich wissen.

»Der hat doch Zeit bis nächste Woche, viel dringender ist das Interview mit Frau Brandenburg. Dachte ich zumindest.«

Süffisant spitzte Anita die himbeerroten Lippen. »Das Denken überlässt du besser Jens und mir. Und das Wort Zeit solltest du aus deinem Vokabular streichen, wenn du weiterhin hier arbeiten willst. Ist das Interview fertig?«

Einige Zentimeter kleiner geworden, reichte ich ihr das Aufnahmegerät und einen Ausdruck.

»Anita, du musst mir unbedingt zeigen, wie ich den Lidstrich in einem Schwung hinbekomme. Bei mir sieht der aus wie eine Reihe von Fliegenschissen«, sagte Jeannette.

»Klar, komm einfach nachher vorbei.«

Obwohl ich jedes Wort mitbekam, tat ich so, als wäre ich vollauf in meine Arbeit vertieft. Ich fühlte mich gedemütigt und spürte mehr als nur einen Hauch von Eifersucht.

»Sind die beiden Typen von der Kripo noch bei Nikolas im Büro?«, erkundigte sich Jeannette.

Verblüfft sah ich auf. »Was will die Kripo denn von Nikolas?«

Jeannette zuckte mit den Schultern. »Ich vermute mal, es geht um Sabina.«

»Sabina? Wieso fragen sie Nikolas nach ihr?«

»Keine Ahnung, aber findet ihr nicht auch, dass sich unser Superhirn neulich während der Sondersendung ziemlich merkwürdig verhalten hat?«

»Ich frage mich, wieso er sich das überhaupt angesehen hat«, sagte Anita.

Plötzlich sah ich vor mir, wie sich Nikolas' Finger in den Stoff seines Jacketts gekrampft hatten. Als ich die Sondersendung später erwähnte, war da für einen Moment ein schockierter Ausdruck in seinem Gesicht gewesen, das normalerweise so unbewegt war wie die Kalksteinfelsen der Schwäbischen Alb.

»Wisst ihr«, sagte Jeannette, »in letzter Zeit kommt es mir so vor, als wären wir ein Unterschlupf für Kriminelle. Natürlich ist die gesamte Werbebranche genau das, wenn wir ehrlich sind. Aber ausnahmsweise rede ich nicht von der Vortäuschung falscher Tatsachen, von Versklavung und Verbreitung groben Unfugs – also unserem üblichen Tagesgeschäft. Überlegt doch mal: Gestern verhört der Kommissar Teddy. Und heute quetschen er und sein Kollege unseren Controller aus. Fehlt nicht viel und die verlegen ihr Dezernat vom Pragsattel hierher. Ich würde zu gerne wissen, was die von Nikolas wollen.«

»Der Dicke ist von der Kriminaltechnik, so hat er sich vorgestellt«, sagte Anita. »Ich seh mal, was ich herausfinde.«

Werner rief an und wollte mit mir den Ablauf des Shootings in der Partnervermittlung durchsprechen. Ich vertröstete ihn auf später.

»Gib mir unseren Starfotografen«, bat Jeannette. Ich reichte ihr den Hörer. »Du, Werner. Ich brauche unbedingt professionelle Fotos von meinem neuen Look. Schau bitte kurz rein, damit wir einen Termin vereinbaren können. Ja, klar bezahle ich dir das privat.«

»Wieso brauchst du jetzt noch Fotos?«, fragte ich, als sie aufgelegt hatte. »Dein Date mit diesem Architekten scheint doch ein Volltreffer gewesen zu sein.«

»Das war es allerdings.« Jeannette strahlte. »Aber ich möchte auf alle Eventualitäten vorbereitet sein. Außerdem muss mein neues Styling unbedingt für die Nachwelt dokumentiert werden.«

Ich rief in der Partnervermittlung an, um meine Texte über die Flirtkurse freigeben zu lassen. Frau Wenzel meldete sich. Leider hatten weder sie noch Frau Brandenburg heute Zeit dafür.

»Vielleicht können wir das mit der Abstimmung für das Fotoshooting verbinden«, schlug ich Frau Wenzel vor.

Wir verabredeten uns für Samstagnachmittag.

Kaum hatte ich aufgelegt, steckte Anita den Kopf ins Zimmer. »Die Bullen sind mit Nikolas unterwegs zum Parkplatz.«

Jeannette lief zum Panoramafenster. »Mist, von hier aus sehe ich nichts. Ich geh rüber in die Küche. Vom Balkon hat man den Parkplatz gut im Blick.«

Nach kurzem Zögern folgte ich ihr in die Küche. Die Balkontür stand offen. Verkehrsgeräusche von der Weinsteige mischten sich mit dem Gezwitscher der Vögel, die Bäume und Büsche neben dem Parkplatz bevölkerten. Jeannette hing so weit über dem Geländer, dass ich ihren Slip unter dem Lederrock sehen konnte.

Ich trat zur ihr auf den Balkon. »Was ist da unten los?«

Jeannette schob sich ein paar Zentimeter weiter übers Geländer. »Wenn ich richtig gesehen habe, hat unser Schwaben-Bill-Gates gerade etwas unterschrieben. Bestimmt bekommt er einen saftigen Strafzettel.«

»Einen Strafzettel? Wieso? Hat er falsch geparkt? Oder ist sein TÜV etwa auch abgelaufen?« Was für mich Alltag war, konnte ich mir bei diesem Ordnungsfanatiker kaum vorstellen.

Auf dem Parkplatz vor der Villa stand Nikolas mit zwei Männern. Der eine war Kommissar Gabriel, sein Kollege war kleiner, ziemlich kräftig und trug eine Windjacke. Die drei schienen sich über Nikolas' protzigen Porsche Boxster zu unterhalten, dessen silberner Lack glänzte, als sei er frisch vom Zuffenhausener Firmengelände gerollt.

»Sieh dir das nur an!« Jeannette gestikulierte aufgeregt. »Jetzt kriecht der eine in den Porsche. Was hat der nur vor?«

Aus der offenen Fahrertür der Luxuskarosse ragten die Beine des Kriminaltechnikers, der quer über den Sitzen lag und im Fußraum des Beifahrers hantierte. Als er rückwärts herausrobbte, hielt er in der Linken zwei durchsichtige Plastiktütchen, die er Gabriel zeigte.

»Was treibt ihr da, zum Donnerwetter!«, brüllte es hinter uns. Vor Schreck wären Jeannette und ich beinahe übers Geländer gestürzt.

Hohlbergs Gesicht leuchtete wie ein gekochter Hummer. Er stemmte die Hände in die Hüften, worauf sich die Schulterpolster seines schwarzen Designeranzugs hochschoben und wie kleine Berge neben dem Kopf auftürmten. »Ich bezahl euch nicht fürs Spazierenglotzen!«

»Jens, wir recherchieren hier«, gab Jeannette so cool zurück, als wäre es völlig normal, das auf dem Küchenbalkon zu tun.

»Recherchieren?«, fragte Hohlberg misstrauisch.

Jeannette nickte. »Bea will einen Artikel über ein Produkt von Nexx mit Birkenöl schreiben, aber sie weiß nicht, wie eine Birke aussieht. Da habe ich ihr die im Hof gezeigt.«

Hohlberg verharrte ein paar Sekunden ungläubig, dann trat er den geordneten Rückzug an.

Als wir wieder in den Hof hinunterblickten, war Nikolas nicht mehr zu sehen. Die beiden Polizeibeamten fädelten sich in Gabriels schmutziggrauem Audi auf die Weinsteige ein.

Während ich die Produktpalette von Nexx nach einer Kosmetik mit dem Inhaltsstoff Birke durchsuchte, surfte Jeannette im Internet.

»Volltreffer!«, rief sie triumphierend. »Ich ahnte doch, dass Nikolas etwas zu verbergen hat. Laut Stuttgarter Zeitung gibt es im Fall des Neckarmörders eine neue Zeugenaussage. Ein Anwohner der Hofener Straße will einen verdächtigen silbernen oder weißen Wagen an dem Abend dort gesehen haben, an dem Sabina ermordet wurde.« Über den Bildschirm hinweg nickte sie mir zu. »Bin ich froh, dass ich mein Date mit Nikolas überlebt habe.«

»Meinst du wirklich, Nikolas hat etwas mit Sabinas Tod zu tun?« Irgendwie kam ich jetzt nicht mehr mit, denn an diesem Abend war doch Teddy mit ihr verabredet gewesen war.

Einmal mehr bewies Jeannette ihr Talent als Gedankenleserin. »Darüber müsstest du eigentlich froh sein. Denn das würde bedeuten, dass Teddy unschuldig ist.«

Wie aufs Stichwort kam mein Ex herein. Als er unsere Blicke durchdringend auf sich ruhen sah, wich er zurück und strich sich über sein Haar und den Mund. »Was ist los? Habe ich Taubenkacke auf dem Kopf oder einen Farbfleck im Gesicht?«

Jeannette hob die Augenbrauen. »Nein, aber vielleicht hast du einen Fleck auf deiner weißen Weste.«

Teddy trat zu mir und zeigte auf Jeannette. »Was meint sie damit?«

Betont gleichmütig zuckte ich mit den Schultern. Teddy wusste offenbar noch nichts von der Durchsuchungsaktion auf dem Parkplatz. Und ich hatte nicht vor, ihm davon zu erzählen.

»Bea, ich brauche Inhalte für die Website der Partnervermittlung«, besann er sich auf sein Anliegen.

»Sag mal, Teddy«, wandte sich Jeannette im besten Verhörton an ihn. »Ich habe erfahren, dass du mit Sabina verabredet warst. Und zwar interessanterweise genau an dem Abend, an dem sie ermordet wurde. Kanntest du zufällig auch diese Angestellte von der Stadtverwaltung, die vor zwei Wochen umgebracht wurde?«

»Woher du davon weißt, brauche ich wohl nicht zu fragen«, knurrte Teddy und schickte mir einen eisigen Blick. Die Tür knallte hinter ihm ins Schloss.

»Ganz schön gereizt, unser Casanova. Dabei hab ich doch nur spekuliert. Weißt du, ob er das erste Opfer kannte?«

Obwohl mir der Schweiß ausbrach, schüttelte ich scheinbar unbeteiligt den Kopf. »Nein, keine Ahnung.« Aber die würde ich bald haben, denn ich wollte schleunigst herausfinden, ob es auch eine Verbindung zwischen Teddy und dieser Frau gab.

Mit meiner leeren Kaffeetasse als Alibi ging ich in die Küche und wuchtete den Altpapierstapel auf den Tisch. Systematisch durchsuchte ich Boulevardblätter, Tageszeitungen und das Wochenblatt nach Informationen über das erste Opfer des Neckarmörders. Laut Tageszeitung hieß sie mit Vornamen Magdalena. Vom Nachnamen war nur der erste Buchstabe erwähnt, ein L. Ich musste nicht lange suchen. Das Boulevardblatt ließ es sich nicht nehmen, den kompletten Namen zu lüften: Magdalena Lenz.

Dass sie nur zweiunddreißig Jahre alt geworden war, wusste ich schon aus den Radionachrichten. Doch als ich las, wo sie gewohnt hatte, stockte mir der Atem: in der Liststraße im Lehenviertel. Nur eine Straße entfernt vom Markusplatz! Außerdem lag an der Ecke Lehenstraße und Liststraße Teddys Lieblingskneipe, das Lehen. Früher hatten wir dort bei Guinness und Billard viele Abende verbracht. Gut möglich also, dass Teddy Magdalena Lenz dort kennengelernt hatte.

»Bea! Was machst du hier?«

Erschrocken fuhr ich auf. Ich hatte völlig vergessen, wo ich war.

Anita stand auf der Türschwelle, die Knie unter dem um die Oberschenkel gespannten Rock durchgedrückt. »Ich hoffe, du sichtest die Stellenanzeigen«, keifte sie. »Wenn Jens erfährt, dass du hier in aller Seelenruhe Zeitung liest, wirft er dich eigenhändig raus!«

Jetzt musste schnell eine Ausrede her. »Ich suche die alten Inserate der Partnervermittlung. Wir schalten doch sicher nächste Woche eine Anzeige, um für den Tag der offenen Tür zu werben?«

Anitas überraschter Blick verriet, dass bisher niemand derartige Anzeigen geplant hatte, obwohl es naheliegend war.

Als die Kundenberaterin sich verzogen hatte, riss ich die Seiten mit den Artikeln über Magdalena Lenz heraus und ging rüber ins Grafikatelier. Nur die Praktikantin saß an ihrem Platz.

»Wo sind die Jungs?«

»Mittagessen im Hüftengold.«

»Wollten sie dich nicht dabeihaben?«

Die Praktikantin winkte ab. »Ich esse mittags nie.«

Wahrscheinlich nahm sie auch sonst nur selten etwas zu sich, das mehr Kalorien als ein Salatblatt hatte. Erstaunlich, wie sie bei so wenig Fettzufuhr ihren beachtlichen Brustumfang halten konnte.

»Ich muss mir dringend Teddys Layouts für die Partnervermittlung ansehen«, erklärte ich und klickte den Bildschirmschoner weg. Dann rief ich das E-Mail-Programm auf und suchte nach dem Namen des ersten Opfers. Fehlanzeige. Auch im Online-Adressbuch war keine Magdalena eingetragen. Aber das musste nicht viel heißen. Teddy telefonierte lieber, als mühsam E-Mails zu tippen.

Neben einer halbleeren Flasche Cola lag ein zerfleddertes Adressbuch im Keith-Haring-Design, das ich noch von früher kannte. Unauffällig sah ich hinüber zur Praktikantin. Sie schenkte mir keine Beachtung, weil sie mit dem Feilen ihrer Fingernägel beschäftigt war. Ich zog Teddys Adressbuch her und blätterte zum Buchstaben L. Kein Eintrag gehörte zu jemandem mit dem Nachnamen Lenz. Auch auf den Seiten mit M wurde ich nicht fündig. Ich wollte das Adressbuch schon aus der Hand legen, doch dann zögerte ich und schlug den Buchstaben B auf. Dort fand ich einen Eintrag mit der Adresse meiner Studentenwohnung und eine alte Telefonnummer, an die ich mich nicht mehr erinnern konnte. Der Eintrag war mehrmals dick durchgestrichen, was sich merkwürdig anfühlte. Einer Eingebung folgend blätterte ich zum Buchstaben P. Tatsächlich fand ich mich dort wieder, und zwar als Bea Pelzer. Das klang neutral und irgendwie demütigend. Daneben stand meine neue Telefonnummer.

Hinter mir räusperte sich jemand. Mein Kopf schoss hoch.

Teddy grinste breit, die Hände in die Jeanstaschen versenkt. »Sollte ich dich lieber wieder unter B einordnen? Immerhin sind wir uns nun wieder nähergekommen, um es mal dezent zu formulieren.«

Mit hochrotem Kopf winkte ich ab. »One-Night-Stands haben nichts mit Nähe zu tun, Teddy.«

Erst als ich die Praktikantin kichern hörte, erinnerte ich mich daran, dass wir nicht allein im Raum waren. Mist, die hatte ich völlig vergessen. Ich konnte wohl kaum auf ihre Diskretion zählen.

Als Jeannette mit Hohlberg die Präsentation in der Seniorenresidenz nächsten Dienstag durchsprach, nutzte ich die Gelegenheit und rief in der Roten Kapelle an. Ich hielt mir die Nase zu und nieste mehrmals, um deutlich zu machen, warum ich in diesem Zustand unmöglich Getränke oder gar Speisen servieren konnte. Nach einigem Hin und Her tauschte ich meine Schicht mit Sonntag.

Das Telefonat brachte mich auf eine Idee, wie ich herausfinden konnte, ob Teddy diese Magdalena gekannt hatte. Neulich hatte mir der Kommissar in der Roten Kapelle ein Foto von ihr gezeigt. Bestimmt hatte er auch meine Kollegen befragt, ob sie diese Frau und ihren Begleiter in der Kneipe gesehen hatten. Genau das wollte ich bei der nächstbesten Gelegenheit auch tun.

Als ich mit meinem Artikel über Badeöl mit Birkenextrakt fertig war, kam Jeannette zurück und fragte, ob ich nach Feierabend mit ihr shoppen gehen wolle.

»Ich habe für das Shooting mit Werner überhaupt nichts im Kleiderschrank, was meinen neuen Typ unterstreicht.«

Mit Jeannette durch die Boutiquen zu ziehen wäre amüsant. Aber mein Abend war schon verplant, wenn ich ihr auch nicht verraten wollte, womit.

»Keine Zeit, sorry. Ich muss endlich mit dem Flirtführer vorankommen, Hohlberg fragt schon ständig danach.«

»Aber lass dir ja nicht einfallen, unser Walkingtreffen morgen abzusagen«, mahnte Jeannette. »Meine Waden und Oberschenkel brauchen unbedingt ein Work-out, damit ich im Minirock knackig aussehe. Sollen wir uns wieder im Rosensteinpark treffen?«

Seit einiger Zeit gingen wir am Wochenende mit Jeannettes Mitbewohnerinnen aus der WG in den Stuttgarter Grünanlagen walken.

»Im Rosensteinpark?«, sagte ich beunruhigt. Bei unserer letzten Tour dort hatten wir eine Schleife übers Neckarufer eingelegt. Und dort wollte ich gerade bestimmt nicht hin.

»Denk an das leckere Kuchenangebot im Sauriercafé«, gab ich zu bedenken. So nannten wir das kleine Café im Museum am Löwentor, wo geschichtsinteressiertere Menschen als wir Funde aus der Vorzeit Südwestdeutschlands bewundern konnten.

»Stimmt, neue Fettzellen kann ich jetzt nicht riskieren. Außerdem kennen wir dort inzwischen jeden Hundehaufen.«

Nachdem wir uns auf den Weißenburgpark geeinigt hatten, arbeitete ich konzentriert bis sieben. Dann packte ich meine Sachen zusammen und wünschte Jeannette einen schönen Abend.

»Den werde ich haben, darauf kannst du Gift nehmen. Shopping mit Anita und danach werde ich mich frisch gestylt zum nächtlichen Chill-out mit Jan treffen. Das wird eine lange Nacht, wenn du verstehst, was ich meine.«

Als ich in den Hof trat, sah ich zu Nikolas' silberfarbenem Porsche. Ob die Polizei ihn tatsächlich wegen den Neckarmorden befragt hatte? Nach der Zeugenaussage über das verdächtige Auto lag das nahe. Aber welche Verbindung könnte es zu Nikolas geben? Von Sabina wusste ich, dass sie gerne mit Männern geflirtet hatte. Doch warum hätte sie sich mit diesem hölzernen, humorlosen Typen abgeben sollen? Ich drehte mich um und stand direkt vor Teddys Alfa Romeo. Den gepflegten kleinen Oldtimer mit der Beule in der Beifahrertür hatte ich schon tausendmal gesehen. Er war sein ganzer Stolz. Doch nun starrte ich den Alfa an, als würde ich ihn zum ersten Mal bewusst wahrnehmen. Das Auto war weiß! Laut Zeugenaussage war der auffällige Wagen in der Hofener Straße silbern oder weiß gewesen.

Nichts wie weg hier! Ich stürzte zum Corsa und bog mit quietschenden Reifen vor einem Omnibus der Linie 43 auf die Weinsteige ein. Noch bis in die Olgastraße hinein hupte der Busfahrer hinter mir her.

Zu Hause schaltete ich meinen Laptop ein und rief die Stuttgarter Zeitung auf. Gleich auf der ersten Seite wurde ich fündig. Ein Zeuge hatte beobachtet, wie ein silberfarbenes oder weißes Auto mehrmals vor dem Neckarauenpark auf und ab gefahren war und schließlich dort geparkt hatte. Leider hatte er nicht mitbekommen, was danach passiert war, weil seine Frau ihn vom Fenster weggerufen hatte. Doch viel wichtiger war, dass er glaubte, diesen Wagen auch vor zwei Wochen beobachtet zu haben, an dem Abend, bevor das erste Opfer dort gefunden worden war. Damit gab es neben dem fast identischen Fundort der Frauen, ihrem Tod durch Ersticken und den Spermaspuren eine weitere Parallele zwischen den beiden Verbrechen. Und ein zusätzliches Indiz, das meinen Ex belastete.

Zehn Minuten vor acht betrat ich das Foyer des Theaterhauses am Pragsattel. Inzwischen hatte ich mich etwas beruhigt, dennoch kam ich mir vor wie im stillen Auge eines Orkans, der um mich herum tobte, ohne dass ich genau wusste, woher der Wind wehte.

Jetzt wollte ich das alles für ein paar Stunden vergessen und tauchte in die vibrierende Atmosphäre der früheren Rheinstahlhalle ein. Lachen, Gesprächsfetzen, das Klirren von Gläsern und die Parfümdüfte aufgehübschter Menschen im Foyer und an der Bar vertrieben meine düsteren Gedanken. Ich holte die zerknitterte Eintrittskarte hervor. Der Titel der Tanzinszenierung lautete »Fremdherz«. Die Aufführung fand im Raum T 2 statt. Ich folgte den Schildern.

Mein Platz war nur drei Reihen von der Bühne entfernt, die hinter einem dramatisch ausgeleuchteten schwarzen Samtvorhang verborgen war. Das Licht war gedimmt und die Zuschauerreihen gut gefüllt. Von modernem Tanztheater hatte ich wenig Ahnung. Nicht gerade ein Ruhmesblatt, immerhin heimste das Stuttgarter Ballett eine Auszeichnung nach der anderen ein. Meine bisher einzige Begegnung mit Tanz war eine Inszenierung von »Tristan und Isolde« mit Ismael Ivo und Marcia Haydée im alten Theaterhaus in Wangen gewesen.

Das Licht ging aus, und Trommeltöne wie das Schlagen eines überdimensionierten Herzens setzten ein. Der Rhythmus wurde schneller, die Schläge lauter. Ein hoher, sirrender Ton schwoll an, bis er die Schläge überlagerte. Von einem Moment auf den anderen brachen die Geräusche ab. Stille breitete sich im Saal aus. Hinter mir begannen sich Zuschauer zu räuspern. Der Mann neben mir knisterte einen Kaugummi aus seiner Packung. Als sich der Vorhang endlich öffnete, sah ich Rot.

Die Bühne war mit einem roten Seidentuch bedeckt, das an eine riesige Blutlache erinnerte. Erst als sich in der Mitte der

Fläche etwas bewegte, bemerkte ich die Umrisse eines menschlichen Körpers. Wie in Zeitlupe stand der Tänzer auf, zog dabei das Tuch mit sich hoch und bewegte sich in fließenden Bewegungen zu den Tönen eines Streichinstrumentes. Schwarz gekleidete Tänzer hoben das Tuch an den Schmalseiten auf. Ventilatoren gaben dem leichten Stoff Auftrieb. Jetzt war der Tänzer in der Mitte zu sehen. Er trug weiße Leggins. Gesicht und Oberkörper waren weiß geschminkt, was ihn wie eine Marmorstatue wirken ließ. Im Rhythmus des wieder einsetzenden Trommelns bewegte er das Tuch. Erst jetzt erkannte ich Sascha. Das braune Haar und die Augen waren die einzigen dunklen Elemente an ihm. Fasziniert verfolgte ich das Geschehen auf der Bühne und vergaß alles um mich herum, bis das rote Tuch sich wieder auf die Tänzer herabsenkte. Applaus brandete auf. Auch ich klatschte, bis mir die Handflächen brannten.

Als Sascha und sein Ensemble nach mehreren Vorhängen von der Bühne gingen, überlegte ich, was ich jetzt tun sollte. Sascha und ich waren nicht direkt verabredet, aber er hatte angedeutet, er wolle mich nach der Vorstellung treffen. Die anderen Zuschauer gesellten sich an die Bar oder strömten ins Restaurant. Eine Weile trieb ich mich vor dem Eingang herum. Schließlich ging ich zurück in den Saal und setzte mich in die letzte Reihe. Nach einer Weile kam ein Mann auf die Bühne, schirmte seine Augen vor den Strahlern ab und blickte sich im Zuschauerraum um. Die weiße Schminke war aus Saschas Gesicht verschwunden. Seine dunklen Haare glänzten feucht, und er trug Straßenkleidung. Als er mich entdeckte, winkte er mich zu sich und schlug einen nächtlichen Spaziergang auf den Burgholzhof vor.

Wir überquerten die mehrspurige Kreuzung am Pragsattel, auf der reger Ausgehverkehr herrschte, und folgten der Straße hinauf Richtung Bosch-Krankenhaus. Sascha trug Jeans, ein schwarzes T-Shirt und darüber eine Jacke mit militärischem Tarnmuster. Er erzählte mir von seinem Stück und wie stolz er sei, weil das tanzkundige Stuttgarter Publikum jede Aufführung feierte. Als wir am Polizeipräsidium vorbeikamen, drohte die Wirklichkeit die magische Stimmung zu vertreiben. Ich konzentrierte mich ganz auf Sascha, der sich trotz der Unebenheiten des Feldwegs geschmeidig wie auf der Bühne bewegte, während ich Mühe hatte, nicht über meine eigenen Füße zu stolpern.

»Wie hat es dich ausgerechnet nach Stuttgart verschlagen?«, fragte ich ihn. »Von Berlin aus gesehen liegt das nicht gerade nahe. Außerdem wärst du sicher der erste Berliner, der freiwillig zu uns in den Süden kommt.«

Sascha lachte. »Ich war im Frühjahr bei einem Tanzfestival im Treffpunkt Rotebühlplatz eingeladen und habe einen Preis gewonnen. Vielleicht hast du mich dort sogar tanzen sehen?«

Ich schüttelte den Kopf. »Tanztheater ist nicht so meine Welt.«

»Schade. Na ja, dafür war Werner Schretzmeier dort und hat mich spontan ins Theaterhaus eingeladen. Da ich in Berlin sowieso gerade kein Engagement in Aussicht hatte und das Preisgeld für ein paar Wochen reichte, bin ich hiergeblieben.«

Zwischen Weinbergen schraubte sich der Weg den Berg hoch. Mit jedem Höhenmeter wurde der Verkehrslärm vom Pragsattel leiser. Der noch fast volle Mond leuchtete wie ein Kunstobjekt aus Neonröhren in klarem Weiß und degradierte die Sterne in seiner Umgebung zu winzig kleinen Punkten.

»Schön, dass du gekommen bist, Bea. Entschuldige, dass ich ständig vom Tanzen rede. Ich gelobe hiermit Besserung. Aber für uns Tänzer ist die Welt ziemlich klein. Wir arbeiten sehr konzentriert, und für uns zählt eigentlich nur das Theater.«

»Erinnert mich an die Werbebranche. Für Werber ist ihre Agentur der Nabel der Welt. Sonst gibt es nicht viel, was zählt. Designerklamotten, luxuriöse Autos, Schickimicki-Restaurants.«

»Hört sich nicht so an, als würdest du dich dort wohl fühlen.«

»Ich bekomme Geld dafür. Irgendwann mal. Hoffentlich.«

»Da geht es dir wie mir.« Sascha lachte. »Aber was ist schon Geld?« Er blieb stehen und hob die Hände zum Himmel.

»Kleine bedruckte Papierscheinchen, die Menschen unglücklich machen«, zitierte ich frei aus einem meiner Lieblingsbücher.

Sascha fragte begeistert: »Du kennst Douglas Adams? Dann bist du also eine Seelenverwandte, das ahnte ich. Für mich ist ›Per Anhalter durch die Galaxis‹ ebenso gesellschaftskritisch wie die Schriften von Karl Marx. Und für einen Berliner will das was heißen!«

Mit einem Seitenblick vergewisserte ich mich, ob er es ernst meinte oder sich über mich lustig machte. Dabei blieb mein Fuß an einem Grasbüschel hängen, und ich rempelte gegen Sascha. Hoffentlich dachte er nicht, das sei eine Anmache gewesen.

Sascha legte mir den Arm um die Taille, bis ich wieder sicher stand. »Immer einen Fuß vor den anderen, Bea. Links, rechts, links. Ist ziemlich einfach.« Er machte es mir vor. Dabei zog er mich mit sich und löste die Umarmung auch nicht, als ich wieder im Tritt war.

Jetzt musste ich lachen. Es hörte sich etwas aufgesetzt an, was an seiner verwirrenden körperlichen Nähe lag. Seine Haut roch nach Sommersonne und Duschgel. »Für Tänzer ist das bestimmt einfach«, antwortete ich. »Du scheinst über diesen Weg zu schweben wie vorhin über die Bühne.«

Als Sascha mich losließ, spürte ich ein leises Bedauern. Dann bemerkte ich, wie nah er neben mir ging. Wollte er für alle Fälle zur Stelle sein, falls ich in das nächste Schlagloch fiel? Wie um es herauszufordern, wurden meine Knie weich.

An einer Stelle mit besonders schöner Aussicht über die Reben und den Lichterteppich, der sich im Stadtkessel und über die Hügel ausbreitete, blieben wir stehen. Sascha machte eine ausladende Geste über die Landeshauptstadt, als wäre er ein Herrscher, der stolz sein Reich betrachtete.

»Wieso glaubt ihr immer, ihr müsstet euch dafür entschuldigen, hier zu leben? Ich finde eure Stadt wirklich schön. Anders als Berlin, klar. Ihr habt mehr Hügel. Und guten Wein, um den beneide ich euch.«

»Kommen wir dir nicht eher kleinstädtisch vor? Ich meine, im Vergleich zu Berlin?«

Sascha sah zu den drei Reihen winziger quadratischer Fenster an der Kanzel des Fernsehturms gegenüber, deren Weiß vom roten Leuchten der Signallampen eingerahmt wurde. Weil die Stahlbetonnadel des Fernsehturms in der Dunkelheit nicht zu sehen war, schwebten die Lichter einem Raumschiff gleich über dem Hohen Bopser.

»Ehrlich gesagt, bin ich die meiste Zeit im Theater und hatte noch wenig Gelegenheit, eure *Kleinstadt* zu erkunden. Aber euer schizophrenes Verhältnis zu dieser Stadt ist mir gleich aufgefallen. Sehr merkwürdige Eigenart von euch Eingeborenen.« Er drehte sich zu mir um und hielt meinen Blick mit seinen dunklen Augen fest.

Meine Knie verwandelten sich endgültig in Gelee. Hoffentlich wurde ich jetzt nicht rot wie eine Landmaus, die von der Großstadtmaus ein Kompliment bekommt.

Sascha kam näher. Der Duft seiner Haut intensivierte sich, und ich nahm noch etwas anderes wahr, das darunter lag. Etwas Männliches, Wildes.

Was für ein Kitsch!, schoss es mir in der gleichen Sekunde durch den Kopf. Doch als Sascha sich zu mir herunterbeugte, sehnte ich mich danach, seine Lippen zu berühren. Im rechten Mundwinkel entdeckte ich einen Rest der weißen Schminke. Mein Lächeln schien Sascha als Aufforderung zu verstehen. Seine Lippen strichen über meinen Mund. Sie fühlten sich trocken an und warm. Und sie schmeckten nach mehr.

Als ich das Gleichgewicht verlor, spürte ich Saschas Hand in meinem Rücken. Er zog mich an sich. Umgeben von Weinbergen und hoch über den funkelnden Lichtern der Stadt küssten wir uns leidenschaftlich.

SAMSTAG

Mein Hochgefühl hielt auch am nächsten Morgen an. Wie der Wetterbericht vorausgesagt hatte, war der Himmel über Stuttgart wolkenlos. Mitten im tiefen Blau fluoreszierte die Sonne wie eine genmanipulierte Orange. Der Ruhestörer über mir hatte diese Nacht mit Schlafen statt mit Trampolinspringen verbracht. Ich hatte selig geträumt und barst nun vor Energie. Nach dem Frühstück beschloss ich, das Wochenende mit einer guten Tat zu beginnen, um dem Schicksal dafür zu danken, dass es Sascha nach Stuttgart geführt hatte.

Ich zog alte Jeans über, fischte ein Shirt aus der Bügelwäsche, zupfte die Spinnweben von meinem Besen und begann den Gehweg vor dem Haus zu fegen. Beschwingt von der Erinnerung an den romantischen Abend mit Sascha tänzelte ich mit dem Besen in der Hand an der Gehsteigkante entlang wie einst Gene Kelly mit dem Regenschirm als Amerikaner in Paris. Sascha, Sascha, Sascha, frohlockte meine innere Stimme bei jedem Besenstrich. Noch immer spürte ich seine Lippen auf meiner Haut. Gegen Mitternacht waren wir zum Theaterhaus zurückgekehrt, wo wir uns mit endlosen Küssen verabschiedeten. Sascha hatte mir für unser nächstes Wiedersehen eine Überraschung versprochen. Schon in wenigen Stunden würde es so weit sein. Heute nach der Vorstellung sollte ich ihn in der Garderobe besuchen.

Mein Körper war von Glückshormonen überschwemmt, und so konnte meiner Euphorie auch das wohlbekannte blecherne Putzeimerklappern nichts anhaben, mit dem Frau Graislinger in Kittelschürze und mit einem geblümten Tuch um die lilagrauen Dauerwellen die Bildfläche betrat. Hätten die Stadtoberen den amerikanischen Bildhauer Duane Hanson, dessen täuschend lebensechte Skulptur einer Putzfrau in der Staatsgalerie bei den Besuchern für Aufsehen sorgte, um ein Denkmal für die kehrwochensüchtige schwäbische Hausfrau gebeten, wäre Frau Graislinger das ideale Model gewesen.

»Grüß Gott, Frau Pelzer«, murrte sie mit sauertöpfischer Miene und zog die schmalen Lippen zusammen, bis ihr Mund an das Ende einer zu lange gelagerten Fleischwurst erinnerte.

Ich konzentrierte mich darauf, mit dem Besen einen festgetretenen Kaugummi vom Bordstein zu schrubben.

Frau Graislinger stellte den Blecheimer auf dem Gehweg ab. »Sie, Frau Pelzer. Gut, dass ich Sie zufällig treffe.«

Sie benutzte allen Ernstes das Wort zufällig. Dabei hing sie bestimmt schon seit dem Morgengrauen an der Fensterbank ihrer Küche, um das Geschehen in der Nachbarschaft zu beobachten.

Während ihr missbilligender Blick jede einzelne Falte meines ungebügelten Shirts anklagte, sagte sie vorwurfsvoll: »Haben Sie den Zettel übersehen, den ich an Ihre Wohnungstür gehängt habe?«

»Zettel? Was für ein Zettel?« Unter schwungvollem Kehren blinzelte ich unschuldig. Dabei konnte ich mich bestens daran erinnern, wie ich den Wisch mit den vielen Ausrufezeichen zuunterst in die Altpapierkiste gestopft hatte.

»Wegen der Miete. Sie ist schon drei Wochen überfällig!«

»So?« Ich tat erstaunt. »Da liegt bestimmt ein Fehler der Bank vor. Gleich am Montag werde ich mich erkundigen und die Sache in Ordnung bringen.« Meine Stimme klang derart souverän, dass ich fast selbst davon überzeugt war, die Bank habe Mist gebaut.

Frau Graislinger zog die Mundwinkel herunter und hob den Blecheimer an. Das schaumbekrönte Wasser schwappte am Rand hoch, als könne es seinen Einsatz kaum erwarten. Meine Vermieterin trat zu den Mülltonnen, fischte ein gelbes Schwammtuch aus dem Eimer, wrang es aus und wischte am Deckel der Biomülltonne herum. Das war eine ihrer Lieblingsbeschäftigungen neben raffinierten Kontrollaktionen wie dem Auslegen unauffälliger Wollfäden oder dem vorsätzlichen Anbringen von Flecken, um zu testen, wie gründlich ihre Mieter putzten.

Weil der Kaugummi sich nicht lösen wollte, kratzte ich ihn mit den Fingernägeln schichtweise ab und fegte die dunkelgrauen Brösel mit dem Kehrbesen zusammen. Als ich meine Schmutzausbeute zur Restmülltonne trug, hielt ein Opel älteren Baujahrs am Straßenrand vor dem Haus. Zwei Männer stiegen aus. Der eine sah sich um, der andere blätterte in einem kleinen Notizblock und sagte:

»Hier muss es sein. Das ist die Hausnummer, die Gabriel mir genannt hat.«

Hatte ich richtig gehört? Hatte er tatsächlich den Namen Gabriel erwähnt? Waren die beiden etwa von der Kripo? Jetzt flaute mein Hochgefühl doch ein wenig ab. In den letzten Tagen hatte ich für meinen Geschmack zu oft mit der Polizei zu tun gehabt. Trotz des eklig fauligen Geruchs, der aus der Tonne aufstieg, duckte ich mich hinter dem hochgestellten Deckel. Neben mir wischte Frau Graislinger über die mittlerweile vor Sauberkeit blitzende Biotonne. Natürlich hatte auch sie die beiden Männer bemerkt. Dank jahrzehntelanger Übung gelang es ihr jedoch mühelos, Putzen und Glotzen zu vereinbaren, ohne aus dem Wischrhythmus zu kommen.

Jetzt standen die Beamten vor der Eingangstür. Der eine blickte erneut auf den Notizblock und sagte etwas zu seinem Kollegen, der die Klingelschilder studierte. Bei meinem Schild stoppte sein Blick. Vor Schreck hätte ich fast den Deckel der Mülltonne herunterknallen lassen. Wollten die beiden etwa zu mir? Aus dem Augenwinkel bemerkte ich, wie Frau Graislinger mich fixierte und die Schlupflider argwöhnisch zusammenkniff. Ich gab mir große Mühe, so wenig schuldbewusst wie möglich auszusehen.

Nur Sekunden später huschte Frau Graislinger erstaunlich geschwind über den Plattenweg zu den beiden Besuchern. »Kann ich Ihnen helfen?«

Der eine Mann zog ein kleines hellgrünes Kärtchen mit einem Foto heraus. Das musste sein Dienstausweis sein. Was der Mann zu Frau Graislinger sagte, konnte ich nicht verstehen. Das lag auch daran, dass meine ganze Aufmerksamkeit dem Zeigefinger des anderen galt, der eben eine Klingel drückte. Das war doch hoffentlich nicht meine?

Nervös zählte ich die Namensschilder ab. Dann ließ ich erleichtert den Atem ausströmen und den Mülltonnendeckel fallen. Es war die Klingel des Lärmmonsters über mir. Sofort kehrte meine gute Laune zurück. In mir machte sich eine Genugtuung breit, wie ich sie schon lange herbeisehnte. Endlich hatte sich jemand über diesen rücksichtslosen Typen beschwert! Ich hatte schon mehrmals selbst die Nummer des nächsten Polizeireviers gewählt, um ihn anzuzeigen, aber die Verbindung feige unterbrochen, bevor sich jemand meldete. Kurz wunderte ich mich darüber, dass die Kripo für Ruhestörung zuständig war, doch dann schlug ich zufrieden die Kehrschaufel am Rand der Mülltonne sauber. Dabei entging mir das summende Geräusch des Haustürschlosses nicht, das in meinen Ohren wie Engelschöre jubilierte. Mein Nachbar ahnte noch nicht, dass er gleich wegen penetranter Rücksichtslosigkeit und Gefährdung des Weltfriedens nach Guantanamo überführt werden würde.

Was für ein herrlicher Tag heute doch war! Als die beiden Männer das Haus betraten, nahm ich voller Elan den Rest des Gehwegs in Angriff.

Vor dem Meeting in der Partnervermittlung kaufte ich im Discounter auf dem Bosch-Areal fürs Wochenende ein. Nachdem ich die Tüten im Kofferraum deponiert hatte, zog ich den Blazer von der Lehne des Beifahrersitzes. Heute wollte ich mit Eva Brandenburg und ihrer Assistentin die Vorbereitungen für die Modenschau und das Shooting besprechen.

Frau Wenzel kochte Kaffee, und Frau Brandenburg führte mich in den Raum, in dem die Flirtkurse stattfanden. Hier sollte morgen das Shooting über die Bühne gehen. Die Geschäftsführerin sah aus, als sei sie aus dem Managermagazin herausspaziert. Ihr dunkelblaues Businesskostüm setzte ihre schlanke Figur gut in Szene. Die goldblonden Haare waren aufgesteckt und mit einer Spange am Hinterkopf befestigt. Nicht ein einzelnes Haar wagte sich aus der Frisur. Meine Mutter wäre begeistert gewesen.

Eva Brandenburg zog einen Zettel aus der Ledermappe vor ihr auf dem Tisch, die denselben Blauton wie ihr Kostüm hatte. »Ich habe für Sie die Adressen zweier Klientinnen herausgesucht und Ihren Anruf angekündigt. Sie sind bereit, Ihnen ein Interview zu geben. Aber sie möchten anonym bleiben.«

Es würde mir also erspart bleiben, fiktive Gespräche zu erfinden. »Vielen Dank, das hilft uns sehr. Vielleicht können wir damit für Ihren Tag der offenen Tür werben.«

Frau Brandenburg hatte von Hohlberg eine Kopie des überarbeiteten Interviews erhalten und gab es, von kleinen Änderungen abgesehen, frei. Als ich ihr das Inhaltsverzeichnis des Flirtführers reichte, klapperte es an der Tür. Hanna Wenzel balancierte ein voll beladenes Tablett in den Händen und bückte sich nach einer heruntergefallenen Serviette. Ich sprang auf, hob die Serviette auf und reichte sie ihr. Sie bedankte sich und verteilte zierliche Kaffeetassen aus Porzellan sowie Zuckerdose und Milchkännchen auf dem Tisch. Die Geschäftsführerin sah das Inhaltsverzeichnis durch. Frau Wenzel bot mir Spritzgebäck an. Ich griff dankend zu und lehnte mich im Stuhl zurück.

Ich knabberte an einem Keks und beobachtete die beiden Frauen. Sie schienen ein eingespieltes Team mit klar verteilten Aufgabenfeldern zu sein. Eva Brandenburg führte, Hanna Wenzel führte aus. Die Geschäftsführerin trat so selbstbewusst auf, dass ich mich fragte, ob sie jemals unsicher war bei ihren Entscheidungen, etwa einem Partnervorschlag, den sie einem Klienten unterbreitete. Aber wahrscheinlich wusste sie auch dabei genau, was sie tat. Ihre Zielstrebigkeit verlieh ihr eine für süddeutsche Verhältnisse etwas unterkühlte Ausstrahlung. Trotzdem konnte ich mir gut vorstellen, wie sie das Vertrauen ihrer Klienten gewann und die richtigen Partner zusammenbrachte. Der beste Beweis für ihren guten Instinkt war meine widerborstige Freundin Jeannette, die gepflegte, teuer gekleidete Frauen wie Eva Brandenburg gern als Chanel-Tussis verspottete. Doch die Brandenburg schien bei ihr ins Schwarze getroffen zu haben. Das bekam ich seit Jeannettes Date mit diesem Jan ständig zu hören. Hanna Wenzel war im Vergleich dazu eher der Typ für die zweite Reihe. Jedes Mal, wenn ich mit ihr wegen der Werbemittel telefoniert hatte, rief sie wenig später zurück und teilte mir mit, wie ihre Chefin entschieden hatte. Mit ihrer Kombination aus beigem Baumwollpulli über brauner Hose, Seidenstrümpfen und Mokassins machte sie auch optisch einen unauffälligen Eindruck.

Eva Brandenburg war mit dem Inhaltsverzeichnis durch. »Sie haben gut erfasst, worauf es beim Flirten ankommt, Frau Pelzer. Allerdings sollten wir mehr auf Körpersprache und unbewusste Signale eingehen.« Sie zeigte auf das entsprechende Kapitel und warf ihrer Assistentin einen Blick zu. »Was meinst du dazu, Hanna?«

Hanna Wenzel drehte den Ausdruck, damit sie ihn besser lesen konnte. »Ja, da stimme ich dir zu. Die Körpersprache ist sehr wichtig. Vielleicht könnten wir das auch mit Bildern zeigen.«

»Eine gute Idee.« Eva Brandenburg wandte sich zu mir. »Wir sollten beim Fotoshooting morgen darauf achten, dass wir genügend Material dafür haben. Jens hat mir versichert, Sie seien damit einverstanden, wenn der Flirtführer unter meinem Namen erscheint. Er meinte, so erzielen wir einen größeren Werbeeffekt.« Sie legte die Hände im Schoß ladylike ineinander.

Ich nickte so wenig widerstrebend wie möglich. Was blieb mir anderes übrig. Das war schließlich mein täglich Brot: Image gegen Cash. Blieb nur zu hoffen, dass sich das auch früher oder später auf meinem Konto einfinden würde.

»Haben Sie schon einen bestimmten Verlag im Auge?«, fragte Frau Brandenburg.

»Verlag?« Ich kam ins Schwitzen, denn ich hatte keine Ahnung, wovon sie sprach. Vorsichtshalber umriss ich noch einmal unsere Absprachen. »Wir wollten den Flirtführer als Download auf Ihrer Website anbieten. Diese PDF-Datei kann sich jeder gegen eine Gebühr selbst ausdrucken.«

Frau Brandenburg drehte den Edelstein eines Ringes in die Fingermitte. »Ich denke, wir würden mehr Publicity bekommen, wenn wir den Ratgeber als Buch veröffentlichen. Wirtschaftlich lukrativer wäre das allemal.«

In ihren Worten schwang nicht einmal entfernt so etwas wie ein Fragezeichen mit. Wahrscheinlich hatte Hohlberg ihr diesen Spleen ins Ohr gesetzt, um als Co-Autor auf dem Cover zu erscheinen.

»Angesichts des engen Zeitfensters sollten wir uns zunächst auf das Event nächsten Sonntag konzentrieren«, sagte ich diplomatisch und fasste den geplanten Ablauf der Modenschau zusammen. »Würden Sie die Moderation übernehmen?«

Frau Brandenburgs perfekt getuschte Wimpern flatterten wie Schmetterlingsflügel. Die stoische Fassade wankte für eine Sekunde, was ich mit Genugtuung bemerkte.

»Ich? Die Moderation?«, fragte sie, und diesmal schwangen eine Menge Fragezeichen mit.

»Gut«, sagte ich, als hätte ich ihr Zögern nicht bemerkt. »Zwei junge, vielversprechende Stuttgarter Designer wollen uns ihre Entwürfe zur Verfügung stellen. Je früher wir wissen, welche Ihrer Klienten als Models mitwirken werden, desto besser. Wegen der Auswahl der Outfits, der Konfektionsgrößen et cetera.«

Inzwischen hatte sich Frau Brandenburg wieder gefasst. Sie rückte die Manschetten ihrer Bluse zurecht und ebenso die Machtverhältnisse. »Stellen Sie mir alle Informationen zusammen. Die Details sprechen Sie mit Hanna ab.«

Eine Klingel ertönte. Hanna Wenzel stand auf. »Das wird der Fotograf sein.«

Sie kam mit Werner im Schlepptau zurück. Ich packte die Unterlagen zusammen. Eine zweite Männerstimme war zu hören. Erstaunt sah ich auf. Was suchte Teddy hier? Ich ließ mir meine Überraschung nicht anmerken und begrüßte die Kollegen in geschäftsmäßigem Tonfall.

»In diesem Raum soll das Shooting stattfinden?« Werner ließ den Blick über die Bar und die Tische gleiten und prüfte mit einem aus Daumen und Zeigefinger geformten Rechteck mögliche Einstellungen.

Ich spürte, wie Teddy zu mir herübersah. Unsere Blicke kreuzten sich, und sofort verflog der letzte Rest der magischen Stimmung, die mich seit gestern Abend der Realität entrückt hatte. Während Frau Wenzel mich hinausbegleitete, überlegte ich, wann ich meine Kollegen aus der Roten Kapelle am besten fragen konnte, ob sie sich an den unbekannten Begleiter der Frau auf dem Bild des Kommissars erinnern konnten. Abrupt blieb ich stehen. Der Kommissar! Am Dienstag waren wir uns hier in der Partnervermittlung begegnet. Das hatte ich völlig vergessen, weil ich so auf Teddy fixiert gewesen war. Die ermordeten Frauen waren nicht nur beide Gast in der Roten Kapelle gewesen, sondern auch Klienten der Partnervermittlung.

»Ach, was ich Sie noch fragen wollte«, wandte ich mich an Hanna Wenzel. »Kommissar Gabriel erwähnte am Dienstag, dass die Telefonnummer der Partnervermittlung im Adressbuch der toten Frau vom Neckarufer stand. Wissen Sie, ob Frau Brandenburg dafür eine Erklärung hatte?«

Frau Wenzel wirkte überrascht über meine Frage. Sie nickte. »Ja, das konnte Eva gleich klären.« Die Erleichterung war ihr anzuhören. »Frau Lenz war eine Klientin von Lebensglück, allerdings war das lange vor meiner Zeit. Der Kommissar hat sich erkundigt, welche Partnervorschläge ihr damals gemacht wurden.«

Wir waren an der Tür angelangt. Frau Wenzel sah mich forschend an. »Woher kennen Sie eigentlich den Kommissar?«

Ein paar Sekunden war es still. Ich überlegte, wie ich ihr das erklären konnte, ohne mein Privatleben auszubreiten. »Im Frühjahr kam bei einem Shooting das Fotomodell ums Leben. Als die Kripo sich einschaltete, wurden auch die Agenturmitarbeiter befragt. Ich kann also gut nachvollziehen, wie unangenehm der Besuch des Kommissars für Sie und Frau Brandenburg gewesen sein muss.«

»Hoffen wir, dass es hilft, den Mörder dieser armen Frau zu finden.«

Nach dem Meeting verstaute ich meine Einkäufe daheim, zog einen Jogginganzug an und fuhr zum Weißenburgpark im Süden. Die Hauptattraktion des Parks war neben dem grandiosen Panoramablick von der Aussichtsterrasse der Jugendstilpavillon des Teehauses. Zwischen Seerosenteich, Wasserbassins und Blumenbeeten traf man sich hier tagsüber zum Flanieren und abends zum Sehen und Gesehenwerden.

Ich lief die Stäffele hinauf zu den Sitzbänken, bei denen wir verabredet waren. Jeannette war noch nicht da, also ließ ich mich auf einer Bank nieder, streckte die Beine aus und hob das Gesicht in die Septembersonne.

»Entschuldige die Verspätung. Musste mich erst noch umziehen, war bis eben in der Agentur«, hörte ich Jeannette sagen.

Ich schlug die Augen auf. Zuerst erkannte ich die Frau in zitronengelben Nylonleggins, einem orangen Top und mit goldfarbenem Stirnband nicht, pflegte Jeannette doch üblicherweise in ausgeleierten Jogginghosen und verwaschenen T-Shirts zu walken.

Jeannette konterte meine Irritation mit einer Modelpose, die Hände in die Taille gestützt, das Kinn gereckt. »Darf ich vorstellen: mein Überziehungskredit.« Sie blickte an sich hinunter, drehte sich um ihre Achse und warf die Locken zurück. »Mein Look ist wahnsinnig stylish. Anita meinte, die kräftigen Töne passen supi zur neuen Haarfarbe.«

Ich schob mich von der Bank hoch. »Zumindest macht der Kontrast einen wach. Wo sind deine Mitbewohnerinnen?«

»Natascha hat Schicht im Marienhospital. Und Olga ist letzte Woche zu ihrem Freund nach München gezogen. Wenn du also jemanden weißt, der ein WG-Zimmer sucht, ich hätte eines zu vergeben.«

Seite an Seite walkten wir den steilen Weg zur Terrasse vor dem Marmorsaal hoch. Nach dem Sonnenbad auf der Bank hing mein Kreislauf im Keller.

Jeannette stürmte plötzlich wie ein junges Reh davon. »Gib Gas, ich hab heute Abend noch was vor! Und zwar in einem knallroten Stretchkleid, zu dem ich goldfarbene Sandalen mit Barockabsätzen tragen werde.«

»Lass mich raten. Du hast ein Date.«

Vor der Terrasse bogen wir ab und folgten dem asphaltierten Weg den Berg hoch. Ob Jeannettes Leistungssteigerung etwas mit ihren neuen Laufschuhen und den dynamischen goldenen Streifen zu tun hatte?

»Ich treffe mich mit Jan. Er hat mich zu einem Spaziergang über das Gelände von Stuttgart21 hinterm Bahnhof eingeladen. Du weißt doch, er ist Architekt. Dieses Projekt ist sein Steckenpferd. Er kann stundenlang von den städtebaulichen Möglichkeiten schwärmen, die so eine Innenstadterweiterung bietet.«

»Korrigier mich, wenn mich die Erinnerung täuscht. Aber bist du nicht eigentlich gegen diesen Maulwurfsbahnhof?«

Jeannette lächelte wie eine Sphinx. »Ich verrate dir ein Geheimnis. Diskutieren ist ein tolles Aphrodisiakum.«

Jetzt musste auch ich lachen. »Bist du sicher, dass Barockabsätze für dieses Gelände die richtige Wahl sind?«

»Wer schön sein will, muss sich eben anstrengen. Außerdem ist das doch ein klasse Kontrast, Barockabsätze und moderne Architektur. Jan hat ein Auge für so etwas. Und hinterher kocht er für mich. In seinem Haus in Esslingen«, verkündete Jeannette so begeistert, als wäre sie mit George Clooney in seiner Villa am Comer See verabredet. »Dort habe ich heute übernachtet, und im Vergleich zu meinem WG-Zimmer war das Luxus pur. Du müsstest diese geile Hütte in der Mülberger Straße und den tollen Blick auf die Burg mal sehen. Das Haus hat er selbst entworfen.«

»Ach ja?« Das hörte ich bestimmt zum hundertsten Mal.

»Komm doch heute Abend mit, dann lernst du Jan endlich kennen. Ich bin sicher, er wird dir gefallen. Er sieht umwerfend aus. Und du müsstest mal erleben, wir toll er küssen kann ...« Sie schloss die Augen und seufzte wohlig.

»Ein andermal gern. Treffen meine ich, nicht küssen, das überlass ich dir. Bin heute schon verplant.« Als Jeannette ihren Röntgenblick aufsetzte, lenkte ich schnell ab. »Wie kommt es, dass so ein toller Typ noch nicht vergeben ist?«

»Er wurde gerade erst recycelt. Sprich, er ist frisch geschieden. Und nach dem, was er mir über seine Ehe erzählt hat, wurde das auch höchste Zeit. Seine Ex muss ihm eine Eifersuchtsszene nach der anderen geliefert haben. Stell dir vor, einmal musste Jan sogar eine attraktive Mitarbeiterin deswegen entlassen.«

Wir ließen das Teehaus links liegen und walkten den schmalen Weg unter Bäumen hoch zum Parkplatz. Jeannette folgte der leicht abschüssigen Steinkopfstraße. Ich nutzte die Gelegenheit, um wieder zu Atem zu kommen. Der blieb mir freilich gleich wieder weg, als sie eine endlos lange Treppe in Angriff nahm.

»Muss das sein?«

»Stell dich nicht so an. Wir betreiben ein wenig Heimatpflege und statten der Schillereiche einen Besuch ab. Von dort aus geht es topfeben in die Wernhalde.«

Eine Dreiviertelstunde hechelte ich durch den Stadtwald hinter Jeannette her. Meine Fußsohlen brannten, als wir endlich umkehrten.

Vor dem Teehaus verlangsamte sie das Tempo. »Wir sollten unseren Flüssigkeitshaushalt ausgleichen.«

An einem Tisch neben dem Seerosenbassin ließen wir uns nieder. Als der Kellner kam, bestellte Jeannette zusätzlich zu ihrem Mineralwasser einen Zwetschgenkuchen mit einer doppelten Portion Schlagsahne. Selig lächelnd leckte sie die Sahne vom Löffel.

»Ist das bei dir schon der Alterssex?«, fragte ich amüsiert.

»Alterssex? Hört sich nicht nach Kamasutra an. Wo hast du das denn her?«

»Davon hat mir Sabina erzählt«, sagte ich. Sofort sah ich ihr hübsches Gesicht vor mir. Deprimiert stellte ich das Glas Apfelsaftschorle wieder ab.

Jeannette hob die Kuchengabel wie eine Waffe und zischte: »Hoffentlich schnappen sie den Typen bald, der ihr das angetan hat. Stell dir mal vor, der Mörder wäre tatsächlich Nikolas! Dann müssen wir mit Hohlberg rückwirkend über eine Gefahrenzulage verhandeln.«

»Wonach die Polizei wohl in seinem Wagen gesucht hat?«, überlegte ich.

»Bestimmt nach Fasern von Sabinas Kleidung. So was sieht man doch ständig in Fernsehkrimis.«

»Mir wird ganz schlecht, wenn ich mir vorstelle, dass Nikolas sie umgebracht hat.« Oder Teddy, fügte ich in Gedanken hinzu.

»Hinter schwedischen Gardinen ist er jedenfalls noch nicht, ich hab ihn vorhin in der Agentur getroffen. Glaubst du, er und Sabina kannten sich privat?«

»Vielleicht ist der Funke übergesprungen, als sie seinen Mac überprüft hat.«

»Wie sollen denn bei so einem Eiszapfen Funken sprühen?«, sagte Jeannette zweifelnd und überlegte. »Möglich wäre doch auch, dass es eine Verbindung zwischen Nikolas und dem ersten Opfer gibt, dieser Frau von der Stadtverwaltung.« Sie winkte dem Kellner. »Lass uns gehen. Ich muss mich noch stylen.«

Diesmal verfolgte ich die Aufführung im Theaterhaus von einer der hinteren Reihen aus. Wie vereinbart, wartete ich nach der Vorstellung eine halbe Stunde, die ich mit einem Glas Prosecco im Foyer an der Bar verbrachte. Dann überprüfte ich meine Optik im Spiegel auf der Toilette. Lederhose, schwarzer Pulli, Stiefel, darüber wie üblich der Kaschmirblazer. Alles andere als verführerisch, aber da ich nicht wusste, was für eine Überraschung mich erwartete, hatte ich mich sicherheitshalber gegen einen Rock entschieden. Wenigstens war ich sorgfältiger als sonst geschminkt. Ich lutschte ein Pfefferminzbonbon und folgte Saschas Wegbeschreibung. Künstlergarderobe. Hier musste es sein. Ich klopfte an.

Sascha erschien in einem blauen Bademantel. Seine Haare waren vom Duschen noch feucht, und sein feuriger Blick jagte mir statt einem Schauer gleich ein Gewitter über den Rücken. Temperamentvoll küsste er mich auf den Mund. »Bea, endlich!«

Wie von allein bewegten sich meine Mundwinkel nach oben.

»Jacke und Schuhe ausziehen, Sari anlegen«, bat er. »Wir beide verbringen diesen Abend nämlich in einer exotischen Gegend, genauer gesagt in Indiguineamaledavia.«

Ich schlüpfte aus Blazer und Stiefeln und schaute etwas ratlos auf die meterlange leuchtend rote Stoffbahn in Saschas Händen. Er blickte an sich hinunter. Jetzt erst sah ich, dass es sich bei dem vermeintlichen Bademantel um einen meerblauen Sari handelte, der um seinen Körper geschlungen war. Ein Arm und eine Schulter waren nackt. Deutlich zeichneten sich Muskelstränge unter sonnengebräunter Haut ab. Mir wurde warm.

»Breite die Arme aus, damit ich dich einkleiden kann.«

Sascha steckte den Anfang der Stoffbahn im Bund meiner

Hose fest und umkreiste mich ein paarmal. Dabei wickelte er die Stoffbahn um meinen Körper. Das freie Ende legte er über meine Schulter. Jedes Mal, wenn er mich berührte, ging es mir durch und durch. Als er den Sari mit der Hand glatt strich, stieg meine Körpertemperatur in die Fieberzone.

»Willkommen an meinem Privatstrand.« Sascha schob die Tür auf. Seine Garderobe duftete nach exotischen Räucherstäbchen. Rote und blaue Stoffbahnen verhüllten Wände, Kleiderständer und Spiegel. Auf dem Boden lag eine bunte Decke, um die Bananen- und Yucca-Palmen aufgereiht waren.

»Die Pflanzen habe ich aus dem Fundus geliehen«, flüsterte Sascha mir ins Ohr, wobei ich einen Augenblick lang seine Zunge an meinem Ohrläppchen zu spüren glaubte. »Sehen fast echt aus, nicht wahr?«

In der Mitte der Decke waren auf einem Palmenblatt Litschis und handliche Stücke von Kokosnuss und Mango angerichtet.

»Den Proviant habe ich aus der Restaurantküche geschmuggelt. Einer der Köche hat mir dabei geholfen. Ich habe ihm gesagt, das sei für eine Premierenfeier der besonderen Art.« Er schlang die Arme um meine Taille, zog mich an sich und küsste meinen Nacken. Dann deutete er auf einen Teller, der mit Sand und Muscheln gefüllt war. »Der Sand da drüben stammt von der Ostsee, den habe ich aus Berlin mitgebracht. Ich hoffe, das reicht für das nötige Strandfeeling. Setz dich doch, die Musiker müssten gleich da sein.«

»Musiker?«, fragte ich enttäuscht. Das Ambiente wirkte entschieden zu romantisch für ein Treffen in größerer Runde.

Sascha lachte und schaute unter ein rotes Tuch, das über einer Ablage hing. Etwas klackte leise, dann lief eine CD an. Die fremdartigen Laute eines Saiteninstruments füllten den Raum, untermalt von Meeresrauschen und den Schreien einer Möwe.

Wir ließen uns auf der Decke zu einem Strandimbiss nieder. Sascha fütterte mich mit den Leckereien. Die Litschis waren so frisch und prall, dass mir der Fruchtsaft übers Kinn lief. Sascha leckte den Saft von meinen Lippen. Mir wurde noch wärmer unter den vielen Stoffbahnen. Als Sascha begann, mich von dem

Sari zu befreien, glühte ich wie nach einem stundenlangen Sonnenbad.

Nach Mitternacht wachte ich unter einer improvisierten Decke aus unseren Saris auf. Sascha lag neben mir auf dem Rücken und hatte den Arm um mich geschlungen. Er atmete gleichmäßig. Ein zufriedenes Lächeln lag um seinen Mund. Ich schob die vorwitzigen Strähnen über seinen Augen zurück und sah ihm beim Schlafen zu. Als mir kalt wurde, löste ich mich aus seiner Umarmung und schlüpfte in meine Kleider. Mit dem Lippenstift hinterließ ich in dramatischem Dunkelrot meine Telefonnummer auf dem Garderobenspiegel und kringelte ein riesiges Herz darum. Ein letztes Mal sah ich zu Sascha, der nun den Bastblumentopf einer künstlichen Bananenpalme umarmte. Mit den Stiefeln unter dem Arm schlich ich aus der Garderobe.

SONNTAG

Auf den smaragdgrünen Wellen tanzten Diademe aus Gischt. Eine Möwe ließ sich von dem schmeichelnden Wind über den Sandstrand und aufs Meer hinaustreiben. Als sich die lasziven Töne eines Saxofons in das Rascheln der Palmenblätter mischten, schloss ich genießerisch die Augen. So stellte ich mir das Paradies vor. Fehlte nur noch ... Da spürte ich schon kühl und prall das Fruchtfleisch einer Litschi an den Lippen. Ich biss hinein. Der süße Fruchtsaft lief mir übers Kinn. Sascha leckte ihn zärtlich ab. Als ich das Spiel seiner Rückenmuskeln unter meinen Fingern spürte, kreischte die Möwe lauter. Ich öffnete die Augen. Der Vogel schwebte direkt über mir. Das schrille Rufen schmerzte nun fast in den Ohren.

Nassgeschwitzt schreckte ich auf. Das Möwengeschrei war noch zu hören, aber statt am Palmenstrand einer exotischen Insel lag ich in meinem Bett. Die roten Ziffern des Weckers zeigten Viertel nach acht. Die Glocken der Kapelle auf dem Pragfriedhof konnten das Kreischen der Möwe nur kurz übertönen. Verwundert setzte ich mich auf. Möwenkreischen? Hier in Stuttgart? Die Schreie waren nun so markerschütternd, als hätte der Vogel Todesangst. Endlich ging mir auf, woher das Geräusch kam. Jemand klingelte Sturm. Ich zog meinen ausgewaschenen Bademantel über und fischte unter dem Bett erfolglos nach den Hausschuhen. Der Linoleumboden fühlte sich im Kontrast zum sonnendurchglühten Sandstrand wie eine Eisfläche an. An der Wohnungstür äugte ich durch den Spion. Wen ich sah, schien nicht Frau Graislinger zu sein, und das war gut so, denn auf die alte Schrapnelle konnte ich getrost verzichten. Ich öffnete die Tür einen Spaltbreit. Grelles Sonnenlicht fiel durchs Dachfenster in den Flur.

»Ja?«, fragte ich blinzelnd.

»Beatrix Pelzer?«

»Wer will das wissen?«

»Wir kennen uns bereits. Kommissar Gabriel von der Soko Neckar. Ich habe ein paar Fragen an Sie.«

Meine Augen gewöhnten sich an das Sonnenlicht. Der Mann in der schwarzen Lederjacke vor meiner Tür war in der Tat der Kommissar. Unten ging die Wohnungstür von Frau Graislinger auf. Das Knarren ihrer Türschwelle signalisierte Gefahr im Verzug. In manchen Situationen funktionierte das Gehör meiner Vermieterin so gut wie das eines Falken. Und mein Gefühl sagte mir, dass dies genau so eine Situation war. Ich bat den Kommissar herein.

Zehn Minuten und zwei Tassen Kaffee später saßen wir in meinem Wohnzimmer. Beim Blick in den Flurspiegel war ich vor mir selbst erschrocken. Meine Haare waren wegen des Fixiergels, das ich gestern großzügig eingearbeitet hatte, wirr vom Kopf abgestanden. Die Wimperntusche war zu schwarzen Schatten um die Augen mutiert, was mich wie eine Kreuzung zwischen Marilyn Manson und einem Pandabären aussehen ließ. Jetzt waren meine Haare mit Wasser gebändigt, das Gesicht sauber geschrubbt, und ich fühlte mich halbwegs wach, wenn auch nicht wach genug für eine Befragung durch die Kriminalpolizei.

Kommissar Gabriel stellte seine Tasse auf dem Couchtisch ab und zog ein schon ziemlich zerfleddertes Notizbuch aus der Innentasche seiner Jacke. Ein Kugelschreiber klemmte am Einband.

»Frau Pelzer, ich bin hier, um die Aussage von Theodor Tewes zu überprüfen.« Der Kommissar blätterte zu einer Stelle, die er mit dem festgeklemmten Kugelschreiber markiert hatte. Er zog den Stift heraus und strich die Seite glatt. »Herr Tewes hat angegeben, er sei mit Sabina Sommer am Vorabend ihres Todes in der Roten Kapelle am Feuersee gewesen. Weiter gab er an, Sie hätten ihn dort gesehen. Können Sie das bestätigen?«

»Ja, das stimmt.« Ich rutschte auf der Sitzfläche zurück, bis ich die Sofalehne im Rücken spürte. Fühlte sich gleich besser an.

»Wann haben die beiden das Lokal verlassen?«

Ich tat so, als müsste ich überlegen. In Wahrheit war ich diesen Abend in Gedanken schon viele Male durchgegangen. »Das war kurz nach zweiundzwanzig Uhr.«

Der Kommissar schlug eine neue Seite auf und notierte sich etwas. »Wohin sind sie gegangen?«

Teddy hatte mir erzählt, er habe Sabina nach Hause gefahren. Aber ob das stimmte? Laut sagte ich: »Das weiß ich nicht. Sie folgten der Rotebühlstraße am Feuersee entlang, das war alles, was ich gesehen habe. Ich war mit Bedienen beschäftigt.«

Gabriel räusperte sich. »Das ist mir noch etwas unklar. Sie arbeiten in dieser Kneipe und gleichzeitig in derselben Werbeagentur wie Herr Tewes und Frau Sommer?«, vergewisserte er sich.

Ich verlagerte das Gewicht auf die andere Pobacke. »Ich verdiene mir als Bedienung gelegentlich etwas dazu.«

Im Gesicht des Kommissars spiegelte sich eine Mischung aus Interesse und Verwunderung. »Ich dachte immer, in der Werbung verdient man ziemlich gut.«

»Andere schon.« Ich griff nach meiner Tasse, um mich an etwas festzuhalten. Eine kluge Entscheidung, denn kaum hatte ich die Finger um das Porzellan gelegt, nahm das Gespräch eine alarmierende Wendung.

»Wie ist Ihr Verhältnis zu Herrn Tewes?«

»Wir haben kein Verhältnis«, erwiderte ich etwas zu schnell und spürte, wie mir das Blut in den Kopf schoss.

»Herr Tewes hat ausgesagt, Sie seien bis vergangenes Jahr mit ihm liiert gewesen und pflegten noch immer sexuellen Umgang.« Gabriel blätterte zurück. »Zum Beispiel Donnerstagnachmittag in seiner Wohnung am Markusplatz.«

Meine Wangen glühten. Normalerweise erörterte ich mit fremden Männern keine derartig intimen Details. Vor allem, wenn sie so entwürdigend waren. Wieso hatte Teddy der Kripo erzählt, dass wir miteinander geschlafen hatten? Das ging doch niemanden etwas an! Vor Empörung ballte ich die Fäuste, bis sich meine Nägel in die Handflächen bohrten. Ich rekapitulierte, wann der Kommissar mit Teddy in Hohlbergs Reich gesprochen hatte. Das war an dem Morgen, an dem wir mit Werner so lange diskutiert hatten. Moment mal, da stimmte doch etwas nicht.

»Aber Sie haben Teddy doch schon am Donnerstagmorgen befragt. Wir haben aber erst mittags miteinander –« Gerade noch rechtzeitig machte ich den Mund zu. Wie peinlich dieses Gespräch war. Teddy konnte was erleben.

Dann verpuffte meine Wut von einer Sekunde auf die andere und machte neuen Gefühlen Platz: Beunruhigung. Beklemmung. Panik. Wieso interessierte sich die Kripo für meine Gelegenheitsaffäre mit Teddy? Dafür konnte es nur eine mögliche Erklärung geben, und die gefiel mir überhaupt nicht.

»Sie glauben doch nicht etwa, ich hätte Sabina ermordet?«

»Wir glauben nicht. Wir ermitteln. Sie haben an jenem Abend mit angesehen, wie Ihr Liebhaber sich mit einer anderen Frau traf, die Ihren Platz einnehmen wollte oder vielleicht schon eingenommen hatte. Am nächsten Morgen ist diese Frau tot.« Nach einer Pause sagte er: »Verschmähte Liebe und Eifersucht gehören zu den stärksten Motiven für einen Mord.«

Verschmähte Liebe? Eifersucht? Wovon redete der Mann eigentlich? Ich kam mir vor wie im falschen Film.

»Sicher verstehen Sie, dass wir im Rahmen unserer Ermittlungen solche Fragen stellen müssen«, beantwortete Gabriel das Fragezeichen in meinem Gesicht. Er fixierte mich, bis ich mir wie in einen Schraubstock eingespannt vorkam. »Immerhin sind Sie zwei Tage später während der Arbeitszeit zu Herrn Tewes in die Wohnung gegangen und haben ihn dazu gebracht, mit Ihnen zu schlafen.«

Ich starrte den Kommissar an. »Ich soll *was* getan haben?« Meine Stimme klang schrill wie die Möwe in meinem Traum. »Hat er Ihnen das etwa erzählt?«

»Herr Tewes sagte, Sie hätten sich kürzlich von Ihrem Freund getrennt. Seitdem würden Sie wieder seine Nähe suchen.«

Ich schluckte tapfer und bemühte mich, die Tatsachen richtigzustellen. »Dass mein Freund und ich uns zurzeit … nicht sehen, das stimmt, ja. Und es ist auch richtig, dass ich ein- oder zweimal mit Teddy … zusammen war. Aber die Initiative ging jedes Mal von ihm aus. Er bat mich, zu ihm zurückzukehren, weil ich ihm noch immer viel bedeute. Das hat er wörtlich gesagt. Und zwar an dem Abend, an dem er später mit Sabina verabredet war.« So. Jetzt war alles klar. Aus meinen Worten ging eindeutig hervor, wie unverantwortlich und pubertär sich Teddy aufführte.

Beim Kommissar schien meine Botschaft angekommen zu sein. Zufrieden beobachtete ich, wie er sich ausführliche Notizen machte.

Er sah auf und fragte: »Wissen Sie, ob sich auch Ihr Arbeitskollege Nikolas Birkner mit Frau Sommer privat getroffen hat?«

Erleichtert über den Themenwechsel schüttelte ich den Kopf. »Tut mir leid, da kann ich Ihnen nicht weiterhelfen. Vermuten Sie, dass er etwas mit Sabinas Tod zu tun hat? Wurde deshalb sein Auto durchsucht?«

»Wegen der laufenden Ermittlungen kann ich dazu nichts sagen.« Der Kommissar nahm etwas aus seinem Notizbuch und reichte es mir. »Das Bild dürfte Ihnen bekannt vorkommen.«

Ich sah mir das Farbfoto der Frau mit den dunkelbraunen Locken an. Das erste Opfer des Neckarmörders.

»Ich habe es Ihnen schon einmal gezeigt. In dem Lokal, in dem Sie bedienen. Damals sagten Sie, diese Frau würden Sie nicht kennen.«

»Das stimmt. Ich habe sie noch nie gesehen.«

»Die Tote wurde in unmittelbarer Nähe der Stelle gefunden, wo auch die Leiche von Frau Sommer lag. Sie kennen Herrn Tewes schon viele Jahre und stehen ihm sehr nahe. Können Sie mir sagen, ob er diese Frau gekannt hat?«

»Teddy? Was hat der damit zu tun?«

»Haben Sie ihn jemals in Begleitung dieser Frau gesehen?« Gabriel deutete auf das Foto in meiner Hand.

»Nein, habe ich nicht.« Ich gab ihm das Bild zurück.

Der Kommissar schob das Foto in sein Notizbuch, klemmte den Kugelschreiber an den Einband und steckte das Buch in die Innentasche seiner Jacke zurück. »Vielen Dank für den Kaffee, Frau Pelzer. Eine letzte Frage habe ich noch. Welche Farbe hat Ihr Auto?«

»Es ist rot«, sagte ich wie aus der Pistole geschossen. »Rot, nicht silbern.« Kaum waren die Worte raus, hätte ich mir am liebsten die Zunge abgebissen.

»Wie ich höre, sind Sie über den aktuellen Stand unserer Ermittlungen auf dem Laufenden.« Gabriel stand auf.

Täuschte ich mich, oder schwang ein belustigter Unterton in seiner Antwort mit? Salopp winkte ich ab. »Was man eben so in der Zeitung liest.«

Ich begleitete den Kommissar durch den Flur.

»Eines müsste ich noch wissen.« Er stoppte auf meiner Fußmatte. »Wo waren Sie am vergangenen Dienstag zwischen elf Uhr abends und ein Uhr früh?«

»Dienstagnacht?«, wiederholte ich und überlegte. Als mir aufging, wovon der Kommissar sprach, rutschte mir ein Eiswürfel den Rücken hinunter. Gehörte ich etwa wirklich zu den Verdächtigen?

»In der Roten Kapelle war ich. Den ganzen Abend. Ich habe bedient«, stammelte ich. »Bis Mitternacht. Dann bin ich nach Hause gefahren.«

»Allein?«

Ich nickte gleich mehrmals.

»Und in der Nacht waren Sie ebenfalls allein?«

»Ja, ich habe geschlafen. Allein.« Schon wieder so eine blöde Antwort. Der Kommissar dachte bestimmt, ich wäre nicht ganz richtig im Kopf.

»Gibt es Zeugen, die gesehen haben, wie Sie nach Hause gekommen sind?«

Ich wollte schon den Namen meiner Vermieterin nennen, da ging mir auf, wie strategisch unklug es wäre, wenn Frau Graislinger erfuhr, dass die Kripo mich in einem Mordfall verdächtigte. Also schüttelte ich den Kopf.

»Meine Visitenkarte haben Sie ja, falls Ihnen noch etwas einfällt.«

Sicherheitshalber schloss ich die Tür hinter dem Kommissar zweimal ab.

Am Küchenfenster beobachtete ich, wie er aus dem Haus kam und den Plattenweg zur Straße entlangging. Vom Abstellplatz der Mülltonnen trat eine Gestalt mit Kopftuch und einem Besen in der Hand zu ihm. Wie der Blitz verschwand ich hinter dem Vorhang, ohne das Geschehen vor dem Haus aus den Augen zu lassen. Frau Graislinger zupfte den Kommissar am Ärmel seiner Lederjacke und redete eine Zeit lang auf ihn ein. Dabei deutete sie mehrmals am Haus hoch. Der Kommissar folgte ihrer Geste und sah ebenfalls zu meiner Wohnung herauf.

Es gab keinen Zweifel, die beiden sprachen über mich. Und ich war mir ziemlich sicher, dass es dabei nicht um meine Mietschulden ging.

Sooft ich meine Unterhaltung mit dem Kommissar auch rekapitulierte, es gab keinen Zweifel. Gabriel wollte von mir ein Alibi für die Nacht, in der Sabina ermordet worden war. Warum, das war mir allerdings schleierhaft. Denn aus welchem Grund sollte mir an ihrem Tod gelegen sein? Glaubte er tatsächlich, ich hätte Sabina wegen, wie er es ausdrückte, verschmähter Liebe aus dem Weg geschafft? Weil ich auf sie eifersüchtig war und Teddy für mich haben wollte? Abgesehen von Hohlbergs Headlines war das mit Abstand das Lächerlichste, was ich jemals gehört hatte.

Was mich allerdings viel mehr empörte, waren die unverschämten Lügen, die Teddy über mich verbreitete. Wie konnte er nur behaupten, *ich* sei hinter ihm her? Schließlich war *er* es, der mit diesem feuchten, romantischen Hundeblick in der Roten Kapelle beteuert hatte, wie leid ihm unsere Trennung tue und wie sehr er mich vermisse. Statt bei der Wahrheit zu bleiben, hatte er dem Kommissar gegenüber behauptet, ich sei von ihm besessen. Nun ja, oder zumindest nach wie vor stark an ihm interessiert. Absolut lächerlich!

»Bea, entspann dich endlich! Wenn du deine Kiefer so fest aufeinanderpresst, bekommt der Concealer Risse, und ich kann wieder von vorne anfangen!«

Ich blinzelte mich in die Realität zurück. Vor mir stand Silvana, unsere Stylistin, und musterte mich durch ihr schwarzes Brillengestell halb verzweifelt, halb beschwörend. Silvana gehörte zur umfangreichen Sammlung abgelegter Gespielinnen von Werner und war vermutlich Masochistin. Sonst hätte sie sich wohl kaum weiterhin den Macho-Allüren ihres Ex ausgesetzt.

Wie üblich war sie in dramatisches Schwarz gehüllt. In der Linken hielt sie eine Puderdose, in der Rechten einen Kosmetikpinsel. Im Flur der Partnervermittlung war ein provisorisches Kosmetikstudio eingerichtet worden, in dem sie uns Agenturmitarbeiter für das Shooting zurechtmachte. Britta Hansen war vor einer halben Stunde geschminkt und gestylt in die Partnervermittlung stolziert und wartete mit den anderen auf den Beginn des Shootings.

Gehorsam lockerte ich meine Kiefermuskeln und vertraute mich Silvanas Händen an. Hinter mir herrschte reges Kommen und Gehen. Werner und ein Assistent trugen Scheinwerfer, mit Goldfolie überzogene ovale Lichtreflektoren, Kabelrollen und jede Menge Fotozubehör in den Raum, in dem das Shooting stattfinden sollte. Alle paar Sekunden stöckelte Anita mit einer Liste in der Hand vorüber, begleitet von Hanna Wenzel oder der Grafikpraktikantin, die als Mädchen für alles herhalten musste. Jeannette winkte mir im Vorübergehen zu. Wie meine anderen Kollegen war auch sie schon eingekleidet und geschminkt. Nur Teddy hatte ich noch nicht gesehen, und das war auch gut so. Je länger ich Zeit hatte, meinen Zorn auf ihn abklingen zu lassen, desto besser.

»Verkrampf doch nicht so, Bea!«, rief Silvana. »Werner braucht dich für das nächste Motiv. Ich muss das Finish jetzt endlich auftragen.«

Ich atmete tief durch und löste bei der Gelegenheit auch meine Finger, die sich um die Armlehnen des Stuhles krallten. »Ist gut, ich entspann ja schon.« Aber das war leichter gesagt als getan, und so dauerte es, bis Silvana mich für einigermaßen fotoreif erklärte.

Das Shooting war eine einzige Katastrophe. Beim ersten Motiv sollten Britta und ich zwei Frauen auf Männersuche darstellen, in Champagnerlaune an der Bar sitzen und weltläufiges Flair verströmen. Das Sitzen auf dem wackeligen Barhocker gelang mir noch halbwegs, auch wenn ich mir neben dem strahlend schönen, von Kopf bis Fuß in Gelb gekleideten Model wie Aschenputtel nach einer missglückten Stilberatung vorkam. Silvana hatte sich viel Mühe gegeben. Aber mein körperbetontes

Etuikleid saß so eng, dass es mir nicht gelang, die Beine graziös übereinanderzuschlagen, wie Britta es mir nun zum wiederholten Mal zeigte.

Aus Brittas pastellgelber Handtasche düdelte die Melodie von Gwen Stefanis neuestem Hit. Sofort brach das Model ihre Entwicklungshilfe an mir ab und glitt vom Barhocker. Mit dem Handy am Ohr klackerte sie auf zitronengelben Lackpumps hinaus.

Werner ließ die Digitalkamera sinken. »Wieso geht die jetzt weg, wo Bea endlich eine halbwegs fotogene Pose zustande bringt?« Entnervt raufte er sich die Haare und trat zu Hohlberg, der mit Frau Brandenburg das Shooting beobachtete und von Minute zu Minute mehr Falten bekam.

Aus den Augenwinkeln sah ich einen Mann in einem schwarzen Blazer über einem hellen T-Shirt hereinkommen. Teddy. Ausnahmsweise mit gekämmten Haaren, dafür ohne Dreistundenbart.

Als ich die Lippen aufeinanderpresste, kam Silvana mit Lipgloss und Puderpinsel angerannt. Ich lockerte meine Gesichtsmuskeln und verfolgte voll düsterer Ahnungen die Beratungen zwischen Hohlberg und Werner. Britta war anscheinend noch länger mit Telefonieren beschäftigt. Deshalb zog Werner das nächste Motiv vor: Pärchen beim Flirten. Das Pärchen sollten ausgerechnet Teddy und ich spielen. Unsere Aufgabe war es, so zu tun, als hätten wir uns gerade erst kennengelernt und wären mächtig scharf aufeinander.

Teddy ließ sich auf dem Barhocker neben mir nieder und nahm von der Grafikpraktikantin einen Kelch mit Prosecco entgegen. Er hob das Glas und prostete mir mit verführerischem Blick zu. Werner machte mit der Digitalkamera ein paar Aufnahmen. Nur unter Aufbietung äußerster Disziplin gelang es mir, Teddy den Inhalt meines Glases nicht ins Gesicht zu schütten. Verschmähte Liebe, hatte der Kommissar gesagt. Streitlustig blitzte ich den Verräter an.

»Bea, du sollst Teddy nicht killen, sondern mit ihm flirten!«, brüllte Werner. Vor Schreck rutschte mir das Proseccoglas aus der Hand und zersprang auf dem Boden in Scherben.

Das Gesicht von Hohlberg verdunkelte sich. Eva Brandenburg seufzte laut.

Mir war es extrem peinlich, den ganzen Betrieb aufzuhalten. Aber wie sollte ich nach dem Gespräch mit dem Kommissar auch nur ansatzweise überzeugend mit Teddy flirten?

Anita wies die Praktikantin an, die Scherben zu beseitigen und mir ein neues Glas zu holen. Dabei lächelte sie so hämisch zu mir herüber, als kenne sie alle intimen Details über meine jüngste amouröse Episode mit Teddy.

Jetzt litt ich schon unter Verfolgungswahn. Woher sollte Anita davon erfahren haben? Teddy war ein Idiot, aber er würde der tratschsüchtigen Kollegin kein Wort erzählen. Und sonst gab es außer mir niemanden, der darüber Bescheid wusste. Außer ... Mein Kopf drehte sich zu Jeannette, die mit Anita tuschelte. Anita flüsterte ihr hinter vorgehaltener Hand etwas zu. Jeannette wickelte eine Haarsträhne um den Finger und sah amüsiert zu mir herüber.

Teddy setzte ein blödes Grienen auf. Am liebsten hätte ich ihn samt Barhocker umgekippt. Unter diesen Voraussetzungen waren auch die folgenden Aufnahmen für den Papierkorb. Schließlich beendete Werner die Quälerei und wies Britta an, meinen Platz einzunehmen.

Ich verdrückte mich aus dem Dunstkreis von Hohlberg und Eva Brandenburg und huschte auf den Flur. Dort sah ich, wie die Grafikpraktikantin von Hanna Wenzel ein Tablett mit einer Kaffeekanne, Tassen und Croissants aus der Küche gereicht bekam. Ein kleiner Imbiss würde mich vielleicht etwas trösten. Aber ich wagte mich nicht mehr in die Nähe von Hohlberg. Als die Praktikantin das Tablett an mir vorbeibalancierte, trat ich in die Küche. Frau Wenzel löffelte Kaffeepulver in ein Fach der Kaffeemaschine. Auf der Arbeitsplatte stand eine leere Kanne bereit.

»Hm, das riecht köstlich«, sagte ich schnuppernd.

Hanna Wenzel war bei meinem missglückten Einsatz als Amateurmodel kurz dabei gewesen und schien mir anzusehen, wie dringend ich Trost brauchte.

»Wie hübsch Sie aussehen«, sagte sie und bewunderte mein

ungewohnt feminines Outfit. »Sie sollten öfter Kleider tragen, das steht Ihnen gut.« Sie drückte mir einen Becher Kaffee und ein Croissant in einer Papierserviette in die Hand.

Hungrig biss ich ein Stück ab und meinte mit vollem Mund: »Ich fülle gern den Kaffee um, wenn Sie draußen zusehen möchten.«

Sie schüttelte den Kopf. »Das sind mir zu viele Menschen. Ich kümmere mich lieber um die Verpflegung. Wie läuft das Shooting?«

Ich versuchte, zuversichtlich auszusehen, obwohl mir eher nach Trauerflor zumute war. »Gut, alles klappt ganz gut. Ihre Chefin und Herr Hohlberg sind ziemlich zufrieden. Glaube ich.«

Sie musterte mich eine Weile. »Tut mir leid, dass die Aufnahmen mit Ihrem Kollegen nicht glücken wollten.«

Ich spürte, wie ich rot wurde, und hatte das Bedürfnis, ihr die Situation zu erklären. »Wir ... wir waren früher mal zusammen. Und seit unserer Trennung gibt es immer wieder Spannungen. Na ja, das kennen Sie bestimmt.«

Frau Wenzel nahm die Glaskanne von der Platte der Kaffeemaschine und goss den Kaffee um. »Ja, das kenne ich gut. Sehr gut sogar. Ich habe eine Scheidung hinter mir.«

Mein Blick fiel auf den hellen Streifen Haut an ihrem Ringfinger. »Wie ist das eigentlich, wenn man den ganzen Tag mit Menschen auf der Suche nach neuen Lebenspartnern zu tun hat? Ich meine, Sie bekommen doch sicher viele Dramen mit.«

»Emotionen gehören nun mal dazu, wenn es um die Liebe geht. Oder haben Sie schon einmal eine Beziehung ohne Eifersucht, Streit, Tränen oder Enttäuschungen erlebt?« Frau Wenzel seufzte leise. »Umso schöner ist es natürlich, wenn es Eva gelingt, aus zwei Singles ein glückliches Paar zu machen. So ein Happy End miterleben zu dürfen ist etwas Wunderbares.«

Nach dem Imbiss waren meine Finger klebrig. Nachdem ich Silvanas Nerven schon so beansprucht hatte, wollte ich nicht auch noch hässliche Flecke auf diesem hübschen Kleid hinterlassen. Im Vorraum der Toiletten schrubbte ich mir die Hände unter heißem Wasser. Als ich ein Papierhandtuch aus dem Spender zog, ging die Tür auf.

»Geiles Kleid, Bea«, hörte ich eine Männerstimme sagen. Etwas tätschelte auf meinem Po herum, über dem sich der Stoff gefährlich spannte.

Ich fuhr herum und stieß Teddys Hand weg. »Was fällt dir ein, lass das gefälligst! Ich will nichts mehr mit dir zu tun haben, du Lügner!«

»Hey, immer langsam mit den jungen Pferden.« Teddy hob beschwichtigend die Hände. »Was ist los mit dir? Vor ein paar Tagen konntest du doch nicht genug von mir bekommen.«

»Den Tag kannst du in deinem Kalender dick anstreichen. Das wird nie wieder passieren, so lange sich die Erde um die Sonne dreht. Wie konntest du dem Kommissar nur weismachen, ich wäre hinter dir her?«

Teddy lehnte sich an ein Waschbecken, verschränkte die Arme vor der Brust und grinste. »Bist du das etwa nicht?«

Ich knüllte das Papiertuch zusammen und zielte auf sein Gesicht. Teddy wich geschickt aus und schnappte sich meinen Arm. Obwohl ich mich mit meinem ganzen Gewicht dagegenstemmte, zog er mich ohne große Kraftanstrengung zu sich, bis unsere Lippen nur noch Zentimeter voneinander entfernt waren.

»Ich liebe es, wenn du so wild bist.« Die dunkelblauen Augen flackerten abenteuerlustig. »Aber verrat mir doch, warum du unser Shooting sabotierst?«

»Weil du schamlose Lügen über mich verbreitest! Du und ich, wir sind getrennte Leute, merk dir das.« Ich riss mich los und massierte mein schmerzendes Handgelenk. »Und was Sabina angeht, glaub ich dir kein Wort mehr.«

»Wovon redest du eigentlich?«

»Das weißt du doch genau! Bestimmt hat die Polizei deinen Alfa durchsucht und dir für alle Fälle schon mal die Handschellen gezeigt.«

Teddys Miene samt Grübchen versteinerte. »Woher weißt du das? Spionierst du etwa hinter mir her?«

»Pah.« Ich machte eine wegwerfende Handbewegung. »Das

habe ich nicht nötig. Im Gegensatz zu dir habe ich nämlich Grips im Kopf. Du warst in jener Nacht mit Sabina zusammen, der Kommissar hat dich verhört, und deine kleine Benzinschleuder ist weiß. Sieht so aus, als hättest du eine Menge Ärger am Hals.« Befriedigt sah ich, wie Teddy schluckte.

Doch er schien entschlossen, sich vor mir keine Blöße zu geben. Mit regloser Miene lehnte er sich wieder ans Waschbecken. »Glaubst du etwa immer noch, ich hätte Sabina umgebracht?« Als ich seinen forschenden Blick ungerührt erwiderte, schüttelte er den Kopf. »Wenn du so gut Bescheid weißt, dann verrat mir doch auch den Grund, weswegen ich das hätte tun sollen.«

»Das wird die Kripo bald herausfinden.« Ohne ihn noch einmal anzusehen, stolzierte ich davon.

Kaum war ich aus seinem Blickfeld, verpuffte meine vorgegaukelte Selbstsicherheit. Da war ich wohl etwas übers Ziel hinausgeschossen. Aber zumindest hatte ich Teddy einen ordentlichen Schreck versetzt. Mir selbst allerdings auch, denn ich zitterte am ganzen Leib. Inzwischen war es zwanzig vor drei. Um drei musste ich in der Roten Kapelle sein. Höchste Zeit, unauffällig zu verschwinden.

Ich warf einen Blick in den Flirtkursraum. Anita und Hohlberg standen mit Britta an der Bar und tranken Kaffee. Werner hantierte mit seiner Kamera. Die Grafikpraktikantin sammelte herumliegende Servietten und leere Tassen ein. Sah aus, als ginge das Shooting gleich weiter. Aber sicher würde niemand mehr nach meinen Darstellerdiensten verlangen, schließlich hatte ich mich vorhin bis auf die Knochen blamiert.

Als ich Jeannette lachen hörte, sah ich mich nach ihr um. Sie stand nur ein paar Meter von mir entfernt bei Frau Brandenburg und strahlte bis über beide Ohren. Diesen Blick kannte ich. Es war ihr neuer Ich-hab-den-Mann-fürs-Leben-gefunden-Blick.

»Ich bin Ihnen so dankbar für Ihre tollen Partnervorschläge«, sagte Jeannette und schüttelte die Hand der Geschäftsführerin. »Ohne Sie hätte ich Jan nie kennengelernt. Wissen Sie, ich habe das Gefühl, wir zwei sind vom Schicksal füreinander bestimmt.«

Ob sie diese Sülze aus einer Rosamunde-Pilcher-Verfilmung hatte?

»Freut mich, dass es bei Ihnen so schnell geklappt hat.« Frau Brandenburg versuchte Jeannette erfolglos ihre Hand zu entziehen.

In Silvanas improvisierter Garderobe schälte ich mich aus dem Kleid. Jeans, Pulli, Blazer, Tasche, Autoschlüssel. Zum Abschminken war keine Zeit mehr. In voller Kriegsbemalung fuhr ich zum Feuersee.

In meiner Pause holte ich den Zeitungsbericht mit dem Foto von Magdalena Lenz aus meiner Tasche und suchte den Germanistikstudenten, mit dem ich an jenem Abend bedient hatte.

Miguel stand hinter dem Tresen und füllte Tapas nach. Ich zeigte ihm das Foto und fragte, ob er diese Frau wiedererkannt hatte, als der Kommissar ihn kürzlich deswegen befragt hatte.

Miguel sah mich ein paar Sekunden lang verwundert an, wobei ich nicht wusste, ob sein Zögern mit meiner Frage oder meinem ungewohnt bunten Gesicht zu tun hatte.

»Warum willst du das wissen?«, fragte er. »Du warst an dem Abend doch auch hier?«

»Private Gründe«, sagte ich vage, als ginge es um nichts Wichtiges. »Hast du sie nun bedient oder nicht?«

»Ja, das habe ich auch dem Kommissar gesagt. Sie hatte genauso sexy Lippen wie Angelina Jolie, so was vergisst man nicht so schnell.«

Ich steckte den Zeitungsausschnitt wieder ein. Dabei überlegte ich, wie ich das Gespräch unauffällig auf ihren Begleiter lenken konnte. »Kannst du dich auch an den Mann erinnern, mit dem sie an dem Abend hier war?«

Miguel hob die Augenbrauen. »Ja, ich vergesse nie jemanden, der mir so ein großzügiges Trinkgeld gibt. Es waren fast acht Euro.«

Mein Puls beschleunigte sich. »Wie hat der Mann ausgesehen? War er groß und dunkelhaarig? Trug er eine Lederjacke?«

»Private Gründe, sagtest du?« Miguel lächelte anzüglich. »Na ja, dein Privatleben geht mich nichts an. Ja, er hatte dunkle Haare. Ob er groß war, kann ich nicht beurteilen, schließlich saß er auf einem Stuhl. An seine Jacke kann ich mich nicht erinnern.«

»Ist dir sonst noch was aufgefallen?«

Miguel zuckte mit den Schultern. »Nein, der Laden war ziemlich voll an dem Abend, und ich hatte viel zu tun.«

»Okay, danke«, sagte ich und versuchte mich wieder auf meinen Job zu konzentrieren. Doch das war nicht so einfach. Miguels Beschreibung nach könnte der Mann Teddy gewesen sein. Andererseits hatte er sich nicht an eine Lederjacke erinnert, und die trug Teddy eigentlich ständig. Wenn es nicht Teddy gewesen war, wer dann? Den ganzen Abend über musterte ich die dunkelhaarigen Männer unter den Gästen. Möglicherweise saß der Mörder der beiden Frauen heute Abend wieder hier in der Kneipe. Vielleicht war er sogar gerade dabei, sein nächstes Opfer auszuspäen. Mir wurde mulmig zumute, schließlich war ich als Bedienung besonders exponiert. Mit raschen Seitenblicken prüfte ich alle paar Minuten, ob mich jemand anvisierte. Noch nie war mir eine Schicht so lange vorgekommen.

Lange nach Mitternacht parkte ich erschöpft vor dem Pragfriedhof. Ich duschte heiß, bis sich die Haut an meinen Fingerspitzen wellte. Im Bademantel ging ich in die Küche und holte ein Bier aus dem Kühlschrank. Als ich den Kronkorken in den Abfall warf, stieg ein widerwärtiger Geruch auf. Igitt. Den Müll musste ich unbedingt rausbringen, sonst würde morgen die ganze Wohnung stinken. Mit angehaltenem Atem knotete ich die Plastiktüte zusammen und entsorgte sie in der Mülltonne vor dem Haus.

Auf dem Plattenweg blieb ich stehen und hielt Ausschau nach dem Mond. Umgeben von hellem Dunst leuchtete die abnehmende Scheibe am Himmel, in den sie wie in weichen, dunklen Samt gebettet war. Unter diesem Mond hatten Sascha und ich uns geküsst. Der Gedanke an jenen schönen Abend tat mir nach den turbulenten Ereignissen um Sabinas schrecklichen

Tod gut. Ich spürte, wie mir das Herz aufging und die Sehnsucht nach Sascha mich wärmte. Ich sehnte mich nach seinen Umarmungen. Den zärtlichen Blicken, die mir das Gefühl gaben, etwas Kostbares zu sein, nach dem er lange gesucht hatte. Während ich zum Mond hinauflächelte, summte ich eine der fremden Melodien aus seiner Garderobe. Verträumt schob ich die Hände in die Bademanteltaschen und tänzelte zur Haustür. Plötzlich knallte ich gegen jemanden. Frau Graislinger? Nein, dafür war die Person viel zu groß. Außerdem hätte meine Vermieterin mich nie umarmt und auf den Mund geküsst. Und vor allem hätte sie nicht nach Sascha gerochen.

Im Mondlicht vor meinem Haus stand der Mann, nach dem ich mich gesehnt hatte. Das war bestimmt ein Zeichen des Himmels.

»Sascha! Eben habe ich an dich gedacht und wie schön es wäre, dich zu sehen.« Glücklich badete ich in seinem Blick.

»Was für eine nette Überraschung«, sagte er. »Wie hast du herausgefunden, wo ich wohne?« Als er meine nassen Haare und den Bademantel bemerkte, stutzte er.

»Wie meinst du das?«, fragte ich verwirrt. »Ich dachte, *du* wolltest *mich* überraschen?«

Er schüttelte den Kopf und strich sich das Haar aus der Stirn. »Nein, eigentlich komme ich gerade aus dem Theaterhaus.« Er deutete auf den Fahrradständer neben dem Abstellplatz für die Mülltonnen. Dort stand ein Rennrad, das ich schon öfter gesehen hatte. »Ich wohne hier.« Er holte einen Schlüsselbund aus seiner Hosentasche.

»Hier? In der Friedhofstraße?«

»Ja.« Sascha zeigte auf das Haus, vor dem wir standen. »Das ist ziemlich praktisch, weil ich gut mit dem Rad ins Theater komme und mein Auto nur selten brauche. Ist nicht mehr das jüngste.«

»Du meinst, du wohnst *hier*? In diesem Haus?« Als Sascha nickte, stammelte ich: »Aber … aber *ich* wohne doch hier.«

Sascha nahm erneut meinen Bademantel in Augenschein. »Was, du wohnst auch hier? Das gibt's doch nicht! Wieso sind wir uns noch nie begegnet? Na ja, eigentlich klar. Du arbeitest tagsüber und ich abends. Trotzdem, was für ein verrückter Zufall. In welchem Stock wohnst du?«

»Im dritten.« Etwas benommen trottete ich neben Sascha auf die Haustür zu. »Dritter Stock rechts.«

Sascha blieb stehen. »Dritter Stock rechts? Dann bist du die Nachbarin, die unter mir wohnt. Die gern laut Metallica hört.«

Metallica? Laut? Vierter Stock? In meinem Kopf begann ein ganzes Orchester von Alarmglocken zu schrillen. Metallica in Konzertlautstärke war meine Zuflucht, wenn ich den Typ über mir nicht mehr ertrug. Widerstrebend sah ich auf das Namensschild der Klingel über mir. »BERLINGER« stand dort in Großbuchstaben. Dieser Name kam mir bekannt vor. Aus dem Programmheft des Theaterhauses.

Schockiert wich ich zurück und stierte Sascha an, als sähe ich ihn zum ersten Mal. Genau genommen war das auch so, denn mehr als einen dunklen Haarschopf hatte ich durch den Türspion von meinem Nachbarn noch nicht gesehen. Das war der rücksichtslose Typ, der nachts Trampolin sprang und statt Hausschuhen Skistiefel trug! Der Typ, dem ich die Pest an den Hals gewünscht hatte!

Irgendwie schaffte ich es heil in meine vier Wände zurück. Saschas Angebot, mit ihm hoch in seine Wohnung zu kommen, lehnte ich mit der Ausrede ab, morgen früh rauszumüssen. Das stimmte auch. Aber in Wirklichkeit musste ich noch viel früher raus. Nämlich sofort. Keine Minute hielt ich es hier mehr aus. Aber wo sollte ich hin? Mir fiel das leere WG-Zimmer in der Reinsburgstraße ein. Dort konnte ich übernachten. In aller Eile packte ich ein paar Sachen zusammen, holte den Ersatzschlüssel, den Jeannette mir vor ihrem Sommerurlaub zum Blumengießen gegeben hatte, aus der Küchenschublade und stürzte aus dem Haus.

Es war schon nach eins, als ich die WG betrat. Im Flur roch es nach dem süßlichen Parfüm, das Jeannette neuerdings benutzte. Olgas Zimmer lag neben dem meiner Freundin. Ich drückte die Türklinke. Nicht abgeschlossen. Die Deckenlampe flammte auf. Ein leer geräumtes Regal, an dessen Brettern Staubspuren auf seine einstige Funktion als Bücherdepot verwiesen, und ein roter Korbsessel waren neben dem Bett die einzigen Einrichtungsgegenstände. Auf dem Bett lag eine karierte Wolldecke. Ich war erleichtert, für diese Nacht ein Asyl gefunden zu haben. Auf diesem Sonntag hatte seit dem Morgen ein Fluch gelegen, aber in der letzten Stunde hatte er sich zu einem wahren Albtraum entwickelt. Mein Prinz aus der Hauptstadt war niemand anders als der Lärmgott höchstpersönlich.

Aus dem Zimmer nebenan drang Jeannettes Stimme. Ich setzte mich auf und wollte gerade ihren Namen rufen, da ertönte der Bass eines Mannes. Hörte sich so an, als hätte sie Besuch von ihrem Architekten. Bestimmt vergnügte sich Jeannette tausendmal lieber mit ihm, statt mir das Händchen zu halten.

Ich zog die Jeans aus und schlüpfte in Sweatshirt und Unterhose unter die Decke. Nach und nach beruhigte ich mich, dafür vernahm ich umso deutlicher die Geräusche aus dem Zimmer nebenan. Der Mann brummte etwas. Jeannette lachte. Ein Rumpeln war zu hören, etwas fiel mit einem Knall zu Boden. Laute Geräusche drangen durch die Wand, durchmischt mit Jeannettes Kichern. Veranstalteten die beiden ein Hindernisrennen quer durchs Zimmer? Mitten in der Nacht? Das Bett auf der anderen Seite der Wand begann zu quietschen. Wieder Jeannettes Stimme, diesmal allerdings war es mehr eine Art kehliges Gurren.

Ich presste mir die Decke aufs Ohr. Das rhythmische Quietschen mischte sich mit verhaltenem Stöhnen. Quietschen, Stöhnen, Quietschen, Stöhnen. Ich versuchte, an etwas Schönes zu denken. Eine Wiese mit Silberdisteln auf der Schwäbischen Alb. Sonnenuntergang über der Hügelsilhouette von Stuttgart. Der marmorne Grabengel auf dem Pragfriedhof. Ein dumpfes Geräusch schreckte mich auf. Etwas schlug gegen die Wand neben mir. Nach ein paar Sekunden noch einmal. Als ich Jeannette stöhnen hörte, schien sie nur Zentimeter entfernt. Das Poltern wurde energischer, das Stöhnen ebenso. Irgendwann schrie sie auf. Der Mann stöhnte, dann wurde es endlich still.

Mein Puls beruhigte sich. Ich war gerade dabei, wegzudämmern, als das Bett nebenan erneut zu quietschen begann. Als ich kurz vor dem Nervenzusammenbruch war, arbeitete ich mich aus der Decke und tapste in die Küche auf der Suche nach etwas Hochprozentigem. Auf dem Rückweg huschte eine nackte Gestalt zum Badezimmer. Groß, dunkelhaarig, breite Schultern. Das musste Jeannettes Lover sein. Sein Po war behaart und ziemlich knackig.

Der Liebeshunger der beiden wollte kein Ende finden. Erst als der Morgen draußen zu dämmern begann, hörten die Aktivitäten im Zimmer nebenan auf.

MONTAG

Statt vom Rattern der Straßenbahn oder dem Läuten der Friedhofskapelle wachte ich vom Geräusch quietschender Bremsen, wummernder Bässe und jaulender Motoren auf. Obwohl ich vergangenes Jahr schon für ein paar Wochen in der WG Zuflucht gesucht hatte, wunderte ich mich, wie unerbittlich der Verkehr in der Reinsburgstraße dröhnte.

Nach einer Katzenwäsche zog ich mich an und kochte Kaffee. Die Küchenuhr zeigte Viertel vor sieben. Ungewohnt zeitig für meine Verhältnisse. Sicher würde bald Frühaufsteherin Jeannette erscheinen, auch wenn sie genauso wenig Schlaf bekommen hatte wie ich.

Als ich den Frühstückstisch deckte, trottete meine Freundin in einem kurzen schwarzen Spitzennachthemd herein und ließ sich auf die Eckbank fallen.

»Bea, bist du das, oder träume ich noch?« Jeannette gähnte und gönnte mir einen Blick auf ihre Zahnfüllungen. Trotz der amourösen Nachtschicht sah sie deutlich fitter aus als ich.

Ich goss ihr einen Becher Kaffee ein. »Musste aus meiner Wohnung fliehen. Deinen Ersatzschlüssel hatte ich noch vom Blumengießen.«

»Ach ja? Den hab ich total vergessen.« Jeannette nahm den Becher in Empfang und trank einen Schluck. »Verstehe. Hat der Typ über dir wieder in Skistiefeln gesteppt?«

Voller Selbstmitleid sank ich auf einen Stuhl. »Ach, es ist noch viel schlimmer, als du denkst.«

»Jetzt machst du mich aber neugierig.« Jeannette zog die Beine auf die Bank hoch, das Nachthemd über ihre nackten Knie und musterte mich erwartungsvoll.

Wo sollte ich nur anfangen? Diese Geschichte mit Sascha war so traurig und gleichzeitig so typisch für mein Liebesleben.

»Neulich, auf dem Bosch-Areal, als ich wegen der Modenschau recherchiert habe, da habe ich einen Mann kennengelernt«, begann ich. Nach ein paar Minuten hatte ich Jeannette alles erzählt. Sie war zuerst etwas beleidigt, weil ich ihr Sascha bisher verschwiegen hatte. Aber je länger sie mir zuhörte, desto mehr Mitleid zeigte sich in ihrem Blick.

»Und als sich heute Nacht herausgestellt hat, dass ausgerechnet Sascha der rücksichtlose Nachbar ist, hatte ich einen Blackout. Ich hab gar nicht nachgedacht, sondern bin einfach abgehauen. Die Vorstellung, dass der Typ, über den ich mich seit Monaten aufrege, und Sascha ein und derselbe Mann sein sollen, macht mich fertig. Wieso gerate immer ausgerechnet ich an so merkwürdige Typen?«

Mitfühlend nippte Jeannette an ihrem Kaffee und ließ das Erzählte auf sich wirken. Schließlich sagte sie: »Vielleicht solltest du Frau Brandenburg engagieren. Das läuft so ähnlich wie an der Käsetheke. Du kannst ihr einen Einkaufszettel vorlegen, wie du dir den idealen Mann vorstellst. Als Erstes könntest du angeben, er sollte keinen Wintersport treiben und auch nicht Trampolin springen.«

»Sehr komisch.« Zum Trost gab ich drei Löffel Zucker in meinen Kaffee. »Sag mir lieber, was ich jetzt machen soll.«

»Wenn dir so viel an diesem Sascha liegt, könntest du mit ihm ein Abkommen vereinbaren. So eine Art akustischen Waffenstillstand.«

Ein Mann in Jeans und einem schwarzen Hemd trat herein und strich Jeannette durch die verwuschelten Locken. »Guten Morgen, Raubkatze.«

Jeannette sah verliebt zu ihm hoch, hob die Hand, krümmte die Finger und fauchte. Sie deutete auf mich: »Jan, wir haben einen Übernachtungsgast. Das ist meine Freundin Bea, du weißt schon, aus der Agentur. Ich habe dir von ihr erzählt. Und das ist Jan«, sagte sie mit Blick zu mir.

Jan reichte mir die Hand. »Hab schon viel von dir gehört. Schön, dich zu treffen.«

Er sah aus wie auf dem Foto der Partnervermittlung, das Jeannette mir gezeigt hatte. Kurze dunkle Haare, über der Stirn nach oben gegelt. Schwarze Brille, blaugrüne Augen. Im Gegensatz zu mir schien Jeannette Glück gehabt zu haben, was ich ihr nach der langen Zeit als Single gönnte. Trotzdem hielt sich meine Begeisterung nach dieser nervenzermürbenden Nacht in Grenzen.

»Hallo, Jan. Deine Stimme kenne ich schon«, murmelte ich und hielt mich an meiner Kaffeetasse fest. »Und deinen Po auch.«

Jeannette kicherte vergnügt. »Oje, waren wir so laut heute Nacht?«

Ich nickte schweigend.

»Und woher kennst du meine Rückseite?«, wollte Jan wissen.

»Hab dich heute Nacht gesehen, als du ins Bad gegangen bist.« Trotz des Koffeins und des Zuckerschubs überkam mich ein Gähnanfall, den ich aber abbrach, als mir einfiel, Jan könne dies als Kommentar zu seiner Rückenansicht missverstehen.

Aber dem war nicht so. Schon allein deshalb, weil er für niemanden außer Jeannette Augen hatte. Jan trank einen Schluck Kaffee aus ihrem Becher und küsste sie auf den Mund.

»Ich bin untröstlich, meine Schöne, aber ich muss los. Vor dem Bauherrentermin sollte ich mich noch in Schale werfen und ordentlich rasieren. Rufst du mich später im Büro an?«

Jeannette nickte und winkte Jan hinterher, der ihr Luftküsse zuwarf. Sie seufzte. »Ein Jammer, dass Jan so viel um die Ohren hat. Ich würde gern mal ein ganzes Wochenende mit ihm verbringen. Irgendwo in den Bergen, in einer einsamen Hütte. Nur Jan und ich auf einem Bärenfell vor dem knisternden Kamin.« Sie sah zu mir. »Wie findest du ihn eigentlich?«

»Scheint nett zu sein. Und wie es sich angehört hat, habt ihr viel Spaß zusammen.«

Jeannette wurde nicht einmal rot. »Der Mann kann mit seinem Werkzeug umgehen, und das nicht nur auf der Baustelle. So ein Liebesurlaub wäre toll, ich hoffe, das klappt bald.«

»Bestimmt. Danke für das Bett heute Nacht.«

»Du kannst so lange bleiben, wie du möchtest. Bis jetzt habe ich noch keinen Nachmieter für Olgas Zimmer.«

»Eigentlich möchte ich bald wieder nach Hause. Ich komme mir total blöd vor, weil ich einfach abgehauen bin.«

»Apropos abhauen. Hohlberg hat getobt, weil du gestern vom Shooting verschwunden bist.«

»Wieso denn? Als Fotomodell bin ich doch die totale Nullnummer.«

»Stimmt, aber er wollte die Gelegenheit nutzen, um mit der Brandenburg die Modenschau durchzusprechen. Dafür hätte er dich als Stichwortgeberin gebraucht, weil er selbst keinen Plan hat.«

»Dieser Sonntag war verflucht.«

»Hoffentlich gilt das nicht auch für heute«, sagte Jeannette. »Ich hab gehört, wie Hohlberg zu Anita gesagt hat, er wolle den Flirtführer auf seinem Tisch sehen, sobald du in der Agentur bist.«

»Den Flirtführer? Der liegt bei mir zu Hause. Am besten, ich hole ihn gleich, damit ich rechtzeitig in der Agentur bin.«

»Wir sehen uns.« Jeannette gähnte erneut. »Und pass auf, damit du deinem Skispringer nicht in die Arme läufst.«

Auf der Fahrt hörte ich meine Mailbox ab. Meine Mutter bat zum wiederholten Mal um Rückruf. Ein Anrufer hatte aufgelegt, ohne eine Nachricht zu hinterlassen. Das Display zeigte keine Nummer. Ob das Sascha gewesen war?

In der Friedhofstraße parkte ich schräg gegenüber von meinem Haus. Wohlbehalten und ohne Sichtkontakt mit Frau Graislinger oder Sascha kam ich in meiner Wohnung an. Um den Holzdielen möglichst wenig knarzende Geräusche zu entlocken, schlich ich auf Zehenspitzen in die Küche, wo der Flirtführer lag. Alle paar Meter hielt ich inne und lauschte zur Decke. In der Wohnung über mir war es still. Wahrscheinlich schlief Sascha noch, es war erst kurz nach acht. Umso besser.

Auch der Rückweg verlief ohne Zwischenfälle. Wegen der klappernden Briefkastendeckel verzichtete ich darauf, nach der Post zu sehen. Zurück im Auto raste mein Puls, als wäre ich aus einer lebensgefährlichen Situation entkommen. Doch nun kam ich mir lächerlich vor. Vielleicht hatte Jeannette recht und ich bauschte den seltsamen Nachbarschaftszufall zu sehr auf.

Ich steckte den Autoschlüssel ins Schloss und ließ den Motor an. Im Seitenspiegel sah ich einen silberfarbenen Polo auf meiner Spur näherkommen. Die Hand am Blinker wartete ich, um mich dahinter einzufädeln. Als das Auto auf gleicher Höhe war, verwandelte sich mein Blut in Lava. Der Fahrer des Wagens war niemand anders als Sascha. Bevor er mich womöglich entdeckte, duckte ich mich hinters Lenkrad und behielt den Polo im Blickfeld. Dabei rutschte mein Fuß von der Kupplung, und der Motor soff ab. Ich schob mich ein paar Zentimeter hoch und spähte übers Lenkrad. Der Polo hielt auf die Heilbronner Straße zu. Erstaunlich, wie viele silberfarbene Autos es gab. Da war es eigentlich kaum verwunderlich, dass das verdächtige Auto vom Neckarufer auch silbern gewesen sein sollte. Schon hatte ich die Finger am Schlüssel, um den Corsa erneut zu starten, als mich etwas innehalten ließ. Ein beunruhigender Gedanke nahm in meinem Kopf Gestalt an.

Die Kripobeamten, von denen ich zuerst befürchtet hatte, sie wollten zu mir, hatten am Samstag die Klingel über meiner gedrückt. Die meines lauten Nachbarn. Beziehungsweise die von Saschas Wohnung. Rachsüchtig war ich davon ausgegangen, sie würden einer Anzeige wegen Ruhestörung nachgehen. Aber was, wenn sie Sascha aus einem anderen Grund aufgesucht hatten? Etwa weil er ein silberfarbenes Auto fuhr? Und weil ihn darüber hinaus irgendetwas mit den Neckarmorden in Verbindung brachte?

Meine Hände klebten am Kunststoffüberzug des Lenkrads. Wie gelähmt starrte ich einem jungen Pärchen hinterher, das händchenhaltend die Friedhofstraße überquerte. *Weil ihn etwas mit den Morden in Verbindung brachte*, hallte es in meinem Kopf nach. Sofort musste ich an die Partnervermittlung denken. Dorthin führten Spuren in beiden Mordfällen. Und kennengelernt hatte ich Sascha auf dem Bosch-Areal. Genauer gesagt im Innenhof hinter der Partnervermittlung. Natürlich konnte er sich mit gutem Grund dort aufgehalten haben. Vielleicht hatte er im Supermarkt Einkäufe erledigt. Dann hätte er allerdings eine Tragetüte dabeigehabt. Hatte er im mash nebenan gefrühstückt? Das wäre möglich. Oder er hatte im Fitnessstudio trainiert, auch wenn er das als Tänzer kaum nötig hatte. Aber war es nicht ebenso denkbar, dass er aus der Partnervermittlung gekommen war?

Der Asphalt unter mir vibrierte, als eine Stadtbahn nur Zentimeter entfernt vorbeiraste. Ich kannte Sascha erst seit ein paar Tagen. Und was wusste ich schon von ihm? Vielleicht war er ein perverser Killer, dem der Boden in Berlin zu heiß geworden war und der sich nun in Stuttgart austobte. Vielleicht hatte er mich als nächstes Opfer auserkoren und spielte nun als vermeintlicher Liebhaber ein grausames Spiel mit mir, bevor er meinem Leben ein Ende bereitete.

»So ein Quatsch«, sagte ich laut, um die Spekulationen zu beenden, und ließ den Motor an. »Reiß dich zusammen! Mindestens jeder dritte Wagen in Stuttgart ist silberfarben. Wird Zeit, dass du dein Privatleben in Ordnung bringst, bevor du völlig durchdrehst.«

Kaum hatte ich Hohlbergs Reich betreten, bestellte mich der Chef zu sich. Mit dem Flirtführer betrat ich sein Büro. Statt einer Begrüßung kanzelte er mich wegen meines Verschwindens vom Shooting und mangelnder Identifikation mit seiner Agentur ab. Jedenfalls nahm ich an, dass er dies mit dem Wort Identikation meinte. Er zückte seinen Designerkugelschreiber und verzierte meinen Text mit Kringeln, Pfeilen und unlesbaren Korrekturen. Seine Kreativität ließ sich auch von meinem Einwand, die Themen seien bereits mit Frau Brandenburg abgestimmt, kaum bremsen. Als krönenden Abschluss wies er mich wegen der noch ausstehenden Interviews mit Klientinnen der Partnervermittlung zurecht und entließ mich mit der kryptischen Ermahnung, mich nicht länger der Dynamik seiner Agentur in den Weg zu stellen.

Jeannette war bei einem Meeting mit Nexx. Ich hatte das Büro für mich allein und hätte ungestört loslegen können. Aber mir graute vor der Überarbeitung des Flirtführers, die unnötig war und nur Hohlbergs Eitelkeit befriedigte. Da half nur Aufschieben. Ich stellte eine Fragenliste für meine Interviews zusammen und rief die beiden Singlefrauen auf Partnersuche an, die Eva Brandenburg mir genannt hatte. Bei der ersten klingelte es erfolglos, bei der zweiten meldete sich nur der Anrufbeantworter. Ich erklärte kurz, worum es ging, und bat um Rückruf.

Widerstrebend machte ich mich daran, ein anderes Gespräch auszuwerten, das ich bereits letzte Woche geführt hatte. Mein spontanes Interview mit Sabina, nachdem wir uns im Treppenhaus der Partnervermittlung begegnet waren. Konzentriert ging ich meine Notizen durch, aber bald sank mir das Herz. Beim Lesen sah ich Sabina vor mir, wie sie lachte, ihre ansteckende Lebensfreude, die bei jeder Geste, bei jedem Wort zu spüren gewesen war. »Heute ist es normal, sich in Liebesdingen professionell coachen zu lassen«, las ich. Das passte gut in die Einleitung des Flirtführers. Ich strich Sabinas Formulierung mit einem Textmarker an. Darunter stand »Alterssex« mit drei Ausrufezeichen am Rand. Ich schob den Deckel auf den Stift und blinzelte den Schleier über meinen Augen weg. Hoffentlich kam niemand herein. Der würde sonst denken, ich heulte wegen Hohlbergs Strafpredigt. Wie grausam, dass Sabina hatte sterben müssen. Gerade jetzt, wo sie endlich einen tollen Mann kennengelernt hatte.

Noch gut erinnerte ich mich, wie sie im Café Felix von ihm geschwärmt und mir verraten hatte, dass sie nun mit ihm verabredet sei. Im Spaß hatte ich sie damals gebeten, mir Bescheid zu geben, falls sie noch vor der Modenschau heiraten würde, weil das eine geniale Werbung – Moment mal! Wenn nun dieser Mann etwas mit ihrem Tod zu tun hatte? Mein Herz polterte in der Brust wie eine Bowlingkugel auf der Bahn. Was hatte mir Sabina bei unserem Gespräch über ihn erzählt? Ich durchsuchte meine Notizen. Leider vergeblich. Dann schloss ich die Augen und stellte mir uns beide im Café Felix vor. Sabina in ihrem hellgrünen Kostüm, wie sie ihre Locken aus dem Gesicht warf. Wie sie den Zucker auf dem Cappuccinoschaum mit dem Kaffeelöffel einsammelte und genüsslich ableckte. »Ein süßer Typ«, so hatte sie den Mann genannt. Und sie hatte auch erwähnt, wo sie ihn kennengelernt hatte: in einem Flirtkurs der Partnervermittlung.

Sofort musste ich an Teddy denken. Mit ihm war sie am Abend vor ihrem Tod verabredet gewesen. Aber würde sich mein Ex in einen Flirtkurs verirren, wo er sich doch für den größten Charmeur dieses Planeten hielt? Eher unwahrscheinlich. Und wenn doch, hätte Sabina nicht seinen Namen erwähnt, weil wir Arbeitskollegen waren? Vielleicht hatte sie ihn aus Taktgefühl verschwiegen, weil sie mitbekommen hatte, dass Teddy und ich früher ein Paar gewesen waren.

Ob es inzwischen neue Hinweise auf Sabinas Mörder gab? Ich öffnete den Browser und rief die Stuttgarter Zeitung auf. Eine kleine Meldung besagte, dass die Kripo nach wie vor dem Hinweis auf das silberfarbene Auto nachging. Das war alles. Ich gab »Sabina Sommer« in das Suchfeld bei Google ein und bekam eine riesige Auswahl von Treffern. Neben einem Artikel über Software, den Sabina für eine Computerzeitschrift geschrieben hatte, und der Website des Netzwerkspezialisten von Hohlbergs Reich, auf der sie als Mitarbeiterin genannt wurde, fand ich Verweise auf Dutzende von Artikeln in Zeitungen aus der gesamten Republik. Das alles durchzuforsten würde Stunden dauern. Effektiver wäre es, wenn ich die Ausgaben der regionalen Blätter auf dem Altpapierstapel in der Küche durchsah.

In der Boulevardzeitung war ein Foto von Sabina abgedruckt. Sie saß an einem Computer, eine Hand an der Maus, die andere an der Tastatur, und sah am Bildschirm vorbei zur Kamera. Über einer weißen Bluse trug sie einen dunklen Blazer, und sie war dezent geschminkt. Vielleicht stammte dieses Bild aus der Imagebroschüre des Netzwerkspezialisten, für den sie gearbeitet hatte. Die schulterlangen Locken lagen perfekt, als sei sie vor dem Fototermin beim Friseur gewesen. Die hohen Wangenknochen waren mit Rouge betont.

Ich stutzte und ging in Jeannettes Büro zurück, wo ich das Farbfoto von Magdalena Lenz aus meiner Tasche holte. Als ich es neben Sabinas Bild legte, schnappte ich verblüfft nach Luft. Die beiden Frauen ähnelten sich sehr, man hätte sie sogar für Schwestern halten können. Dunkelbraune, lockige Haare, große grüne Augen und diese auffallend hohen Wangenknochen. Das konnte doch kein Zufall sein.

Um elf sprach ich mit Hanna Wenzel im Sekretariat der Partnervermittlung die Modenschau durch. Die Genehmigung der zuständigen städtischen Stellen lag inzwischen vor, Bühne, Licht- und Tonanlage mit technischem Equipment waren ebenfalls organisiert. Die beiden aufstrebenden Designtalente hatten sich bereit erklärt, ihre aktuellen Kollektionen für die Modenschau kostenlos zur Verfügung zu stellen. Dafür hatte ich ihnen zugesichert, Frau Brandenburg würde ihre Namen an jeder nur möglichen Stelle der Moderation nennen, auch wenn das ein wenig hoch gepokert war.

Vor uns auf dem Tisch lagen Dutzende von Polaroidaufnahmen der ziemlich exzentrischen Kollektionen, deren Thema Märchenfiguren wie Dornröschen, Aschenputtel, das Sterntaler-Mädchen oder die böse Fee waren. Hanna Wenzel und ich waren dabei, die Kostüme beziehungsweise die Auftritte unserer Amateurmodels in eine dramaturgisch sinnvolle Reihenfolge zu bringen. Immer wieder wurden wir vom Klingeln des Telefons unterbrochen. Frau Wenzel koordinierte Termine mit den teilnehmenden Klienten. In den kommenden drei Tagen sollten die Anproben in den Ateliers der Designer stattfinden. Entsprechend zäh kamen wir voran.

Nach einer längeren Phase ohne Unterbrechung kam Eva Brandenburg herein. Sie grüßte mich und bat ihre Assistentin um einige Akten. Hanna Wenzel trat an einen wandhohen Büroschrank, zog eine Schublade auf, entnahm einem Hängeregister einige Mappen und reichte sie der Geschäftsführerin.

»Hanna, ich brauche dich kurz in meinem Büro«, sagte Eva Brandenburg.

Als die beiden verschwunden waren, glitt mein Blick hinüber zum Aktenschrank. Bestimmt enthielt eine dieser Schubladen die Teilnehmerlisten der Flirtkurse. Ein Blick in die richtige Liste, und ich wüsste sofort, ob Teddy an Sabinas Kurs teilgenommen hatte.

Einen Wimpernschlag später stand ich am Schrank und zog die Schublade auf, der Frau Wenzel die Mappen entnommen hatte. Das Hängeregister war nach Monaten geordnet, die wiederum in Wochen unterteilt waren. Ich schob die Schublade zu und öffnete die darüber. Hier war das Register alphabetisch gegliedert. Sicherheitshalber schaute ich unter F wie Flirtkurs nach, fand aber nur Mappen von Klienten, deren Nachname mit diesem Buchstaben begann. Die nächste Schublade enthielt nach Wochentagen und Uhrzeiten geordnete Unterlagen über die Flirtkurse. Ich überlegte, wann Sabina und ich uns im Treppenhaus getroffen hatten. Das war am Dienstag gewesen. Ich zog die entsprechende Sammelmappe heraus und kontrollierte, ob die Luft rein war. Vom Flur drangen Lachen und die Wortfetzen eines Gesprächs herein. Besucher gingen vorbei, ohne zu mir hereinzuschauen. Vermutlich begann demnächst ein Kurs.

Obenauf in der Mappe lag ein Blatt mit einer Art Lehrplan, der Lektionen wie Augenkontakt, Dresscode oder Gesprächseinstiege aufführte. Auf dem nächsten Blatt waren etwa fünfzehn Namen aufgereiht. Beim Buchstaben S stieß ich auf den Namen Sommer, Sabina. In den folgenden Zeilen suchte ich nach Tewes, Teddy. Fehlanzeige.

»Entschuldigung? Was tun Sie da?«

Ich schreckte zusammen und sah auf. Die Mappe presste ich an meine Brust.

Eine Frau um die fünfzig in Jeansrock und roter Halbarmbluse stand im Türrahmen und sah mich misstrauisch an. Frau Wenzel hatte sie mir vor ein paar Tagen vorgestellt. Ihren Namen hatte ich vergessen, aber ich wusste, dass sie eine der beiden Halbtagskräfte war.

Die Frau blickte zur offen stehenden Schublade, von dort aus auf die Mappe in meiner Hand und dann mir in die Augen.

Ich lächelte möglichst harmlos und schob mich zentimeterweise vor die Schublade.

Die Frau fragte: »Wo ist Hanna?«

Vage wies ich zum Flur. »Sie ist drüben bei Frau Brandenburg. Ich recherchiere im Lehrplan der Flirtkurse für einen Artikel. Frau Wenzel hat mir gezeigt, wo ich die Unterlagen finde.«

Die Frau blickte noch einmal auf die Mappe in meiner Hand, aber ich schien ihr Misstrauen zerstreut zu haben. Sie nickte und trat auf den Flur zurück.

Erleichtert strich ich das oberste Blatt in der Mappe glatt, das einige Knitter abbekommen hatte. Zum Glück war es nicht Frau

Wenzel gewesen, die mich beim Spionieren ertappt hatte. Hoffentlich erzählte die Frau niemandem, dass ich in den Akten herumstöberte. Besser ich beeilte mich. Sicherheitshalber kontrollierte ich die Namen noch einmal. Ich hatte richtig gesehen. Teddy war nicht in Sabinas Kurs gewesen.

Ich atmete auf und war schon dabei, die Mappe ins Hängeregister zurückzuräumen, als mir etwas einfiel. Erneut studierte ich die Liste und durchsuchte sie nach dem Namen unseres Agenturcontrollers. Doch es war kein Nikolas Birkner unter B aufgeführt. Dafür entdeckte ich etwas, das mich erstarren ließ. Ich vergewisserte mich noch einmal, ob ich richtig gelesen hatte, schlug die Mappe zu, hängte sie in die Lücke im Hängeregister zurück und schob die Lade zu.

In meinen Ohren rauschte das Blut wie der Wasserfall in Bad Urach nach der Schneeschmelze. Ich ließ mich wieder am Tisch nieder und versuchte, meinen Puls zu beruhigen. Den Namen Birkner hatte ich nicht entdeckt. Dafür aber den Namen Berlinger. Meine böse Ahnung von heute Morgen war also richtig gewesen. Sascha nahm am Flirtkurs der Partnervermittlung teil. Wenn er der »süße Typ« war, von dem Sabina mir vorgeschwärmt hatte, war ihre Verabredung mit ihm vielleicht ein Date mit dem Tod gewesen.

Nicht nur in meinem Inneren, auch in der Agentur herrschte Katastrophenalarm. Schuld daran war Hohlberg, der in meinem längst vom Kunden freigegebenen Text über die Flirtkurse gewildert hatte. Nun sprengten einige Absätze das Layout, was Teddy zum Dauerfluchen brachte.

Wir hockten Schulter an Schulter vor seinem Bildschirm und leisteten Erste Hilfe an unserem Flyer. Obwohl wir als eingespieltes Team zusammenarbeiteten, war die unsichtbare Wand zwischen uns so deutlich zu spüren, als hätte jemand Sichtbausteine hochgemauert. Nach meiner Entdeckung in der Partnervermittlung waren meine Gedanken um Sascha gekreist wie Wespen um ein Glas Apfelsaft. Nun stürzte mich Teddys Nähe in das nächste Gefühlschaos. Einerseits war ich erleichtert, weil er nicht der »süße Typ« aus Sabinas Flirtkurs war. Andererseits war ich wütend auf ihn wegen der unglaublichen Lügen, die er Kommissar Gabriel über unsere angebliche sexuelle Beziehung erzählt hatte. Diesen Unverschämtheiten verdankte ich die zweifelhafte Ehre, zur Liga der B- oder C-Verdächtigen zu gehören.

Bei diesem Gedanken krampften sich die Muskeln in meinem Körper zusammen. Die Anspannung übertrug sich auf den Stift, mit dem ich einen Text einkürzte. Der Papierausdruck mit Hohlbergs Verschlimmbesserungen riss, und mein Strich landete stattdessen auf Teddys weißer Schreibtischplatte.

»Was ist los mit dir?«, fuhr er mich an. »Zu viel Kaffee getrunken?«

»Nein. Zu viele Lügen gehört.«

Teddy trickste an seinem Layout herum, um eine Hohlberg-Headline in die Spalte zu quetschen. »Du solltest dich eben weniger in kriminellen Kreisen bewegen.«

»Ha!«, entfuhr es mir, worauf die anderen Grafiker sensationsgeil herüberäugten. Ich dämpfte die Lautstärke und raunte: »Das sagt gerade der Richtige, Teddy. Und von wegen verschmähter Liebe oder welchen Bären auch immer du dem Kommissar über uns aufgebunden hast – selbst wenn du der letzte Mann auf diesem Planeten wärst, glaub mir, ich würde die menschliche Rasse eher aussterben lassen, als dich noch mal ranzulassen.«

Teddy wirkte amüsiert. »Das hast du schon öfter verkündet, aber mein Charme ist eben unwiderstehlich. Na ja, man sollte euch Frauen sowieso nicht alles glauben, was ihr so von euch gebt. Wissenschaftlich ist längst erwiesen, wie stark die Hormone eure Wahrnehmung verzerren.«

Blödmann, dachte ich, schaffte es aber, mich nicht provozieren zu lassen.

Als der Flyer gerettet war, verschwand ich ohne ein weiteres Wort aus dem Grafikatelier.

Jeannette reichte mir einen Notizzettel mit einer Telefonnummer und sagte, eine Frau hätte wegen eines Interviews angerufen. Ich rief zurück und ging mit ihr die Fragenliste durch. Leider war das, was sie über ihre Partnersuche erzählte, wenig hilfreich. Bis ins kleinste Detail schilderte sie mir ihre Dates und wie sie sich dafür zurechtgemacht hatte. Dabei ließ sie kaum ein gutes Haar an ihren Verabredungen.

»Schrecklich, was manche Männer sich einbilden«, schimpfte sie. »Einer hat immer wieder seine athletische Figur am Telefon erwähnt. Als ich ihn sah, traf mich fast der Schlag. Figur hatte er, und zwar jede Menge, mindestens hundertzwanzig Kilo davon.«

»Gut, das ist sehr interessant, vielen –«, setzte ich an, aber die Frau redete einfach weiter.

»Ein Reinfall war auch dieser Angeber, der sich großspurig Bill Gates nannte.«

Bill Gates? War das nicht der Chatname von Nikolas? »Nannte sich dieser Mann tatsächlich Bill Gates?«

Jeannette sah von ihrem Bildschirm auf und runzelte die Stirn.

Ich schaltete den Lautsprecher ein, damit sie mithören konnte.

»Ja, wie der Superreiche aus den USA. Ich dachte, der sei Börsenmakler oder hätte ein IT-Unternehmen, dabei macht er irgendwas Langweiliges in der Werbung. Denkt sich Namen für Gebäude aus und so.«

Jeannette presste die Hand auf den Mund, um ihr Lachen zu unterdrücken.

»Hat die Partnervermittlung diese Verabredung für Sie arrangiert?«, erkundigte ich mich.

»Nein, den habe ich auf einer Flirt-Plattform im Internet kennengelernt. Frau Brandenburg würde so einen aufgeblasenen Langweiler nie empfehlen.«

Nach diesem Gespräch meinte Jeannette: »Nikolas ist also noch auf der Pirsch. Erfreulicherweise bin ich inzwischen fündig geworden. Übrigens, bist du heute zum Abendessen in der WG? Jan will seine berühmte Pizza Quattro Stagioni für mich machen. Du kannst uns beim Essen gern Gesellschaft leisten. Wir haben danach noch genug Gelegenheit, übereinander herzufallen.«

Beim Gedanken an ein erneutes nächtliches Erotikhörspiel konnte ich das Absacken meiner Gesichtszüge gerade noch verhindern. Wenn ich diese stressige Woche bis zur Modenschau durchstehen wollte, brauchte ich endlich ein paar Stunden Schlaf am Stück. Mich überkam die Sehnsucht nach meinem eigenen Bett. Was hielt mich davon ab, nach Hause zurückzukehren? Sascha in die Arme zu laufen würde ich irgendwie vermeiden können, immerhin hatte ich mit meiner Vermieterin darin einige Übung.

Siedendheiß fiel mir ein, dass ich weitaus größere Probleme hatte. Sascha war nicht nur unverschämt laut, sondern möglicherweise ein gefährlicher Killer, der schon zwei Frauen auf dem Gewissen hatte. Vielleicht wäre es klüger, noch eine Weile in Jeannettes WG auszuharren. Langsam kam ich mir vor wie eine waschechte Gangsterbraut. In gerade mal vier Tagen war ich mit zwei Mordverdächtigen im Bett gewesen und hatte dabei selbst das Augenmerk der Kripo auf mich gezogen. Dabei war ich in Wirklichkeit ungefähr so verrucht wie Biene Maja. Das Schlimmste, was ich mir zuschulden kommen ließ, war gelegentliches Schwarzfahren, böswilliges Ignorieren der Anrufe meiner Mutter und TÜV-Prellerei. Je länger ich freilich über mein Sündenkonto nachdachte, desto mehr fiel mir dazu ein. Illegale Wegelagerei und Mietnomadentum zum Beispiel, je nachdem wie die korrekte rechtliche Bezeichnung für meine Schulden bei Frau Graislinger lautete. Zählte man alle meine Vergehen und Versäumnisse zusammen, waren sie aber geradezu lächerlich im Vergleich zu dem, was sich die Männer in meinem Leben leisteten.

Kurz vor neun schleppte ich mich die Treppe zur WG hoch. Ich wollte nur noch drei Dinge: Pizza. Bier. Schlaf.

In der Wohnung empfing mich eine köstliche Duftmischung aus Oregano, Tomaten und gebackenem Käse. Die Vision einer wagenradgroßen Quattro Stagioni versetzte meine Magensäfte in Ekstase. Von Jeannette und Jan war nichts zu sehen, dafür lachte mich ein großes Stück Pizza auf einem Teller in der Mitte des Küchentischs an. Einen Augenblick lang war ich richtig gerührt, weil Jeannette an mich gedacht hatte. Ich biss die Spitze des kalten Pizzastücks ab und schob den Rest, begleitet von verzücktem Mmmmhh, in den Backofen. Mit einem Bier aus dem Kasten neben dem Gelben Sack ließ ich mich am Tisch nieder. Auf der Spüle standen leere Teller, darauf lag mit Käsefäden verklebtes Besteck. Zerknüllte Servietten, zwei Gläser mit Rotweinresten und die Pfeffermühle auf dem Tisch ließen eine körperbetonte Dessertvariante vermuten.

Wie zur Bestätigung hörte ich Jeannette in ihrem Zimmer quieken. Ein Mann lachte, und etwas fiel gegen ihre Zimmertür.

Ich beneidete meine Freundin um ihr reges Sexleben. Mein Vergnügen beschränkte sich darauf, dem Käse auf dem Pizzastück im Ofen beim Blubbern zuzusehen. Kaum war der erste Bissen in meinem Mund verschwunden, brummte es, als hätte sich eine Hummel in die Küche verirrt. Doch es war kein Insekt zu sehen. Das Geräusch schien aus einer der zusammengeknüllten Servietten zu kommen. Ich hob sie hoch und entdeckte darunter ein Handy, dessen Display hektisch blinkte. Das Mobiltelefon gehörte sicher Jan. Ich wies den Anruf ab und aß den Rest der Pizza. Als das Handy sich erneut meldete, warf ich das Küchenhandtuch darauf und verzog mich in Begleitung meiner Bierflasche ins Wohnzimmer, das die WG-Bewohner gemeinsam nutzten.

Auf einer verschrammten Holzkommode, die nach einer Portion Möbelpolitur lechzte, stand der Fernseher. In der Ritze zwischen den Sofapolstern entdeckte ich die Fernbedienung. Ich zappte die Kanäle durch auf der Suche nach dem Regionalsender. Dort lief eine Dokumentation über die neue Landesmesse auf den Fildern, die im Oktober mit großem Tamtam und jeder Menge Prominenz während des Krautfestes eröffnet werden sollte. Ziemlich pikant, wenn man bedachte, wie groß der Widerstand der Filderbewohner gegen dieses überdimensionierte Prestigeprojekt jahrelang gewesen war. Unser Ministerpräsident unterstrich in seiner üblichen schmallippigen Rhetorik die Bedeutung des Messestandorts Stuttgart, obwohl jeder, der halbwegs bei Verstand war, wusste, dass es schlichtweg zu viele Messequadratmeter für diesen schrumpfenden Markt gab und die Veranstalter sich deshalb gegenseitig kannibalisierten.

Als der Bericht zu Ende war, wurde im Hintergrund eine

Ansicht des Cannstatter Ufers eingeblendet. Die Sprecherin fasste den Stand der Ermittlungen im Fall der Neckarmorde zusammen. Hinter ihr erschien ein verschwommenes Bild eines silbernen Wagens. Wahrscheinlich war es absichtlich undeutlich gehalten, weil der genaue Autotyp noch fraglich war.

Die Sprecherin fuhr fort: »Bereits vergangene Woche wurden die Autos mehrerer Verdächtiger, auf die die Beschreibung passte, nach möglichen Spuren durchsucht. Ob die Spermaspuren, die an den Leichen gefunden wurden, von ein und demselben Mann stammen, wollte die Kripo heute nicht kommentieren. Wie wir jedoch aus sicherer Quelle erfahren haben, werden die Ergebnisse der Gewebeproben zweier Verdächtiger bald vorliegen.«

Wer diese beiden Verdächtigen wohl waren? Bestimmt gehörte Teddy dazu. Der andere konnte Sascha sein. Oder vielleicht Nikolas, dessen Porsche kürzlich durchsucht worden war. Frau Graislinger hätte mir sicher beantworten können, ob der Kriminaltechniker auch Saschas Polo gefilzt hatte.

Bei der Vorstellung, womöglich mit einem Mörder geschlafen zu haben, brach mir der Schweiß aus. Als ich im Flur Geräusche hörte, schaltete ich den Fernseher aus. Jeannette und Jan schlenderten eng umschlungen zur Küche.

Jeannettes Lockenkopf war verwuschelt. Ihre Wangen glühten vor Leidenschaft. Ohne den Arm und ihren verliebten Blick von Jan zu lösen, fragte sie: »Na, wie hat dir Jans phänomenale Pizza geschmeckt? Wenn seinem Architekturbüro die Aufträge ausgehen, kann er sich gut als Pizzabäcker über Wasser halten.«

In der Küche schenkte Jan Wein ein und reichte Jeannette ein Glas. Die Blicke tief ineinander verhakt, stießen die beiden an. Mich machte das traurig. Ich tröstete mich mit einer zweiten Flasche Bier.

Als die beiden ausgeknutscht hatten, bedankte ich mich bei Jan für das Abendessen. »War sehr lecker.«

Jeannette rutschte vom Tisch auf Jans Schoß und lächelte anzüglich. »Ja, kochen kann er auch fantastisch.«

Statt verlegen zu werden, biss Jan in ihren Hals und tat so, als wolle er ihr einen Knutschfleck verpassen.

Hysterisch kreischend machte sich Jeannette von ihm los und flüchtete auf den Stuhl neben mir. »Lass das, du Wüstling«, sagte sie mit gespielter Empörung. »Ich habe morgen eine Präsentation bei den Gruftis in der Seniorenresidenz. Außerdem brauche ich für die Modenschau einen makellosen Schwanenhals. Mein Ausschnitt reicht fast bis runter zum Nabel.« Sie deutete die Stelle mit einer Handbewegung an. »Bea, du wirst ab-so-lut sprachlos sein, wenn du mich als böse Fee in diesem Kleid siehst.«

Unter dem Küchenhandtuch ertönte erneut das Hummelgeräusch.

»Das ist mein Handy.« Jan fischte das Mobiltelefon hervor und meldete sich, ohne einen Namen zu nennen. Er stand auf, ging in den Flur und sprach mit gedämpftem Ton ins Telefon. Dennoch war die Anspannung in seiner Stimme deutlich zu vernehmen. So ähnlich musste ich mich anhören, wenn meine Mutter mir Karriereratschläge unterbreitete.

Jeannette rümpfte die Nase und neigte sich zu mir herüber: »Das ist wieder seine Exfrau, die kann sich einfach nicht mit der Scheidung abfinden. Seit sie mitbekommen hat, dass Jan eine neue Freundin hat, ruft sie ihn ständig an.« Sie seufzte, verfiel aber gleich wieder in begeisterten Tonfall. »Lass uns über erfreulichere Dinge reden, zum Beispiel meinen sexy Feenfummel. Die Brüder Grimm werden von den Toten auferstehen, darauf wett ich. Warte, ich führe dir das Kleid vor.«

Sie verließ die Küche. Jan verzog sich mit dem Handy am Ohr und einem genervten Ausdruck im Gesicht ins Wohnzimmer.

Obwohl ich längst bettreif war, nahm ich mir ein drittes Bier aus dem Kasten. Wenn Jan hier übernachtete, würde ein ordentlicher Alkoholpegel meinen Tiefschlaf fördern.

Als es an der Wohnungstür klingelte, schleppte ich mich mit der Bierflasche in der Hand über den Flur. Das Gähnen blieb mir im Hals stecken, denn trotz der einsetzenden Wirkung des Alkohols erkannte ich Kommissar Gabriel.

»Frau Pelzer«, sagte er und hob verblüfft die Augenbrauen. »Bemerkenswert, wie oft wir in letzter Zeit miteinander zu tun haben. Ich suche Herrn Jan Hambach. Mir wurde gesagt, ich würde ihn hier finden.«

»Herr Hambach telefoniert gerade.« Ich verbarg die Bierflasche hinter dem Rücken und führte Gabriel zum Wohnzimmer.

Der Kommissar zog seinen Dienstausweis aus der Jacke, klopfte an und trat ein, ohne auf eine Antwort zu warten. Die Tür lehnte er hinter sich an. Auf Zehenspitzen schlich ich näher und stellte die Ohren auf. Was wollte die Kripo von Jeannettes Lover? Ich hörte, wie der Kommissar sich vorstellte und Jans Ausweis sehen wollte.

»Es geht um die Ermittlungen in der Mordsache Sommer.« Als ich das hörte, fiel mir fast die Bierflasche aus der Hand. Gabriel fuhr fort: »Ich muss Sie bitten, mich ins Polizeipräsidium zu begleiten.« Er zog die Tür hinter sich ins Schloss. Leider konnte ich das Gespräch nun nicht weiterverfolgen.

Diskret klopfte ich an Jeannettes Tür.

»Bin gleich so weit«, trällerte sie. »Das Kleid ist total eng, eigentlich müsste mich jemand in den Stoff einnähen.«

»Jeannette, du solltest besser rauskommen«, flüsterte ich. »Die Polizei ist da.«

Einen Augenblick lang war die Stille fast mit Händen zu greifen. Jeannettes erstauntes Gesicht erschien im Türspalt. »Wegen meinem Kleid?«, fragte sie allen Ernstes.

»Nein. Wegen Jan. Die beiden sind im –« Ich verstummte, als die Wohnzimmertür geöffnet wurde und Jan in den Flur trat. Mit ernstem Gesicht ging er auf Jeannette zu und zog sie in ihr Zimmer. Ich legte das Ohr an die Tür und lauschte ihrem hektisch geflüsterten Wortwechsel.

Als ich hinter mir ein Räuspern hörte, zuckte ich zurück. Unter dem forschenden Blick von Gabriel lief ich rot an. Den hatte ich total vergessen. Wie peinlich, von einem Kommissar beim Lauschen ertappt zu werden. Bevor mir eine schlüssige Erklärung einfiel, kam Jan zurück in den Flur. Er trug Jeans, Hemd und Blazer, seine Haare waren gekämmt, und auf seiner Nase saß die schwarz gerahmte Designerbrille. Hinter ihm erschien Jeannette in einem grün schimmernden Kleid mit Spaghettiträgern. Ihr eben noch von Leidenschaft gerötetes Gesicht war leichenblass. Sie sah Jan und dem Kommissar hinterher und rief: »Ruf mich an«, als die beiden die Wohnung verließen.

Wenig später saßen wir am Küchentisch und hielten uns an Bierflasche beziehungsweise Weinglas fest.

»Ich habe gehört, wie der Kommissar sagte, es ginge um den Mord an Sabina.«

Jeannette nickte. »Das dachte ich mir schon. Frau Brandenburg hatte für Jan auch ein Date mit Sabina arrangiert. Aber Jan meinte, mit ihr hätte die Chemie nicht gestimmt. Letzte Woche waren die Bullen deshalb schon bei ihm im Architekturbüro und haben ihn befragt. Darüber hat er sich ziemlich aufgeregt, ich meine, das ist doch geschäftsschädigend.« Etwas verloren sah sie in ihr Weinglas. »Bestimmt muss er nur seine Aussage von neulich unterschreiben.«

Obwohl sie sich Mühe gab, unbeschwert zu klingen, hörte ich den sorgenvollen Unterton deutlich heraus.

DIENSTAG

Jan kehrte in dieser Nacht nicht mehr in die WG zurück. Obwohl das Sexhörspiel ausfiel, wälzte ich mich schlaflos auf Olgas Bett hin und her. Als es draußen dämmerte und der Autolärm auf der Reinsburgstraße anschwoll, schlüpfte ich in meine Kleider. Ausnahmsweise war ich die Erste in der Agentur. Ich nutzte die Gunst der frühen Stunde und braute mir einen extrastarken Wachmacher aus Hohlbergs Luxusbohnenmischung.

Jeannette erschien erst um halb zehn, bleich wie Papier und mit ungewohnten Ringen unter den Augen. Müde nickend begrüßte sie mich und nahm noch im Stehen das Telefon zur Hand. Aus dem folgenden Wortwechsel schloss ich, dass sie Jans Architekturbüro angerufen hatte. Aber dort schien niemand zu wissen, wo der Chef sich aufhielt. Jeannette beendete das Gespräch und vertiefte sich in die Präsentation, die für ein Uhr in der Seniorenresidenz angesetzt war. Jede Viertelstunde versuchte sie es in Jans Büro, hatte jedoch kein Glück.

Immer wenn das Telefon klingelte, riss sie sofort den Hörer hoch. Kurz vor der Mittagspause kam endlich der ersehnte Anruf.

»Ja, ich bin Jeannette Wagenbach«, hörte ich sie sagen. »Was ist mit Jan? Warum meldet er sich nicht?«

Ich unterbrach meine Arbeit und sah zu ihr hinüber.

»Aber das darf doch nicht wahr sein«, rief sie und krallte die Finger um den Hörer. »Wieso halten die ihn immer noch fest? Er war doch in seinem Büro und hat –« Sie brach ab und hörte eine Zeit lang zu, wobei sie mehrfach nickte.

»Klingt nicht gerade erfreulich«, sagte ich mitfühlend, nachdem sie aufgelegt hatte.

Jeannette schluckte laut. »Das war sein Anwalt. Jan ist immer noch in Polizeigewahrsam. Anscheinend gibt es ein Problem mit seinem Alibi.«

»Du meinst, für den Abend, an dem Sabina umgebracht wurde?«

Jeannette nickte. »Er hat ausgesagt, dass er bis spät nachts an den Plänen für das neue Gewerbezentrum gearbeitet hat. Leider war er allein im Büro. Niemand kann bezeugen, dass er dort war.« Sie seufzte ausgiebig. »Unglaublich, die lassen ihn nicht mal mit mir telefonieren. Als wäre er ein Schwerverbrecher. Der Anwalt meinte, er wird heute Abend dem Haftrichter vorgeführt.«

»Das wird sich bestimmt bald klären«, versuchte ich sie zu trösten. Jeannette schwieg. Wahrscheinlich war es das Beste, wenn ich sie einfach in Ruhe ließ. Also widmete ich mich wieder den Texten für die Partnervermittlung. Diesmal erreichte ich die Interviewpartnerin, bei der ich es gestern ohne Erfolg versucht hatte. Während ich mit ihr die Fragenliste durchging, sah ich immer wieder zu Jeannette hinüber. Nach dem Anruf von Jans Anwalt hatte sie aufgehört, auf der Tastatur herumzuklappern. Stattdessen starrte sie geistesabwesend aus dem Fenster. Die einzige Regung ihres Gesichts war das Zucken ihrer Wange, deren Innenseite sie mit den Zähnen bearbeitete.

Als ich die letzten Fragen durchging, verließ Jeannette das Büro. Weil sie länger wegblieb, dachte ich, sie wolle allein sein. Umso überraschter war ich, als die Tür aufging und Anita sich umschaute.

»Wo steckt Jeannette?«

»Sie ist kurz rausgegangen. Vielleicht ist sie bei Herrn Hohlberg oder in der Küche.«

Eine Minute später erschien erneut Anitas blonder Schopf. Verärgert, als wäre ich schuld, keifte sie: »Jeannette ist nirgends aufzutreiben. Ist sie schon ins Seniorenheim gefahren?«

»Du meinst, zu ihrer Präsentation? Wann sollte die sein? Um eins?« Ich sah zu Jeannettes Schreibtisch hinüber und stellte fest, dass ihre Handtasche verschwunden war. Der schwarze Blazer, den sie für Kundentermine im Hängefach des Büroschranks aufbewahrte, war dagegen noch an Ort und Stelle.

»Unglaublich! Jetzt kann ich mich nicht einmal mehr auf Jeannette verlassen«, fauchte Anita und ging hinaus. »Ich versuche es unter ihrer Handynummer.«

Wenig später war in der Agentur die Hölle los. Niemand

wusste, wo Jeannette abgeblieben war. Unter ihrer Handynummer meldete sich nur die Mailbox, und auf Anitas Bitte um Rückruf hatte sie bislang nicht reagiert. Sicher war nur eines: Jeannette war nicht zu ihrer Präsentation unterwegs. Die Pappen mit den Entwürfen für die Homepage der Seniorenresidenz lagen fertig geklebt in der Grafik und warteten auf ihren Einsatz.

Auch durch die geschlossene Tür hörte ich, wie Hohlberg seinem Unmut brüllend Luft machte. Auf dem Flur hackten Anitas Absätze zwischen der Grafik, Hohlbergs Büro und der Kundenberatung hin und her.

Ich versuchte erneut, meine Freundin auf dem Handy zu erreichen. Erfolglos. Ich legte auf und lauschte. Der Lärmpegel auf dem Flur war gesunken. So klein und unauffällig wie möglich sondierte ich draußen die Lage. Anita telefonierte. Auf ihrem Schreibtisch lagen die Pappen für die Präsentation. Ein Grafiker rannte an mir vorbei zu Hohlbergs Büro, ein Blatt mit ein paar Textblöcken in der Hand. Wahrscheinlich war das eine Zusammenfassung der grafischen Konzeption der Website. Als der Grafiker Hohlberg das Blatt in die Hand drückte, erhaschte ich einen Blick auf Nikolas, der bei ihm saß und in gewohnt schwarzseherischer Art das Worst-Case-Szenario an die Wand malte. Den Verlust des lukrativen Seniorenheim-Etats.

Obwohl ich hundertprozentig auf Jeannettes Seite war, konnte ich dies nachvollziehen. Eine Präsentation ausfallen zu lassen oder in letzter Minute zu verschieben war die größte Blöße, die sich eine Werbeagentur geben konnte. Egal, ob alle Drucker gleichzeitig streikten oder die Grafiker geschlossen gekündigt hatten, eine derart kurzfristige Absage würde beim Kunden den denkbar schlechtesten Eindruck machen. Jeder würde vermuten, die Agentur sei nicht rechtzeitig mit der Präsentation fertig geworden. Natürlich würde kein Kunde einem derart unzuverlässigen Geschäftspartner noch weitere Etats anvertrauen.

Hohlberg sagte seine Verabredung zum Mittagessen ab und ließ sich vom Grafiker im Schnelldurchlauf informieren. Mit Anita fuhr er zur Präsentation in die Seniorenresidenz.

Emotional verstand ich, warum Jeannette nach den Ereignissen der vergangenen Nacht anderes im Kopf hatte als den Internetauftritt ihres Kunden. Sie war seit Jahren unfreiwillig Single, umso größer war nun ihr Gefühlsüberschwang. Liebe machte eben blind, in ihrem Fall anscheinend sogar betriebsblind. Sie war ein Profi im Umgang mit Hohlberg und wusste genau, wie weit sie mit ihren Insubordinationen gehen konnte. Trotzdem hatte sie diese wichtige Präsentation vorsätzlich platzen lassen und riskierte den Verlust eines beträchtlichen Etats. Ein hoher Einsatz für ihre neue Liebe.

Alle paar Minuten rief ich auf ihrem Handy an, aber es meldete sich nur die Mailbox. Schließlich versuchte ich es von meinem privaten Mobiltelefon aus.

»Hallo, Bea«, meldete sich Jeannette sofort.

Vor Verblüffung vergaß ich eine Sekunde lang, was ich von ihr wollte. »Wieso gehst du nicht ans Telefon? Anita hat dich dauernd zu erreichen versucht.«

Jeannette schnaubte. »Glaubst du, ich bin blöd und laufe denen ins offene Messer? Ich hab die Agenturnummer im Display erkannt. Die Präsentation ist mir egal, die hätte ich heute sowieso versiebt. Für mich zählt jetzt nur Jan.«

»Hat er sich bei dir gemeldet?«

»Nein, aber ich treffe gleich – oh, warte kurz.« Merkwürdige Geräusche drangen aus dem Hörer, als lege Jeannette die Hand übers Mikro. Ich hörte ihre gedämpfte Stimme, ohne zu verstehen, was sie sagte. Erneutes Gepolter, danach war sie wieder dran. »Bea, lass dir wegen Hohlberg irgendwas einfallen. Das hier dauert noch länger. Egal, wie es ausgeht, ich komme heute nicht mehr in die Agentur.«

»Jeannette, ich verstehe kein Wort! Wo bist du überhaupt?«

»Im Polizeipräsidium. Ich muss mit dem Kommissar sprechen. Stell dir vor, die haben in Jans Auto Fasern von Sabinas Kleidung gefunden und denken jetzt, er hätte sie umgebracht. Dabei können die nur von ihrem Date stammen. Du, da kommt der Kommissar, ich muss jetzt Schluss machen. Ich melde mich später.«

Imponierend, mit welcher Konsequenz sich Jeannette für ihren Jan einsetzte. Blieb nur zu hoffen, dass die Präsentation ohne sie gut ankam. Sonst würde Hohlberg sie im Affekt möglicherweise rauswerfen. Wenn sich in der Werbeszene herumsprach, dass Jeannette fahrlässig einen Etat vergeigt hatte, würde keine andere Agentur sie so schnell einstellen.

Gegen drei wurde es laut im Flur. Niemand hielt es für nötig, mich darüber zu informieren, wie die Präsentation gelaufen war. Beunruhigender fand ich allerdings, dass sich bis zum Abend keiner bei mir erkundigte, ob Jeannette wieder aufgetaucht war. Sie selbst meldete sich nicht.

Nach Feierabend fuhr ich in die WG, um meine Habseligkeiten abzuholen. Es wurde Zeit, mich der Realität zu stellen und nach Hause zurückzukehren. Noch eine schlaflose Nacht würde bleibende Schäden an meiner Psyche hinterlassen. Ich sammelte meine Siebensachen ein und hinterließ eine Nachricht für Jeannette auf der Ablage im Flur.

Mein Briefkasten enthielt Werbeblätter, Rechnungen und ein amtlich aussehendes Schreiben. Als Zeichen meiner Entschlossenheit ließ ich den Briefkastendeckel fallen, ohne das Klappern zu dämpfen. Das Schicksal in Gestalt von Frau Graislinger behelligte mich nicht. Dafür fand ich in meinem Flur einen Umschlag aus Umweltschutzpapier, den jemand unter der Tür durchgeschoben hatte. Auf der Vorderseite stand mein Vorname. Absender war keiner angegeben.

Ich zog die Stiefel aus, stopfte meine schmutzigen Kleider in den Wäschekorb und setzte mich an den Küchentisch, um die Post zu sichten. Mich mit dem grauen Umschlag zu beschäftigen zögerte ich so lange wie möglich hinaus. Ich las sogar die Telefonrechnung und den unerfreulichen Brief meines Energieversorgers über eine Gebührenanpassung. Als Vorletztes öffnete ich das amtlich aussehende Schreiben.

»Zuwiderhandlung… Straßenverkehrs-Zulassungs-Ordnung… Vorführtermin überschritten um acht Monate … dringende Aufforderung zur Vorstellung des Fahrzeugs zur Hauptuntersuchung innerhalb einer Woche… Bußgeld… Zwei Punkte in Flensburg …«

Woher wusste die Obrigkeit von meinem verbummelten Termin? Dass irgendeine offizielle Stelle darüber Buch führte, schien mir unwahrscheinlich. Jemand musste mich verpfiffen haben. Aber wer würde so etwas tun? Lange brauchte ich nicht nachzudenken. Zu deutlich stand mir das Bild vor Augen, wie sich die Graislinger vor dem Haus an den Kommissar rangemacht hatte. Bestimmt hatte sie mich denunziert. Der Leiter der Soko war für mein Vergehen zwar kaum der richtige Ansprechpartner, aber vielleicht hatte er die Angelegenheit an seine Kollegen weitergeleitet. Oder meine Vermieterin hatte selbst beim TÜV angerufen. Die zwei Punkte in Flensburg schreckten mich nicht, dafür aber das Bußgeld und die drohenden Werkstattkosten. Ich ließ den Bescheid in der Schublade verschwinden und nahm den Umschlag ohne Absender zur Hand. Wie ich gehofft, aber auch befürchtet hatte, war der Brief von Sascha. Als ich die wenigen Zeilen in einer ausgreifenden Handschrift sah, schnürte sich mein Hals zu. Na los, sagte ich mir. Du wolltest dich doch der Realität stellen, dann tu es jetzt gefälligst auch!

»Liebe Bea«, las ich. *»Leider ist die Putzfrau des Theaterhauses Schwäbin. Als ich aufwachte, war bereits die Hälfte deiner Handynummer von meinem Garderobenspiegel gewischt. Da du nicht im Telefonbuch stehst und auf mein Klopfen nicht reagierst, mache ich mir langsam Sorgen um dich. Geht es dir gut? Habe ich etwas Falsches gesagt oder dich verletzt? Bitte melde dich bei mir.«*

Ich legte den Brief auf den Tisch und betrachtete ihn. Das klang mir nicht nach einem Serienkiller. Allerdings – woher wusste ich schon, was ein Killer seinem potenziellen nächsten Opfer schrieb, um es in Sicherheit zu wiegen?

Als das Telefon läutete, sprang ich auf und rannte ins Wohnzimmer. Das musste Jeannette sein. Auf ihren Anruf wartete ich seit Stunden.

Ich riss den Hörer hoch. »Jeannette?«

»Guten Abend, es geht um Ihre Telefonrechnung«, sagte eine weibliche Stimme. Es war nicht Jeannettes. »Sie möchten sicher Ihre Telefonkosten senken?«

Mein Puls beruhigte sich wieder. »Das wird mich kaum retten. Rufen Sie wieder an, wenn Sie auch den Rest meiner Lebenshaltungskosten in den Griff bekommen können.« Ich legte auf.

Mein Blick fiel auf den Fernseher. Schlechte Nachrichten waren so ziemlich das Letzte, worauf ich Lust hatte. Andererseits erfuhr ich auf diese Weise vielleicht, was gegen Jeannettes Lover vorlag. Gleich neun Uhr. Zeit für die Regionalnachrichten.

»Guten Abend, meine Damen und Herren«, meldete sich die Sprecherin. »Nur noch wenige Wochen, dann wird die Neue Messe auf den Fildern eröffnet.« Hinter ihr wurde ein Bild des Messe-Parkhauses eingeblendet, das sich mehrstöckig und architektonisch imposant über die Autobahn erstreckte.

Gespannt verfolgte ich die Meldungen. Keine galt Jans unfreiwilligem Aufenthalt bei der Polizei. Als der Wetterbericht angekündigt wurde, schaltete ich aus und wählte noch einmal Jeannettes Handynummer. Nach dem dritten Klingeln sprang die Mailbox an. Ich bat sie, mich zurückzurufen. Danach rief ich in der WG an. Ich ließ es lange klingeln, aber niemand ging ran. Mit einem schlechten Gefühl im Bauch legte ich auf.

MITTWOCH

Gleich nach dem Aufstehen wählte ich die Nummer von Jeannettes Handy. Wie gestern meldete sich nur ihre Mailbox. Auf der Fahrt zur Agentur erfuhr ich aus dem Radio, warum Jeannettes Freund die Kripo beschäftigte.

»Stuttgart. Wie erst heute bekannt wurde, wurde bereits in der Nacht zum Dienstag ein Tatverdächtiger im Fall der Neckarmorde in Gewahrsam genommen. Es handelt sich um einen neununddreißigjährigen Stuttgarter Architekten. Bei einer routinemäßigen Untersuchung im Zuge der Ermittlungen waren in seinem Wagen Fasern entdeckt worden, die von der Kleidung einer der am Neckar tot aufgefundenen Frauen stammen. Überraschend wurde der Mann gestern Abend auf freien Fuß gesetzt, nachdem der Haftrichter die gegen ihn vorliegenden Indizien für nicht ausreichend erachtet hatte. Der Mann konnte nachweisen, dass er privat mit dem zweiten Opfer bekannt war und sie in seinem Auto mitgenommen hatte. Sein Alibi für die Tatzeit wurde inzwischen von einer Zeugin bestätigt.«

Meine Schultern sanken gute fünf Zentimeter tiefer, und die Anspannung wich. Jan war entlastet. Das freute mich für Jeannette. Alles war so, wie sie erzählt hatte. Jan hatte Sabina als Klientin der Partnervermittlung bei einer arrangierten Verabredung kennengelernt. Weil dieses Date aus den Unterlagen der Partnervermittlung hervorging, war Jans Wagen durchsucht worden.

Vor der Agentur sah ich mich vergeblich nach Jeannettes Golf um. Wenn sie in Esslingen übernachtet hatte, war sie von Jan auf dem Weg in sein Büro vielleicht hier abgesetzt worden. Erwartungsvoll hastete ich in ihr Büro. Sie morgens bereits am Rechner sitzen zu sehen war ein vertrauter Anblick. Umso enttäuschter starrte ich nun auf ihren verwaisten Stuhl. Aber möglicherweise kam sie heute später. Nach den Turbulenzen in ihrem Privatleben wäre das mehr als verständlich.

Zu tun gab es auf jeden Fall genug, wie der Stapel Jobmappen auf ihrem Schreibtisch verhieß. Zudem stand die Pressearbeit für die Partnervermittlung an. Es war höchste Zeit, die Medien auf das Event am Sonntag aufmerksam zu machen. Doch zunächst musste ich den Flirtführer überarbeiten. Bevor ich mir diese Tortur antat, brauchte ich ein Aufputschmittel. Ich ging zur Küche. Ausnahmsweise war die Tür zu.

Als ich eintrat, durchstöberten Teddy und Werner gerade Hohlbergs Geheimfach. Die beiden schreckten hoch wie kleine Jungs, die bei einem Streich ertappt werden. Als Beute hielt Werner eine Packung teurer englischer Kekse mit Ingwergeschmack in der Hand. Er hatte sich den Kopf an der Schranktür gestoßen und schimpfte entsprechend.

»Verfluchte Dreckstür! Mensch, Bea!«, fuhr er mich an und strich mit schmerzverzerrtem Gesicht über seinen gelglänzenden Schopf. »Kannst du nicht anklopfen wie jeder anständige Mensch?«

»Glaubst du etwa, Hohlberg klopft in seiner eigenen Küche an?«

»Außerdem verkehren in diesem Etablissement keine anständigen Menschen«, sagte Teddy und zog eine Packung Kaffeebohnen aus Hohlbergs Fach. »Jeannette ist dafür der beste Beweis. Ich habe gehört, die treibt sich jetzt wie du in kriminellen Kreisen herum.« Er sah kurz zu mir.

»Woher weißt du das schon wieder?« Sehnsüchtig sah ich auf die Luxusbohnen, entschied mich aber, auf Nummer sicher zu gehen. Ich drückte eine Taste. Mit Riesengetöse sprang das Mahlwerk der Kaffeemaschine an.

»Die üblichen Buschtrommeln«, sagte Teddy, als es wieder still war, und wackelte affektiert mit dem Kopf, wie ich es von Anita kannte.

Unfreiwillig musste ich lächeln. Teddys Bartstoppeln und die verwuschelten Haare passten denkbar schlecht zu der femininen Mimik.

»Wovon redet ihr eigentlich?« Werner schob sich einen Keks in den Mund und bot uns großzügig aus Hohlbergs Packung an.

Ich ließ einen Ingwerkeks am Stück im Mund verschwinden, falls Hohlberg auftauchte, und spülte ihn mit einem Schluck Kaffee hinunter.

»Jeannettes Lover ist von der Kripo verhört worden, weil er sich mit Sabina getroffen hat«, erklärte Teddy.

»Ja und?«, erwiderte Werner und schnaubte. »Sabina war eben scharf. Genau wie du. Deshalb hast du sie ja auch gleich vernascht.«

Teddy hatte tatsächlich mit Sabina geschlafen? Ich versuchte, mir meinen Schreck nicht anmerken zu lassen, als ich an die Spermaspuren dachte, die an ihrer Leiche gefunden worden waren. Mir hatte Teddy gesagt, er wäre nach Hause gefahren, nachdem er sie bei ihrer Wohnung abgesetzt hatte.

Werner zermalmte knirschend den nächsten Keks. »Aber nur weil du geil warst, hast du sie doch nicht gleich umgebracht. Schließlich bist du kein Triebtäter.« Er wandte sich an mich. »Sag mal, Bea, hat Jens Jeannette gestern allen Ernstes fristlos gekündigt?«

Jeannette war gekündigt worden? Ich schluckte erschrocken, wobei sich ein Keksbrösel in meine Luftröhre verirrte. Panisch schnappte ich nach Luft. Teddy schlug mir mit der Hand auf den Rücken, bis der Brösel sich löste.

Ich krächzte: »Wer hat dir das erzählt?«

»Anita. Ich wollte Jeannette ihre Fotos vorbeibringen, hab sie aber nicht in ihrem Büro angetroffen.« Werner deutete zu einer flachen weißen Schachtel auf dem Küchentisch. »Die Bilder sind echt geil geworden. Ich meine, für Jeannettes Verhältnisse. Ein guter Fotograf macht eben sogar aus einer alten Jungfer 'ne heiße Braut.«

Auf dem Flur kamen klackernde Geräusche näher.

»Feind im Anmarsch.« Teddy stopfte die Luxusbohnenmischung in Hohlbergs Fach zurück. Werner tat es ihm mit der Kekspackung nach.

Anita erschien auf der Schwelle. Einhellig setzten wir Unschuldsmienen auf. Teddy lehnte sich wie zufällig mit dem Rücken gegen Hohlbergs Fach und begutachtete seine Fingernägel.

»Was treibt ihr hier? Ist euch etwa die Arbeit ausgegangen?« Anitas Blick fiel auf mich. Ihre Augen verengten sich. »Bea, weißt du, wo sich Jeannette herumtreibt?«

Hieß das, Hohlberg hatte Jeannette doch nicht gekündigt? Ich wollte schon mit den Achseln zucken, als mir Jeannettes Bitte einfiel, sie zu decken. »Sie ist krank geworden«, hörte ich mich sagen. »Hat von einer Sekunde auf die andere hohes Fieber bekommen. Muss irgendein seltener Virus sein. Wann sie wieder arbeiten kann, hängt davon ab, wie ansteckend der Virus ist.«

Teddy stieß ein Lachen aus, aber es gelang ihm, das Geräusch als Husten zu tarnen.

»Ein seltener Virus?«, wiederholte Anita zweifelnd.

Bevor jemand das Virusthema vertiefte, sagte ich: »Ich kann Jeannettes Jobs übernehmen, bis es ihr wieder besser geht.«

Sofort gab Anita ihre Bestellung bei mir auf. »Bis zum Mittag brauche ich zwei News für Nexx, und die Texte für die Seniorenresidenz müssen heute fertig werden. Bei denen dürfen wir uns nach der gestrigen Aktion nichts mehr leisten.«

»Wie ist die Präsentation gelaufen?«, nutzte ich die verbale Vorlage.

Anita machte auf dem Stiletto-Absatz kehrt. »Das willst du nicht wirklich wissen.«

Die Artikel für Nexx beanspruchten nur eine Gehirnhälfte. Die andere grübelte, warum Jeannette nicht zur Arbeit kam. Schließlich war ihr Freund vom Mordverdacht entlastet und wieder auf freiem Fuß. Bestimmt war der jetzt urlaubsreif.

Urlaub! Genau! Ich schlug mir mit der Hand an die Stirn. Das musste des Rätsels Lösung sein. Erst neulich hatte Jeannette mir von einem romantischen Liebesurlaub mit Jan vorgeschwärmt. Bestimmt waren die beiden nach all der Aufregung in ein geheimes Liebesnest geflüchtet, um sich ungestört erholen zu können.

Ich machte mich an die Überarbeitung des Flirtführers. Beim Kapitel »Flirten am Telefon« meldete sich meine misstrauische Gehirnhälfte erneut. Warum rief Jeannette nicht an und erzählte mir von ihrem spontanen Liebesurlaub? Sie ahnte doch bestimmt, welche Sorgen ich mir machte. Warum war sie überhaupt einfach so verschwunden, statt Hohlberg um Urlaub zu bitten?

Je länger ich über Jeannettes mysteriöses Verschwinden nachdachte, desto mehr beunruhigte es mich. Aber was konnte ich tun? Bei ihren Eltern anzurufen wäre zwecklos. Zwischen ihnen und Jeannette herrschte Eiszeit, weil der unkonventionelle Lebensstil ihrer Tochter nicht in ihr biederes Weltbild passte. Wer sonst könnte von Jeannettes Plänen wissen? Nur einer konnte mir weiterhelfen. Jan.

Am besten, ich rief in seinem Architekturbüro an. Wenn ich die Auskunft bekam, er habe Urlaub genommen, wäre alles geklärt und ich könnte endlich zur Tagesordnung übergehen. Ich blätterte die Gelben Seiten bis zur Auflistung der Architekturbüros durch. Mein Finger begann schon an der Liste entlangzufahren, als mir aufging, dass ich kein Glück haben würde, solange ich Jans Nachnamen nicht wusste. Kommissar Gabriel hatte ihn in der WG erwähnt, aber ich konnte mich nicht erinnern.

In der Hoffnung, den Namen beim Lesen wiederzuerkennen, sichtete ich die aufgeführten Büros. Fehlanzeige. Als Nächstes blätterte ich die Nummern durch, die im elektronischen Telefonbuch gespeichert waren. Darin stieß ich auf den Namen Jan. Ich atmete erleichtert durch, bis ich die Nummer las. Die Zahlenfolge verriet mir, wo dieser Jan arbeitete. In der Presseabteilung von Nexx. Das war der falsche. Kurz entschlossen setzte ich mich an Jeannettes Arbeitsplatz. Wo könnte sie Jans Nummer notiert haben? Unter der Schreibunterlage fand ich den Faltzettel eines Pizzaservices im Westen und den baguetteförmigen Flyer eines französischen Imbisses in der Olgastraße. Ich zog die oberste Schublade ihres Rollcontainers auf und durchwühlte den Inhalt. Notizpapier, Stifte, Textmarker, Haftnotizen, Locher, Lineal. Kein Adressbuch. Die nächste enthielt farbiges Papier und Karteikarten. Ich ging in die Hocke und öffnete die unterste Schublade.

Als die Tür aufschwang, verlor ich vor Schreck das Gleichgewicht und wäre fast ins Regal gefallen. Ich schaute auf und erwartete schon, Jeannettes braunen Lockenkopf zu sehen. Stattdessen blickte ich auf den gelglänzenden Schopf von Werner.

Der Fotograf lehnte sich lässig an den Türrahmen. »Du hast sicher eine gute Erklärung, warum du Jeannettes Sachen durchstöberst.« Ich machte den Mund auf, da hob er die Hand und bremste mich. »Interessiert mich nicht. Ich muss gleich los, wollte nur Jeannettes Fotos vorbeibringen.« Er legte die flache weiße Schachtel, die ich vorhin auf dem Küchentisch gesehen hatte, auf meinen Schreibtisch. »Bestell ihr schöne Grüße, falls sie den tödlichen Virus überlebt.«

Als er weg war, widmete ich mich der untersten Schublade. Umsonst. Frustriert kehrte ich zu meinem Stuhl zurück. Mittlerweile war ich über meine Unfähigkeit fast ebenso verzweifelt wie über Jeannettes Verschwinden. Denk nach, du blöde Kuh, schimpfte ich. Immerhin hast du Abitur und beinahe einen Universitätsabschluss. Mein Blick glitt erneut zum Telefon, und da fiel endlich der Groschen. Jeannette hatte gestern mehrfach versucht, Jan in seinem Büro zu erreichen. Also musste die Nummer noch gespeichert sein. Ich blätterte die gewählten Nummern durch und stieß auf eine in Stuttgart, die mir unbekannt war. Ich drückte die Wahlwiederholung.

Nach dem zweiten Klingeln meldete sich eine glatte Frauenstimme: »Architekturbüro Hambach, was können wir für Sie tun?«

»Guten Tag. Ich möchte gerne mit Herrn Hambach sprechen.«

»Worum geht es bitte?«

Ich überlegte, welchen Köder ich auswerfen sollte. Dass es um seine Geliebte ging, konnte ich kaum sagen. »Ja, äh, Herr Hambach ist uns empfohlen worden«, sagte ich in meinem besten Honoratiorenschwäbisch, wie es die oberen Zehntausend der Landeshauptstadt pflegten. »Mein Mann und ich möchten gerne am Frauenkopf bauen.« Der Frauenkopf lag im Südosten und war als begehrte, teure Wohngegend entsprechend dicht mit Villen bestückt. Bei jedem einigermaßen geschäftstüchtigen Architekten würde meine Anfrage Dollarzeichen in den Augen aufleuchten lassen.

Sofort wurde die Stimme um einige Grad wärmer. »Herr Hambach ist zurzeit auf einem Kongress. Gerne vereinbare ich für Sie einen persönlichen Gesprächstermin mit ihm, sobald er wieder zurück ist.«

Ohne ein weiteres Wort legte ich auf. Jan war auf einem Kongress. Vermutlich in Begleitung von Jeannette. Ein Architekturkongress mochte zwar kaum der ultimative Liebesurlaub sein, aber vielleicht verbanden die beiden das Notwendige mit dem Angenehmen. Oder vielleicht war dieser ominöse Kongress nur die offizielle Version, und Jan hatte in Wirklichkeit eine Auszeit genommen? Ja, das war denkbar. Womöglich waren die beiden Turteltauben nicht einmal unterwegs, sondern hatten sich in Jans Haus in Esslingen verkrochen, von dem Jeannette ständig schwärmte.

Anita kam mit einem Stapel Ausdrucke herein. »Hier, das ist die Imagebroschüre für die Seniorenresidenz. Der Kunde hat Jeannettes Texte überarbeitet. Jens hat die Headlines optimiert, der oberste Ausdruck ist von ihm. Er bringt die Broschüre dem Geschäftsführer morgen persönlich in Leinfelden vorbei. Der muss nach dem Fiasko gestern gepampert werden.« Das Wort »pampern« war von einer marktbeherrschenden Windelmarke abgeleitet und der agenturübliche Ausdruck für die ebenso einschleimerische wie kostenintensive Kundenpflege. »Die überarbeitete Fassung braucht Jens bis heute Abend. Bist du mit der Pressearbeit für die Partnervermittlung schon fertig?«

»Mach ich, sobald der Flirtführer steht.«

»Wann?« Anitas Blick hätte mühelos Stahl geschmolzen.

»Morgen.«

»Morgen erst? Das wird Jens nicht gefallen.« Ihr tadelnder Gesichtsausdruck wich Neugier, als sie die weiße Schachtel auf meinem Tisch entdeckte. »Was ist das? Schmuck vom Juwelier? Oder teure Pralinen?«

»Weder noch. Das sind Fotos für Jeannette. Werner hat sie vorbeigebracht.«

»Ach ja, von diesem Shooting hat Jeannette mir erzählt. Leider habe ich gerade keine Zeit, mir die Fotos anzusehen. Eine muss hier ja schließlich arbeiten.« Sie rauschte davon.

Ich zog die Schachtel heran. Sie war mit Lackpapier beschichtet und mit einer Kordel verschnürt. Sollte ich einen Blick hineinwerfen?

Als das Telefon klingelte, informierte mich das Display über den Anrufer. Hanna Wenzel von der Partnervermittlung. Bestimmt ging es um den Probedurchlauf der Modenschau morgen. Ich nahm ab. »Guten Tag, Frau Wenzel.«

Eine Pause am anderen Ende der Leitung machte mich stutzig. Dann meldete sich die Anruferin mit einem knappen: »Brandenburg.«

»Entschuldigung, Frau Brandenburg. Ich hatte die Nummer gesehen und angenommen –«

»Hanna hat sich krank gemeldet. Ein Migräneanfall«, unterbrach mich die Geschäftsführerin. »Frau Pelzer, Sie hatten mir einen Moderationstext für die Modenschau versprochen.«

Der Moderationstext! Den hatte ich völlig vergessen. Tollkühn versprach ich Frau Brandenburg, ihn ihr heute noch zu mailen. Auf die paar Zeilen kam es jetzt auch nicht mehr an.

Da ich schon am Telefon war, bat ich in meiner Kfz-Werkstatt um einen Eiltermin für die TÜV-Flottmachung des Corsas. Anschließend telefonierte ich mich eine Stunde lang durch die lokalen Redaktionen, um sie auf die Modenschau am Sonntag aufmerksam zu machen. Leider war das Interesse schwächer als erhofft. Weder meine Idee, Partnersuchende als Model für sich werben zu lassen, noch die Märchenkollektion der Jungdesigner veranlassten die Redakteure zu Begeisterungsstürmen. Ich musste mir etwas einfallen lassen, damit die Presseresonanz stimmte und Hohlberg mein Honorar nicht mit fadenscheinigen Ausreden kürzte oder gar einbehielt. Nachdem ich die Pressemeldung an die interessierten Redakteure verschickt hatte, malte ich drei Ausrufezeichen auf meine To-do-Liste hinter das Stichwort »Modenschau«.

Dann sah ich bedrückt zwischen der Datei des Flirtführers auf meinem Bildschirm und den Broschürenausdrucken der Seniorenresidenz hin und her. Das war wie die Wahl zwischen Pest und Cholera. Alles von Hohlbergs seichten Einfällen verseucht. Mein Blick fiel auf die Schachtel mit Werners Fotos. Der

Verlockung, mich damit kurzzeitig abzulenken, konnte ich nicht widerstehen.

Ich löste die Schnur und hob den Deckel ab. Als ich das weiße Seidenpapier knisternd zur Seite schlug und das oberste Foto sah, bekam ich große Augen. Jeannettes optische Generalüberholung war noch ziemlich ungewohnt, daher hatte ich automatisch ihren alten Look erwartet: glatte, lange schwarze Haare, ungeschminktes Gesicht mit dem üblichen gelangweilt-ironischen Blick, grelle Farbkombinationen, unförmige Cargohosen, flache Treter. Stattdessen blickte ich auf eine langbeinige, attraktive junge Frau mit glänzenden Locken. Auf dem obersten Bild trug Jeannette das grün schimmernde Nichts von einem Kleid, das sie bei der Modenschau präsentieren würde. Ihre Haut wirkte seidig-gebräunt, und sie trug aparte schwarze Sandaletten. Karamellbraune Haare umgaben ihr wunderschön geschminktes Gesicht in weichen, schulterlangen Locken. Wie bei einer dieser Vorher-Nachher-Reportagen in Frauenzeitschriften, in denen sie oft blätterte.

Auch beim nächsten Foto geriet ich ins Staunen. Jeannette in einem roten Bikini! Ich wunderte mich, dass sie so ein »sexistisches Machtinstrument des herrschenden Macho-Proletariats«, O-Ton Jeannette, überhaupt besaß. Vor allem eines, das aus so bemerkenswert wenig Stoff bestand. Ich blätterte weiter. Jeannette in Jeans und Top, im Businesskostüm, wieder im grün schimmernden Kleid.

Am meisten beeindruckten mich einige Porträtfotos. Da war ein Strahlen in ihren Augen, das von innen heraus kam. Sie war verliebt, und das ließ sie weiblich und sexy wirken. Die braunen Locken schmiegten sich weich um das fein geschnittene Gesicht. Lidschatten und Eyeliner betonten ihre grünen Katzenaugen. Rouge hob die markanten Wangenknochen hervor. Markante Wangenknochen, meldete sich in meinem Inneren ein besorgtes Echo. Grüne Augen? Braune Locken? Das kannte ich doch.

Ich sprang auf und holte die Zeitungen aus dem Altpapierstapel in der Küche. Ich blätterte zu den Fotos der ermordeten Frauen, legte das Bild von Magdalena Lenz, das ich mit mir herumtrug, daneben, ebenso das Porträt von Jeannette. Drehte ich langsam durch, oder glich Jeannette mit ihrem neuen Look den beiden Toten tatsächlich so sehr, wie ich glaubte?

Das Telefon läutete. Hohlberg ließ mich wissen, wie dringend er auf die Broschüre der Seniorenresidenz wartete. Erschrocken sah ich auf meine Uhr: schon fast fünf. Ich hatte völlig die Zeit vergessen. Als ich den Hörer auflegte, zitterte ich am ganzen Leib. Das war der Schock über die Hirngespinste, die ich zusammenfantasierte. Ich legte die Fotos in die Schachtel zurück und schob sie mit den Zeitungen in meine Tasche. Dann zog ich die von Hohlberg korrigierten Ausdrucke zu mir. Danach schrieb ich den Moderationstext für Frau Brandenburg.

Um halb acht fuhr ich zur Roten Kapelle. Noch immer hatte ich kein Lebenszeichen von Jeannette. In meiner Pause suchte ich mir eine ruhige Ecke und tippte die Nummer der WG in mein Handy. Es klingelte zweimal, dreimal, viermal. Der Anrufbeantworter sprang an. Ich legte auf und versuchte es auf Jeannettes Handy. »Der Teilnehmer ist zurzeit nicht erreichbar«, drang es aus dem Lautsprecher.

Dasselbe bekam ich lange nach Mitternacht zu hören, als ich von zu Hause erneut die Handynummer wählte.

DONNERSTAG

Verfilzte Haare, diabolisches Jack-Nicholson-Grinsen. Der irre aussehende Typ jagt eine Frau im Bikini übers Neckarufer. Kurz bevor er sie erreicht, stürzt sie sich verzweifelt in den Fluss. Er bleibt stehen, sieht sich um. Fixiert mich. Meine Füße frieren im Gras fest. Erst als ich den ranzigen Geruch seiner Haare wahrnehme, renne ich los. Zu spät. Nach ein paar Metern krallt sich eine Hand um meinen Arm. Keuchen. Grinsen. Fettiger Haargestank. Als er mich an sich zieht, poltert etwas laut.

Ich schreckte auf. Mein Schlafanzug klebte nassgeschwitzt an mir. Erleichtert stellte ich fest, dass ich zu Hause in meinem Bett saß und nicht durch das vom Morgentau feuchte Gras des Neckarufers hetzte. Da! Wieder dieses Poltern. Es kam von oben und wiederholte sich ein paarmal. Danach war es sekundenlang still, was das wieder einsetzende Geräusch noch lauter schallen ließ. Inzwischen wusste ich, wer über mir wohnte und womit dieser Nachbar seinen Lebensunterhalt verdiente. Wahrscheinlich war die Erklärung für die Geräusche, die mich in den letzten Monaten so verstört hatten, ganz simpel: Sascha probte Schrittkombinationen für eine neue Choreografie.

Zu gern hätte ich gewusst, warum die Kripo bei ihm gewesen war. Ob ihr Besuch etwas damit zu tun hatte, dass er ein silberfarbenes Auto fuhr und denselben Flirtkurs wie Sabina besucht hatte? Sabina! Der Neckarmörder! Jeannette! Jedes Ausrufezeichen pushte meinen Adrenalinspiegel höher. Ich sprang aus dem Bett und lief ins Wohnzimmer, um den Anrufbeantworter zu kontrollieren. Keine Nachricht. In der Küche lag mein Handy. Auch hier nichts Neues auf der Mailbox. Mein Blick fiel auf die weiße Schachtel. Unschuldig und harmlos stand sie auf meinem verschrammten Holztisch am Fenster, als enthielte sie tatsächlich nur feinste Confiserie-Ware. Heute Nacht hatte ich eigentlich noch in der WG vorbeifahren und die Fotos abgeben wollen. Auch in der Hoffnung, Jeannette dort anzutreffen. Aber nach meiner Schicht in der Kneipe war ich fix und fertig gewesen und hatte auf schnellstem Weg mein Bett angesteuert. Jetzt bekam ich deswegen ein schlechtes Gewissen und beschloss, nachher in der Reinsburgstraße vorbeizusehen, bevor ich aufs Bosch-Areal zu der Probe für die Modenschau fuhr.

Eine halbe Stunde später öffnete ich mit dem Ersatzschlüssel die Tür zur WG.

»Hallo? Jeannette? Ist jemand da?« In meiner Stimme schwang die Angst mit, keine Antwort zu bekommen.

Und so war es auch. In der Küche hing ein würzig-scharfer Geruch nach Pfefferminze. Der stammte von Nataschas Frühstückstee. Inzwischen war sie sicher längst bei der Arbeit im Marienhospital. Jeannettes Zimmer war leer, das Bett zerwühlt und ungemacht wie üblich. Ich nahm ein Porträtfoto aus der Schachtel und deponierte sie auf der Ablage im Flur.

Auf der Fahrt zum Bosch-Areal stieg meine Anspannung. Es war wenig wahrscheinlich, dass Jeannette ausgerechnet bei der Probe für die Modenschau wieder auftauchte. Trotzdem hoffte ich, sie in ihrem grün schimmernden Kleid dort zu sehen, fröhlich und hormongepusht nach ihrem Romantik-Kurztrip mit Jan.

In dem großen Flirtkursraum wuselte es vor Menschen. Einige trugen Alltagskleidung, die meisten steckten in pompösen Märchenkreationen. Weiß gepuderte Perücken und Dreispitzhüte, Samtcorsagen, Reifröcke, Fräcke und im Kontrast dazu ziemlich stoffarm gekleidete Prinzessinnendarstellerinnen bevölkerten die Szene. Von Jeannette leider keine Spur. Dafür entdeckte ich Geschäftsführerin Eva Brandenburg in einem cremefarbenen Hosenanzug mit zwei jungen Männern an der Bar. Die beiden waren schwarz gekleidet, das Kinn des einen schmückte ein gebleichtes Ziegenbärtchen, der andere hatte die Brauen in feine Halbkreise gezupft, die sich wie Arkaden auf seiner Stirn schwangen. Das mussten die beiden Designtalente sein, die ich bisher nur von Telefonaten kannte.

Wir sprachen den Ablauf der Modenschau anhand der Liste durch, die ich mit Hanna Wenzel erstellt hatte. Der Ziegenbart klebte mit einer ihrer Sekretariatskolleginnen die Umrisse des

Catwalks mit Kreppband in der Raummitte ab. Als die Frau mir einen misstrauischen Blick zuwarf, erkannte ich in ihr die Mitarbeiterin, die mich beim Spionieren ertappt hatte. Ich nickte freundlich und setzte eine unschuldige Aschenputtel-Miene auf.

Die Geschäftsführerin wollte einige Passagen meines Moderationstextes ändern. Wir stimmten die neuen Formulierungen ab. Bei dieser Gelegenheit erkundigte ich mich nach Hanna Wenzel.

Frau Brandenburg schüttelte bedauernd den Kopf. »Die Arme leidet noch immer unter Migräne. Ich hoffe sehr, dass sie am Wochenende wieder fit ist. Am Tag der offenen Tür kann ich unmöglich auf sie verzichten.«

»Bitte richten Sie ihr Grüße aus und gute Besserung.«

Zusammen mit den Designern stellten wir unsere Models in der Reihenfolge für die Show auf. Britta, die Schneewittchen verkörpern sollte, glänzte durch Abwesenheit. Wahrscheinlich war sie sich als professionelles Fotomodell für eine Probe mit Amateuren zu schade. Als die Abfolge stand, schaltete jemand die Musik an. Die Designer führten den Teilnehmern vor, wie man sexy und souverän über den Catwalk ging. Alle redeten aufgeregt durcheinander, die Musik ging an, aus, an, aus, die Designer gaben Kommandos, die vorwiegend weiblichen Models zickten, die drei männlichen Models trampelten dafür wie Gorillas über den Laufsteg. Es war eine skurrile Mischung aus Kasperletheater und »Germany's next Topmodel«. Bewundernswert, wie die beiden Designer trotz des Trubels ruhig blieben und geduldig ihre Vorstellungen erläuterten. Nach zwei Stunden war ich mit den Nerven am Ende und verabschiedete mich.

In der Agentur ging ich zu den Kundenberaterinnen und erkundigte mich bei Anita, ob sie etwas von Jeannette gehört hatte.

»Die hat Urlaub genommen«, erwiderte sie und musterte mich skeptisch. »Merkwürdig, sagtest du nicht etwas von einem seltenen Virus?«

Endlich ein Lebenszeichen von Jeannette! »Wann hat sie sich bei dir gemeldet? Hast du auf das Display geachtet?«

»Die Rufnummer war unterdrückt. Sie hat gleich heute früh angerufen.« Anita fuhr schnippisch fort: »Die Lady war allerdings kurz angebunden. Hat ohne tschüs zu sagen aufgelegt, bevor ich fragen konnte, wann sie uns wieder mit ihrer Anwesenheit beehrt.«

Erleichtert und einigermaßen verwirrt zugleich verzog ich mich in mein Büro. Jeannettes Anruf war erfreulich. Das hieß, dass ihr nichts passiert war. Trotzdem fragte ich mich, warum sie sich nicht bei mir meldete. Als ich meinen Rechner einschaltete, ertönte ein seltsames Rattern. Weiße Schrift auf schwarzem Grund erschien: »system error«. Das hatte mir gerade noch gefehlt. Ich wechselte an Jeannettes Arbeitsplatz und wollte eine Sicherheitskopie des Flirtführers vom Agenturserver herunterladen, als ich die Datei mit dem Namen »Liebesglück« auf ihrem Desktop entdeckte. Das Tagebuch über ihre Männersuche.

Unschlüssig starrte ich auf das Symbol der Datei. Tagebücher waren Privatsache. Aber dies war ein Notfall. Und in Notfällen gab es nichts Privates mehr. Ich öffnete Jeannettes Tagebuch und überflog die Einträge: Entwürfe für eine Kontaktanzeige, Antworten von Chatpartnern, ein Bericht über ihr Treffen mit BillGates38 und wie dieser sich als Nikolas entpuppte. Außerdem eine heftchenromanreife Schilderung ihres ersten Dates mit Jan. Einige Seiten weiter berichtete sie über Jans Verhaftung.

Ich blätterte weiter bis zum letzten Eintrag vom Dienstag. An diesem Tag hatte ich sie zum letzten Mal gesehen. Jeannette schilderte knapp die Schwierigkeiten, in die Jan durch seine Verhaftung geraten war: Arbeitsausfall, Kundentermine waren kurzfristig geplatzt, der Bauherr des Messe-Gewerbezentrums erwog sogar, die Geschäftsverbindung zu beenden, weil er schlechte Publicity befürchtete.

Sie schrieb: »Und der ganze Ärger nur wegen eines Alibis, für das Jan keine Zeugen hat. Er war so verzweifelt!! Am Abend vor Sabinas Tod war er allein im Architekturbüro und arbeitete bis nachts an den Werkplänen für das Gewerbezentrum. Ich wusste sofort, was ich tun würde. Ich würde erzählen, ich sei an jenem Abend bei Jan im Büro am Kräherwald gewesen. Und dass Jan nicht gearbeitet hat, sondern wir uns den ganzen Abend über geliebt hätten.«

Hatte ich das richtig verstanden? Ungläubig las ich den Absatz noch einmal. Jeannette hatte Jans Alibi bestätigen wollen. Also war sie die Zeugin gewesen, der Jan es verdankte, wieder auf freiem Fuß zu sein! Und jetzt waren die beiden wie vom Erdboden verschluckt.

Wieso war ich nur so dumm gewesen, die Jobs von Jeannette freiwillig zu übernehmen? Das hatte ich nun davon! Statt den Flirtratgeber endlich abzuschließen, quälte ich mich durch Degerloch und über die B27 nach Leinfelden zur Seniorenresidenz. Unten in Stuttgart schien die Sonne, hier oben schoben sich bizarre Wolkengebirge in allen Grauschattierungen über die Fildern. Das passte zu meiner Mission, denn die war ebenfalls düster. Hohlberg hatte dem Leiter der Seniorenresidenz heute Morgen die Broschüre eigenhändig vorbeigebracht. Wenig später hatte der Kunde wutentbrannt in der Agentur angerufen und sich beschwert. Hohlberg hatte Jeannettes Texten kurz vor dem Druck noch seine persönliche Duftnote verliehen. Jetzt stank der ganze Job zum Himmel, und ich durfte das Desaster ausbaden.

Durchs Echterdinger Industriegebiet fuhr ich nach Leinfelden. Am Ortseingang hielt ich auf dem Parkplatz einer Gärtnerei, um mich anhand des Stadtplans zu orientieren. Die Seniorenresidenz musste irgendwo in der Nähe des Spielkartenmuseums sein. An einem Kreisverkehr folgte ich dem Hinweisschild zum Museum. Zwei Minuten später parkte ich vor der Seniorenresidenz. Der schnörkellose Neubau hatte denkbar wenig von einer Residenz, sah man von den üppig blühenden Rosenrabatten und dem protzigen Messingschild am Eingang ab.

Im Foyer empfing mich ein Geruchsmix aus Linsen und Desinfektionsmittel. Laute Stimmen drangen aus einem Raum neben dem Eingang. Der Speisesaal, wie ich einem Schild entnahm. Vierertische mit sonnengelben Tischdecken füllten den Raum, vor den Fenstern blühten die Rosen. An einer Schmalseite erhob sich eine Bühne. Von dort kamen die erregten Stimmen.

Zwei ältere Herren in Trainingsanzügen standen um eine hagere Frau mit blasslila Dauerwellenlöckchen, die eine langstielige rote Rose an die Brust drückte.

»Schluss, Schluss, aus! So geht das nicht!«, rief ein Hüne mit Glatze und stürmte mit einem Textbuch in der Hand hinter den Kulissen hervor. Die Bühne erbebte unter seinen energischen Schritten. »Albert, du musst aggressiver sein. Wilhelm ist jetzt nicht mehr dein Skatkumpel, sondern dein Rivale. Und du, Helene, musst mädchenhafter agieren. Sonst nimmt dir niemand die Julia ab.«

Die Schauspielerin fuchtelte mit der Rose herum und fuhr den Hünen an: »Nur weil du früher am Alten Schauspielhaus inszeniert hast, musst du hier nicht den großen Zampano geben.« Sie stampfte trotzig auf, konnte ihrem Gesundheitsschuh aber nur ein leises Geräusch entlocken. »Wie soll ich mit vierundachtzig denn bitte schön mädchenhaft wirken?«

Während ich den Streit auf der Bühne verfolgte, kam mir eine Idee für meine Modenschau. An dem charakteristischen Prickeln im Bauch merkte ich, dass sie gut war. Ziemlich gut sogar. Die Frage war nur, ob es mir gelingen würde, den verärgerten Leiter der Seniorenresidenz dafür zu gewinnen.

Das Urteil des Heimleiters über Hohlbergs Headlines traf den Nagel auf den Kopf. Angesichts niederschmetternder Plattitüden wie »Im Herbst des Lebens« oder »Würdevoll alt werden« fiel es mir schwer, diplomatisch zu bleiben. Am liebsten hätte ich »Jawoll!« geschrien und mich der verständlichen Empörung des Kunden angeschlossen. Aber ich konnte ihm schlecht verraten, aus wessen Feder dieser Mist stammte. Mühsam schaffte ich den Spagat zwischen zähneknirschender Loyalität und dem Wunsch, Jeannettes Broschüre zu retten.

Am Ende der Besprechung war das Desaster abgewendet und der Heimleiter wieder gut gelaunt. Er verriet mir sogar seinen neuesten Seniorenwitz.

»Wissen Sie, warum immer mehr Senioren im Internet verschwinden? Weil sie gleichzeitig die Alt- und die Entfernen-Taste drücken!«

Ich nutzte die gelöste Atmosphäre, um ihm von der Modenschau zu erzählen und von der Idee, auf die mich die Probe der Schauspielgruppe gebracht hatte. Er versprach, darüber nachzudenken.

Auf der Suche nach der Auffahrt zur B27 verpasste ich im Feierabendverkehr die richtige Abzweigung und landete erneut in Echterdingen. Die Wolkengebirge waren noch düsterer geworden. Wie kleine, übermütige Kobolde tobten Windwirbel durch die Baumkronen. Der Regen würde nicht mehr lange auf sich warten lassen. Ein Schilderwald leitete mich Richtung Neue Messe, deren eigenwillige Landschaft aus gekurvten Dächern mich an Jeannette und ihren Freund denken ließ. Als ich endlich auf die Bundesstraße nach Stuttgart einbog, drehte sich das Sorgenkarussell in meinem Kopf erneut. Bilder aus meinem Albtraum stiegen auf: die Industriearchitektur des Kraftwerks in Münster. Pfützen von Regenwasser auf einer Plane, in denen sich der wolkenverhangene Himmel spiegelte. Grasbüschel, dazwischen eine schwarze Sandalette, in der ein gespenstisch weißer Fuß steckte. Jeannette in ihrem roten Bikini, wie sie vor dem Irren mit dem Jack-Nicholson-Grinsen flüchtete.

Plötzlich machte etwas in meinem Gehirn Klick. Als hätte ich einen Schalter umgelegt, der schon immer da gewesen war, den ich aber erst jetzt entdeckt hatte. Ein beklemmender Gedanke hämmerte in meinem Kopf. Aber konnte das überhaupt möglich sein? War ich in den letzten Tagen wirklich so blind gewesen? Hatte alle Alarmsignale übersehen, die mir jetzt deutlich vor Augen standen? Instinktiv trat ich auf die Bremse. Hinter mir quietschten Reifen, und eine Hupe gellte mehrmals auf. Als der Fahrer auf der Körschtalbrücke überholte, zeigte er mir den Vogel. Wie alles andere um mich herum nahm ich auch das nur halb bewusst wahr. Meine Aufmerksamkeit galt der verhängnisvollen Gedankenkette, die sich in meinem Kopf formte.

Zwei junge Frauen hatte der Neckarmörder bereits auf dem Gewissen. Noch immer lief er irgendwo da draußen frei herum und lauerte womöglich seinem nächsten Opfer auf. Oder er hatte es bereits ausgespäht! Mein Verdacht schien so ungeheuerlich, dass mir der Schreck in alle Glieder fuhr und mich fast lähmte. Wenn ich recht hatte, war Jeannette in Lebensgefahr. Auch wenn sie vermutlich noch nicht ahnte, dass ein zweifacher Mörder sie geschickt manipuliert hatte, um sich ein Alibi zu verschaffen. Und jetzt, nachdem er wieder auf freiem Fuß war, hatte er Jeannette in seine Gewalt gebracht.

Du musst die Polizei alarmieren, dachte ich. Doch bevor ich ihren leichtsinnigen Liebesbeweis auffliegen ließ, wollte ich mir hundertprozentig sicher sein. Was wusste ich eigentlich über diesen Jan? Nicht viel.

Noch ein paar Meter bis zur Ausfahrt SI-Centrum. Die führte auch nach Möhringen. Dort lag das Pressehaus Stuttgart mit seinem großen Archiv. Ich verließ die Bundesstraße und passierte das ausgedehnte Gebäudeensemble des früheren DaimlerChrysler-Konzernsitzes. Das Headquarter des Automobilkonzerns war am riesigen Mercedesstern von Weitem zu erkennen. Inzwischen war der schwäbische Weltkonzern in der Realität angekommen und das Management wieder im Untertürkheimer Motorenwerk.

Es begann zu nieseln. Als ich mich dem Parkplatz des Pressehauses näherte, zuckte ein Blitz über den düstergrauen Himmel. Wie ein Echo grollte gewaltiges Donnern über Möhringen. Platzregen setzte ein, der den Parkplatz innerhalb von Sekunden in eine riesige Pfütze verwandelte. Im Handschuhfach lag mein Regenschirm, der extraleicht, aber dafür auch extraklein war. Bis ich den Schirm umständlich über der halb geöffneten Fahrertür aufgespannt hatte, war ich schon ziemlich nass. Fröstelnd und mit feuchten Schuhen kam ich im Pressehaus an.

Als ich wieder im Auto saß, hatte die Kälte meine Füße taub werden lassen. Aus dem Rückspiegel leuchteten mir blaurote Lippen entgegen. Dass mir elend kalt war, lag bestimmt auch an dem Entsetzen über das, was ich im Archiv des Pressehauses erfahren hatte. Neben mir auf dem Beifahrersitz lagen einige kopierte Zeitungsartikel. Ein Bericht über die Gründung von Jans Architekturbüro vor acht Jahren, damals noch in Vaihingen. Artikel über einen gewonnenen Wettbewerb für eine Grundschule und andere berufliche Erfolge.

Unter den Kopien befand sich auch ein Bericht, der bereits

vor langer Zeit erschienen war und auf den der Archivmitarbeiter bei seiner Suche nach der Stichwortkombination »Neckar« und »Todesfälle« gestoßen war. Er berichtete über den mysteriösen Tod einer sechzehnjährigen Schülerin, die bei einem Klassenausflug ums Leben gekommen war. Dem Datum nach lag das über zwanzig Jahre zurück. Das tote Mädchen war von ihrem Freund gefunden worden, der dieselbe Klasse besuchte. Die genauen Umstände ihres Todes waren laut Artikel noch unklar, möglicherweise war sie ertrunken. Über den Jungen gab es keine weiteren Informationen. Nur seinen Namen. Und als ich den entdeckt hatte, war mir die Luft weggeblieben. Der Schüler hieß Jan H. Gefunden hatte er das Mädchen am Ufer auf der Höhe des Kraftwerks. Also genau gegenüber der Stelle, wo die beiden Opfer des Neckarmörders entdeckt worden waren.

Neben dem Artikel war ein Schwarzweißbild des Mädchens abgedruckt, es schien ein Passfoto zu sein. Das Mädchen war hübsch, hatte ein breites, ovales Gesicht. Details konnte ich auf der schlechten Kopie kaum erkennen, aber ihre auffallend hohen Wangenknochen und das schulterlange, gelockte Haar ließen meinen Puls in die Höhe schnellen. Wie ähnlich das Mädchen den beiden ermordeten Frauen war. Und auch Jeannette mit ihrer neuen Frisur.

Konnte es nach dieser Entdeckung noch einen Zweifel daran geben, dass Jan Hambach der Neckarmörder war? Und nun war Jeannette in seiner Gewalt!

Meine Finger zitterten vor Panik und Kälte, als ich mein Handy aus der Tasche holte und nach der Visitenkarte suchte, die Kommissar Gabriel mir gegeben hatte. Sie steckte im Geldbeutel neben dem Führerschein. Ich wollte die Nummer eintippen, da bemerkte ich das Blinken des Ladesymbols auf dem Display. Der Akku war leer, ausgerechnet jetzt. Deshalb hatte mich seit Stunden kein Kontrollanruf aus der Agentur erreicht. Ich legte das nutzlose Handy zur Seite und sah mich nach einem öffentlichen Telefon um. Die Scheiben des Corsas waren beschlagen. Als ich ausstieg, spritzte mir das zentimeterhoch auf dem Parkplatz stehende Wasser bis zur Wade hoch.

Die Dame an der Pforte des Pressehauses verstand schnell, warum es sich um einen Notfall handelte. Sie schob mir das Telefon über die Empfangstheke und ließ mich nicht aus den Augen, als hielte sie mich für geistesgestört und gäbe nur vor, mir zu glauben. Ich wählte die Nummer des Kommissars. Besetzt. Ich legte auf und trommelte ein paar Sekunden mit den Fingern auf dem Telefon. Dann versuchte ich es erneut.

»Soko Neckar, Gabriel.«

Ich überlegte, wo ich anfangen sollte.

»Hallo, wer spricht da?«, drang es aus dem Hörer.

»Ja, hier ist Bea Pelzer.«

Es dauerte zwei Sekunden, bis der Kommissar mich eingeordnet hatte. »Ja, Frau Pelzer?«

»Es geht um den Neckarmörder«, sagte ich. Meine Stimme hörte sich heiser an. Ich räusperte mich. »Ich weiß, wer die Frauen umgebracht hat. Es war Jan Hambach.« Weil ich gleich mit der Tür ins Haus gefallen war, hatte ich das Gefühl, die Zusammenhänge deutlich machen zu müssen. »Meine Freundin Jeannette, ich meine Jeannette Wagenbach, wollte am Dienstag mit Ihnen sprechen. Sie wollte Ihnen sagen, sie sei an dem Abend, als Sabina Sommer umgebracht wurde, mit Jan Hambach zusammen gewesen.«

»Das weiß ich alles schon, Frau Pelzer.« Die Stimme des Kommissars klang gereizt, als hielte ich ihn von Wichtigerem ab. »Jetzt entschuldigen Sie mich bitte, ich muss –«

»Jeannette hat gelogen«, fiel ich ihm ins Wort, weil ich fürchtete, er würde gleich auflegen. »Sie war an diesem Abend gar nicht mit Jan zusammen. Das hat sie nur gesagt, um ihn zu schützen.«

»Ihre Freundin hat eine Falschaussage gemacht?«

Ich nickte, bis mir einfiel, dass der Kommissar das nicht sehen konnte. »Ja. Und jetzt ist sie verschwunden. Ich glaube, sie ist in großer Gefahr.« In ein paar Sätzen fasste ich den Artikel über die tote Schülerin zusammen.

Gabriel fragte nach dem genauen Erscheinungsdatum. »Das ist ein wichtiger Hinweis. Wir haben soeben die Ergebnisse der Gewebeproben bekommen. Das Sperma an der ersten Leiche stammt anscheinend nicht von Herrn Hambach. Aber das Sperma, das wir bei Frau Sommer gefunden haben, stimmt mit seiner DNA überein.«

»Er … er war es tatsächlich?« Seit Stunden dachte ich an nichts anderes, aber meinen Verdacht nun von Gabriel bestätigt zu bekommen, war ein Schock.

»Die Indizien sind so belastend, dass wir wegen dringenden Mordverdachts die Fahndung nach Herrn Hambach eingeleitet haben.«

»Er ist auf einem Kongress.«

»Kongress? Woher wissen Sie das?«

»Das hat mir jemand aus seinem Architekturbüro gesagt. Herr Kommissar, ich glaube, Jan hat Jeannette entführt. Ich habe Angst, dass er ihr etwas antut.«

Der Kommissar versicherte mir, die Polizei werde alles tun, um Jan schnell zu finden.

Als ich auflegte, war meine Hand nass vor Schweiß. Ich wischte sie am Blazer ab.

Die Dame an der Pforte hatte das Gespräch offenbar mit angehört. Sie trat näher und legte mir besorgt die Hand auf den Arm. »Möchten Sie sich setzen? Soll ich Ihnen ein Glas Wasser bringen?

Ich schüttelte den Kopf. »Es geht schon.«

Die Strecke nach Stuttgart fuhr ich im Schneckentempo. Zwar hatte der Regen aufgehört, aber auf den Straßen standen tiefe Pfützen. Sturzbäche ergossen sich über den Asphalt hinunter in den Talkessel. Die dramatischen Entdeckungen dieses Nachmittags absorbierten fast meine ganze Energie. Der Rest reichte nur noch für elementare Tätigkeiten wie anfahren, bremsen, blinken. Ich hielt vor einer Ampel und starrte auf das staubbedeckte Armaturenbrett, dessen Farbe in ein kränkliches Grau ausgebleicht war.

Zwei Tage war Jeannette jetzt schon wie vom Erdboden verschluckt. Ich fragte mich, wieso sie sich nicht endlich bei mir meldete. Bei Anita hatte sie doch auch angerufen. Entweder sie wollte es nicht oder sie konnte es …

Hinter mir hupte jemand. Ich schreckte auf. Grün. Als ich

mich der Kreuzung Neue Weinsteige und Hohenheimer Straße näherte, blinkte ich, um mich auf die Abbiegespur einzuordnen. Dann zögerte ich. Eigentlich musste ich in die Agentur zurück. Aber ich fühlte mich zu schwach für dieses Haifischbecken. Einen klaren Gedanken würde ich heute sowieso nicht mehr fassen können, bis ich wusste, wie es mit Jeannette stand. Ich schaltete den Blinker aus und fuhr auf der B 27 durch den Talkessel nach Hause. Ein Gutes hatte es zumindest, dass mein Handyakku leer war. So hatte ich Ruhe vor Anitas Kontrollanrufen.

In meiner Wohnung sah ich als Erstes auf den Anrufbeantworter. Insgeheim hoffte ich noch immer, Jeannette würde sich von diesem Architekturkongress melden und mir von den sexuellen Ausschweifungen mit ihrem Lover vorschwärmen. Das rote Licht blinkte. Ich drückte die Wiedergabetaste.

»Hallo, Bea. Hier ist Natascha. Mir ist noch was eingefallen. Ich habe überlegt, wann ich Jeannette das letzte Mal gesehen habe. Das war am Dienstagabend, ich kam gerade aus dem Marienhospital. Da hab ich gesehen, wie sie in ein silbernes Auto eingestiegen ist. Den Fahrer konnte ich nicht erkennen, aber auf dem Heck war ein Aufkleber von Stuttgart21.« Nach einer Pause sagte sie: »Keine Ahnung, wieso ich dir das erzähle, aber so langsam habe ich Panik. Jeannette hat sich nicht gemeldet und scheint auch nicht hier gewesen zu sein.«

Wenn es noch einen letzten Zweifel oder vielmehr eine kleine Hoffnung gegeben hatte, war die jetzt endgültig zunichte gemacht worden. Zwar wusste ich nicht, ob Jans Wagen silberfarben war. Aber der Aufkleber von Stuttgart21 und die Tatsache, dass meine Freundin eingestiegen war, ließen keinen anderen Schluss zu. Sie selbst hatte mir erzählt, wie sehr er sich für Stuttgart21 begeisterte. Es musste sein Auto gewesen sein.

Ich machte mir schreckliche Vorwürfe und drehte Runde um Runde durch meine Wohnung. Wieso war ich nicht früher misstrauisch geworden? Warum hatte ich Jeannettes Tagebuch nicht gestern bereits gelesen? Wäre ich eher auf ihren Eintrag mit dem falschen Alibi gestoßen, wäre sie jetzt sicher nicht in Lebensgefahr! Lebensgefahr. Wenn ich das in Fernsehkrimis oder im Kino hörte, klang es so abstrakt. Doch jetzt, wo es Jeannette betraf, war es erschreckend real. Ungefähr dreißig Runden später war ich kurz vor dem Nervenzusammenbruch. Wenn ich so weitermachte, würde ich Löcher in den Teppich laufen und verrückt werden. Ich musste unbedingt mit jemandem sprechen. Jemand, der mir sagte, ich solle mir keine Sorgen machen und dass alles gut werden würde.

Jemand wie Georg. Er würde sich alles in Ruhe anhören, gründlich nachdenken und die Lage realistisch einschätzen. Panik, Angst oder Selbstzweifeln räumte er keinen Platz in seinem Leben ein. Das hatte er im Gegensatz zu mir mustergültig im Griff. Doch dann musste ich an seine Affäre und die Mordermittlungen gegen ihn denken. Meine Sehnsucht legte sich wieder. Außerdem hatte Georg von den Ereignissen der letzten Tage nichts mitbekommen. Es würde Stunden dauern, ihm die Zusammenhänge zu erklären. Teddy hingegen wusste Bescheid, war er doch selbst einer der Hauptverdächtigen. Nein, korrigierte ich mich, das stimmte nun nicht mehr. Ich würde mich bei ihm entschuldigen müssen. Mit meinen Verdächtigungen hatte ich ihm Unrecht getan.

Wie von selbst wählten meine Finger Teddys Agenturnummer. Es klingelte ein paarmal, bis er abnahm.

»Teddy, du musst sofort kommen. Ich bin daheim. Ich weiß jetzt, was mit Jeannette ist. Sie ist in Lebensgefahr. Und ich muss mich bei dir entschuldigen.«

Teddy brauchte ein paar Sekunden, bis er meinen Wortschwall sortiert hatte. »Ich habe keine Ahnung, wovon du redest. Aber deine Entschuldigung lasse ich mir nicht entgehen. Bis gleich.«

»Aber wieso soll dieser Jan Jeannette denn umbringen wollen?«, fragte Teddy eine halbe Stunde später, nachdem ich ihm von Jeannettes Tagebuch und dem Artikel aus dem Pressehaus erzählt hatte. »Etwa weil sie aussieht wie seine erste Flamme?«

»Als er das Mädchen damals tot am Neckar entdeckt hat, löste das bei ihm ein Trauma aus.«

»Ein Trauma?« Teddys Brauen trafen sich über der Nasenwurzel.

Ich sprang vom Sofa hoch und lief aufgebracht hin und her. »Wenn ich mir vorstelle, dass sie ihm jetzt hilflos ausgeliefert ist, drehe ich fast durch. Endlich verliebt sie sich mal wieder, und dann ist der scheinbar so nette Typ ein psychopathischer Mörder. Dass sie das nicht gemerkt hat! Die Liebe muss sie blind gemacht haben.«

Teddy schnaubte. »Das hast du bestimmt aus einer Frauenzeitschrift. Genau wie die Geschichte mit dem Trauma.«

Ich lief in den Flur, wo ich meine Umhängetasche vorhin hatte fallen lassen, und holte die kopierten Zeitungsartikel heraus. Zusammen mit den Tageszeitungen aus dem Altpapierstapel der Agentur reichte ich sie Teddy. »Hier, vielleicht überzeugt dich das. Schau doch nur, wie sehr das Mädchen den Opfern des Neckarmörders und Jeannette ähnelt.«

Teddy verglich die Fotos. »Eine gewisse Ähnlichkeit ist schon da, stimmt. Auch wenn das Mädchen viel jünger ist als Sabina und die erste Tote.«

»Glaubst du etwa, die Polizei fahndet aus Spaß nach ihm?«, schrie ich nun meine ganze Anspannung heraus.

Teddy stand auf und legte den Arm um mich. Ich vergrub das Gesicht an seiner Brust.

»Steiger dich da nicht so rein, Pelzchen«, sagte Teddy. »Die finden ihn bestimmt schnell, und dann erfahren wir sofort, ob Jeannette bei ihm ist.«

Das Telefon klingelte, aber bis ich mich aus Teddys Umarmung gelöst hatte, sprang der Anrufbeantworter an. Als mein Ansagetext zu Ende war, raschelte es laut. Merkwürdige knatternde Geräusche ertönten, als würde jemand mit dem Hörer herumhantieren.

Dann war wie von fern eine Frauenstimme zu hören, die zunehmend aggressiver wurde.

»Wieso hast du das mit dem falschen Alibi behauptet? Hey, ich rede mit dir!«

»Weil ich ihn liebe, ganz einfach.« Eine andere Frauenstimme, ebenfalls schwer zu verstehen.

»Liebe!« Jemand lachte auf. Das war wieder die erste Frau. »Der weiß doch gar nicht, was dieses Wort bedeutet! Soll ich dir sagen, wo er an diesem Abend war?« Die Stimme klang jetzt triumphierend. »Er war bei mir, verstehst du? Wir haben miteinander geschlafen. Und danach hat er sich mit diesem Flittchen getroffen, dieser Sabina.«

Die andere Frau sprach. »Er hat sich mit Sabina getroffen?«

Die Stimme war leise und zittrig. Trotzdem kam sie mir bekannt vor. Ich lief zum Telefon und beugte mich tiefer über den Lautsprecher.

»Aber das war doch der Abend, an dem sie ermordet wurde?«

Das hörte sich an wie Jeannette! Ich riss den Hörer hoch und rief: »Jeannette, bist du das? Wo steckst du?«

Als Antwort hörte ich ein Rascheln, danach wieder diese seltsamen Geräusche.

»Was machst du da?«, tönte es laut aus dem Hörer.

Ich schreckte zurück. Meine Kehle schnürte sich zusammen. Was war das für ein unheimlicher Anruf? »Jeannette!«, rief ich erneut. »Sag doch was!«

»Hast du da etwa ein Handy?« Schritte kamen näher. »Gib das her, oder ich bring dich um!«

Ein hartes Geräusch, dann war es still. Der Anrufbeantworter signalisierte mit einer Folge kurzer Töne die Unterbrechung der Verbindung.

»Jeannette? Hallo, bist du noch da?«, sagte ich. Die Leitung war tot. Das Band meines Anrufbeantworters schaltete sich aus.

Ich legte auf und sah zu Teddy. »Warum hat sie nicht mit mir gesprochen? Meinst du, sie konnte mich nicht hören?«

»Ich glaube schon, dass sie dich gehört hat.« Teddys Miene überzog sich mit einem düsteren Ausdruck, der mir Angst einjagte. »Aber diese andere Frau auch.«

Plötzlich kapierte ich, was es mit dem Anruf auf sich hatte. »Jeannette wollte mir einen Hinweis darauf geben, wo sie ist.«

Teddy deutete auf das blinkende Lämpchen am Anrufbeantworter. »Wurde das Gespräch aufgezeichnet?« Wortlos nickte ich. Er beugte sich über den Anrufbeantworter. »Lass es uns noch einmal anhören.«

»Sie haben eine neue Nachricht«, sagte eine blecherne Stimme.

Schweigend hörten Teddy und ich uns die Aufzeichnung an. Als sie zu Ende war, starrte ich ihn bestürzt an. Dieses Mal hatte ich etwas gehört, was mir vorhin entgangen war. Vielleicht hatte ich es auch einfach nicht hören wollen. »Hat die Frau wirklich gesagt, sie wolle Jeannette umbringen?« Eine kalte Hand legte sich um mein Herz und quetschte es wie einen Klumpen Knete. Ich fixierte den Anrufbeantworter, als könnte ich ihm auf diese Weise sein Geheimnis entlocken. »Wir hören es noch einmal an.«

Ich wagte kaum zu atmen, damit ich auch wirklich jedes Wort mitbekam. Als ich meine aufgeregte Stimme Jeannettes Namen sagen hörte, schluckte ich beklommen. Es schmerzte, weil mein Hals vor Angst ganz trocken war. Teddy hatte recht. Als ich ans Telefon gegangen war, hatte ich Jeannette verraten.

Nach und nach wurde uns klar, was passiert war. Jeannette musste die Rückruftaste oder eine Kurzwahltaste an ihrem Handy gedrückt haben. Sie wusste, dass mein Anrufbeantworter ständig eingeschaltet war, falls Georg sich meldete. Nach diesem Anruf deutete alles darauf hin, dass Jeannette tatsächlich entführt worden war. Aber nicht von Jan. Sie war in der Gewalt einer Frau.

»Wir müssen sofort den Kommissar benachrichtigen«, sagte ich. »Die fahnden nach dem falschen Täter.«

»Und was willst du ihm erzählen? Dass Jeannette nicht von ihrem Lover, sondern von einer Frau entführt wurde? Das hilft der Polizei bestimmt nicht weiter. Immerhin gibt es in Stuttgart schätzungsweise mehr als zweihunderttausend Frauen, sollen die etwa alle observiert werden?«

Deprimiert ließ ich mich wieder auf dem Sofa nieder. »Aber wieso wurde Jeannette von einer Frau entführt? Das verstehe ich nicht.« Ich zog die Beine hoch und schlang die Arme um die Knöchel. »Natascha hat doch gesagt, Jeannette sei in einen silberfarbenen Wagen mit Stuttgart21-Aufkleber eingestiegen. Das kann nur der von Jan sein.«

Teddy zuckte mit den Schultern. »Keine Ahnung. Ich kenne ihn ja nicht einmal. Was hat er für einen Eindruck auf dich gemacht?«

»Na ja, ich fand ihn ziemlich nett. Wie verliebt er in Jeannette war, konnte man kaum übersehen. Und überhören schon dreimal nicht.«

»Was meinst du damit?«

Ich winkte ab, weil ich Teddy nichts von dem nächtlichen Erotikhörspiel erzählen wollte, dessen unfreiwillige Zuhörerin ich geworden war. Entführung hin oder her, Jeannettes Intimleben ging Teddy nun wirklich nichts an. Zumal er ein unheilvolles Talent hatte, aus den Gefühlswirren der Frauen in seinem Umfeld Kapital zu schlagen. Als ich meinen Ex musterte, kam mir eine Idee. Teddy verstand es meisterhaft, mit meinen Gefühlen zu jonglieren und mich emotional zu manipulieren, wie es ihm gerade beliebte. War es denkbar, dass auch Jan über diese Fähigkeit verfügte? Hatte er Jeannette die ganze Zeit über etwas vorgemacht? Waren seine Gefühle für meine Freundin nur Maskerade gewesen?

»Vielleicht war Jans Zuneigung nur gespielt, um Jeannettes Vertrauen zu gewinnen.«

Teddy sah mich ein paar Sekunden lang verblüfft an. Dann schüttelte er den Kopf. »Kann ich mir nicht vorstellen. Und wenn es so war, muss er das ziemlich clever angestellt haben. Jeannette hätte den Braten doch sofort gerochen.«

Das stimmte. Jeannette war nicht naiv. Sie kannte sich aus mit Machtspielen, schließlich hatte sie Hohlberg perfekt im Griff und jahrelange Übung, was Grabenkriege mit schwierigen Agenturkunden anging. Aber andererseits war auch sie nur eine Frau.

»Sie ist bis über beide Gehirnhälften verknallt. Vielleicht haben die Hormone ihr Urteilsvermögen beeinträchtigt.«

»Dass ihr Frauen total hormongesteuert seid, habe ich dir doch neulich schon gesagt«, brummte Teddy.

Ich nahm die kopierten Artikel vom Couchtisch und rutschte auf die Sofakante. »Als ich diesen Artikel über den mysteriösen Tod von Jans Jugendliebe las, war ich mir sicher, dass er Jeannette benutzt und entführt hat. Es fühlte sich so logisch an. Auf einmal passte alles zueinander. Die Ähnlichkeit der Opfer mit Jeannette und der Schülerin, der Zeugenhinweis auf das silberne Auto und das falsche Alibi, das sie ihm verschafft hat.« Niedergeschlagen blätterte ich den Papierstapel durch, als könnten mir die Kopien beantworten, wo in meiner Logik der Kurzschluss saß. Mein Kopf fühlte sich wattig und gleichzeitig leer an, als hätte jemand das Kabel für rationales Denken gelockert.

Teddy saß auf der Armlehne des Sofas, fixierte das Telefon und knetete die Unterlippe mit den Fingern durch. »Deine Logik stimmt«, sagte er schließlich. »Alles deutet darauf hin, dass Jeannettes Lover der Neckarmörder ist.«

»Und dass er sie entführt hat. Jetzt, wo er sie dazu gebracht hat, ihm ein Alibi zu liefern, braucht er sie nicht mehr.« Auch das klang logisch. Trotzdem schlich sich aus einer bisher vernachlässigten Gehirnzelle ein Gedanke heran, der mich das Ganze aus einer anderen Warte betrachten ließ. In meiner wenig ruhmreichen Zeit an der Universität hatte ich ein Logikseminar besucht. Viel hatte ich nicht verstanden, aber eines war mir damals klar geworden: Logik hatte mit dem, was man gemeinhin gesunden Menschenverstand nannte, nichts zu tun. Vielleicht saß ich nun einem ähnlichen Denkfehler auf. Was wäre, wenn eins und eins diesmal eben nicht zwei machte? »Jan hat Jeannette entführt. Das ist Fakt eins«, dachte ich laut nach. »Aber seit dem Anruf eben wissen wir: Sie ist in der Gewalt einer Frau. Fakt zwei.«

»Jetzt bin ich aber gespannt.«

»Fakt eins und Fakt zwei schließen sich nur scheinbar aus. Jan kann Jeannette entführt haben, und sie kann jetzt trotzdem von einer Frau festgehalten werden.«

Teddy stutzte einen Augenblick, dann sprang er auf und packte mich an den Oberarmen. »Mensch, Bea, das ist es: Die zwei arbeiten zusammen!«

»Aber wer könnte Jans Komplizin sein?«

»Vielleicht eine hübsche Blonde aus seinem Architekturbüro.«

»Nur weil du auf Barbies stehst, muss das für Jan noch lange nicht gelten«, gab ich pikiert zurück. Doch Teddys Bemerkung ließ mich erneut auf den Stapel Kopien in meinem Schoß blicken. Die meisten Seiten hatte ich gelesen oder zumindest überflogen, dabei jedoch die Artikel über das Architekturbüro ausgelassen. Als ich die Kopien durchblätterte, stieß ich auf drei Berichte über den Architekten Jan Hambach. Ein Artikel handelte von der Eröffnung seines Büros, der zweite berichtete über einen gewonnenen Wettbewerb für eine Grundschule und der dritte über den Umzug des mittlerweile aufgestockten Büros an den Kräherwald. Der letzte Artikel zeigte die Außenansicht einer stattlichen Villa mit dem Firmenschild am Eingang. In der Bildunterschrift war zu lesen: »Erfolgreicher Architekt verlegt sein Büro von Vaihingen auf den Killesberg«.

Teddy hörte die Nachrichten noch einmal ab. »Sie haben zwei Nachrichten«, meldete der Anrufbeantworter. Der Mitschnitt von Nataschas Anruf lief an.

Ich betrachtete die Fotos der drei Artikel. Der Bericht über den gewonnenen Wettbewerb zeigte ein Modell der Schule. Der Artikel über die Gründung des Büros war der älteste und umfasste drei Fotos. Das größte Bild galt dem stolzen Neu-Selbstständigen, der in Anzug und Krawatte an einem stylishen Glastisch thronte, auf dem einige Architekturzeitschriften wie zufällig aufgefächert waren. Die beiden anderen Fotos zeigten die sechsköpfige Belegschaft, einmal etwas lieblos aufgereiht auf der Treppe vor dem Büroeingang, das andere Mal mit Sektgläsern und Häppchen um ein kaltes Büfett. Ich überflog den Text unter dem zweiten Foto: »Jan Hambach mit Gattin, eingerahmt von seinen Mitarbeitern«.

Jan war verheiratet? Ich wunderte mich kurz, bis mir einfiel, dass Jeannette von einer Scheidung und Jans Exfrau erzählt hatte, die ihn dauernd anrief. Einmal hatte ich so ein unerfreuliches Gespräch selbst mitbekommen. Nach Jeannettes Schilderung musste die Frau ihn einfach nicht loslassen können. Hinter mir gab der Anrufbeantworter erneut Jeannettes Anruf und das Streitgespräch wieder.

Ich hielt mir das Bild dichter vor Augen. Die Frau neben Jan trug ein dunkelbraunes Kostüm mit heller Bluse. Das Foto war klein und die Kopie so schlecht, dass ihr Gesicht nur ein verschwommener Fleck unter einem sportlichen Kurzhaarschnitt war. Neben Jan und seiner Exfrau standen jeweils zwei Mitarbeiter. Darunter war tatsächlich eine Blondine in einem kurzen Kleid. Sie wirkte zu jung für eine Architektin, vielleicht war sie Studentin und machte ein Praktikum.

Das letzte Foto zeigte die Party in vollem Gang. Die Mitarbeiter, Jan und seine Frau standen um ein Büfett mit Aufschnittplatten, einer geviertelten Ananas und Sektflaschen. Im Hintergrund stießen die Blondine und die drei Mitarbeiter an. Architekt und Ehefrau bedienten sich am Büfett, wobei sie sichtlich stolz zu ihrem Mann hochblickte, der fast einen Kopf größer war. Diesmal war Frau Hambach deutlicher zu sehen, und irgendetwas an ihr machte mich stutzig. Ich kniff die Augen zusammen und zog die Kopie näher heran.

Die triumphierende Stimme von Jeannettes Entführerin gellte durch mein Wohnzimmer. »Soll ich dir sagen, wo er an diesem Abend war? Er war bei mir, verstehst du? Wir haben miteinander geschlafen. Und danach hat er sich mit diesem Flittchen getroffen, dieser Sabina.«

Mein Blick glitt zur Bildunterschrift. »Die gelernte Krankenschwester Hanna Hambach wird ihrem Mann beim erfolgreichen Start zur Seite stehen und die Büroorganisation übernehmen.«

Ungläubig blinzelnd sah ich mir die kurzhaarige Frau im Kostüm erneut an. Meine Augen weiteten sich. Das Gesicht kam mir irgendwie bekannt vor, aber der Haarschnitt irritierte mich. Wie alt das Foto wohl war? Ich suchte nach der Quellenangabe des Artikels. Er stammte aus dem Wochenblatt, die Ausgabe lag acht Jahre zurück.

»Hast du da etwa ein Handy?« Schritte kamen näher. »Gib das her, oder ich bring dich um!«

Genau in diesem Moment wich das wattige Gefühl in meinem Kopf. Während ich das Bild betrachtete und die Stimme der Frau hörte, die Jeannette in ihrer Gewalt hatte, steckte jemand das Kabel für rationales Denken wieder ein. Von einer Sekunde auf die andere wusste ich, wer sie war.

Die düsteren Wolkengebirge hatten ihre nasse Fracht über Stuttgart ausgegossen und einem seltsam mattsilbernen Himmel Platz gemacht, von dem die Abendsonne in den Talkessel knallte. Feuchtigkeit stieg vom Asphalt auf, und hier im engen Neckartal lastete eine drückende Schwüle, die mir Schweißperlen auf die Stirn und in die Achselhöhlen trieb. Das konnte freilich auch daran liegen, dass wir nur meterweise vorankamen, seit wir auf die B 10 eingebogen waren.

»Fahr schneller«, drängelte ich und zeigte auf den mit Containern von P & O Ferries beladenen Lkw vor uns. »Und überhol diesen lahmen Transporter endlich!«

Teddy warf mir einen typisch männlichen Autofahrer-Besserwisser-Blick zu. »Das würde nichts bringen, weil vor ihm gleich der nächste Laster fährt. Du siehst doch, wie sich auf beiden Spuren Fahrzeug an Fahrzeug reiht. Rushhour, daran kann ich nichts ändern.«

Quälend langsam fuhren wir am Neckar entlang, ließen den Cannstatter Wasen, den Gaskessel, den futuristischen Bau des neuen Mercedes-Benz-Museums und das Daimler-Stadion hinter uns und näherten uns im Schneckentempo dem Hafen.

Bevor Teddy und ich aus meiner Wohnung aufgebrochen waren, hatte ich versucht, den Kommissar unter der Nummer auf seiner Visitenkarte zu erreichen. Bestimmt zwanzigmal hatte ich es klingeln lassen, aber es war niemand rangegangen. Auch unter der zweiten Nummer, die angegeben war, meldete sich niemand. Dann hatte ich im Telefonbuch nach der Adresse gesucht, zu der wir jetzt unterwegs waren.

Um die Zeit während der Fahrt zu nutzen, nahm ich Teddys Stadtplan aus dem Ablagefach. Ihn auszubreiten war in dem winzigen Cockpit des Alfa Romeos fast unmöglich.

»Urbanstraße«, murmelte ich und studierte das Straßengewimmel der Esslinger Innenstadt. »Das muss doch hier irgendwo sein. Ah, da! Mal sehen, wie wir am schnellsten hinkommen.« Mein Blick glitt an der breiten gelben Linie der B 10 entlang bis zur Ausfahrt Esslingen. Als ich den Weg zur Urbanstraße auswendig wusste, sah ich auf und orientierte mich. Wir waren auf der Höhe des Hafens. Linkerhand zog sich zwischen

Unter- und Obertürkheim das grafische Muster der Weinberge bis hinauf zum Rotenberg und nach Uhlbach.

»Gleich kommt Mettingen. Wir sind bald da«, sagte Teddy, als wolle er ein ungeduldiges Kleinkind beruhigen.

»Hoffentlich. Laut Stadtplan müssen wir durch die Innenstadt von Esslingen. Die Urbanstraße zieht sich bis rein nach Oberesslingen.«

Endlich verließen wir die Bundesstraße, überquerten den Neckar und fuhren über die Vogelsangbrücke ins Zentrum. Bald erreichten wir die Urbanstraße. Teddy setzte den Blinker.

»Das muss es sein«, sagte er wenig später und drosselte das Tempo. Er beugte sich über das Lenkrad und sah an einem mehrstöckigen Mietshaus hoch.

»Die Hausnummer stimmt jedenfalls. Da drüben ist ein Parkplatz.«

Noch bevor Teddy den Motor abstellte, stieg ich aus und rannte über die Straße zur Eingangstür. Als ich den erwarteten Namen auf einem der Klingelschilder entdeckte, winkte ich Teddy herüber.

Als er zu mir trat, flüsterte ich: »Dritter Stock. Was sollen wir jetzt tun? Klingeln?«

»Wir machen lieber einen Überraschungsbesuch. Vielleicht ist die Haustür offen.« Teddy drehte probeweise am Knauf. Ein leises Klicken, und die schwere Holztür schwang auf. Wir traten von der Spätsommerschwüle in einen kühlen Hausflur. Auf dem Boden war ein Marmormosaik zu sehen. Im Treppenhaus roch es nach angebratenen Zwiebeln.

Als wir im dritten Stock vor der Wohnungstür standen, nickte ich Teddy zu, holte tief Luft und drückte die Klingel. Ein Glockenton war zu hören.

Nichts regte sich. Ich klingelte noch einmal. Teddy ließ nervös die Fingerknöchel knacken, als bereite er sich darauf vor, gleich Kinnhaken zu verteilen. Doch auch das dritte Klingeln rief keine Reaktion hervor.

Teddy klopfte mit der Faust an die Tür. »Machen Sie auf. Wir wissen, dass Jeannette bei Ihnen ist.« Er hämmerte kraftvoller, bis die ganze Tür in Schwingung geriet.

»Scheiße, was machen wir jetzt?«, fragte ich. »Sollen wir die Wohnung aufbrechen?«

Gegenüber schaute eine ältere Frau mit weißblondem Dutt und Kochschürze aus ihrer Wohnung und beäugte uns misstrauisch. »Warum machen Sie so einen Lärm?«

Teddy räusperte sich und lächelte vertrauenerweckend. »Wissen Sie zufällig, Frau …«, ein rascher Blick auf das Schild neben ihrer Klingel, »Frau Gläser, ob Ihre Nachbarin zu Hause ist?«

»Die habe ich seit Tagen nicht gesehen. Vielleicht hat sie Urlaub.« Sie schüttelte missbilligend den Kopf. »Was wollen Sie von ihr? Sind Sie Verwandte?«

»Nein, wir suchen eine Freundin«, antwortete ich und zog Teddy am Arm in Richtung Treppe.

Als wir aus dem Haus traten, war die Sonne untergegangen und es dämmerte. Ich sah hinauf zum dritten Stock. Auf der rechten Seite waren die Fensterläden geschlossen. Die Pflanzen in den Balkonkästen ließen die Blätter hängen, manche hatten braune Ränder.

»Was jetzt?«, fragte Teddy und schob die Hände in die Hosentaschen.

»Ich versuche noch einmal, den Kommissar zu erreichen.«

Im Alfa zog ich mein Handy heraus und schaltete es ein. Das Display blieb dunkel. »So ein Mist. Hab vergessen, dass der Akku leer ist.« Ich warf das unnütze Gerät zurück in meine Tasche. »Wo ist dein Telefon?«

»In der Agentur.«

»Wie immer bist du eine große Hilfe, Teddy.« Nervös rieb ich die Hände aneinander. Hoffentlich hatte ich Jeannette mit meinem unüberlegten Verhalten vorhin am Telefon nicht in noch größere Gefahr gebracht. Ich duckte mich und sah erneut an dem Haus auf der gegenüberliegenden Straßenseite hoch und von da aus in den Himmel, dessen mattsilberne Farbe nun einem dunklen Blau wich. Als ich einen Blick auf den Dicken Turm der Esslinger Burg erhaschte, richtete ich mich wie elektrisiert auf. Die Burg! Ganz in der Nähe musste Jans Haus liegen.

»Ich weiß, wo wir hinmüssen.«

Teddys Blick folgte meinem ausgestreckten Zeigefinger. »Zur Burg?«

»Jan wohnt irgendwo dort oben. Jeannette hat das mal erwähnt.«

Teddy raste in halsbrecherischem Tempo den Berg hinauf, während ich den Stadtplan studierte. Als ich auf die Mülbergerstraße stieß, erinnerte ich mich und lotste Teddy dorthin. Fast gleichzeitig entdeckten wir den silbergrauen Kombi in der Einfahrt eines Bungalows, der von einer hohen Ligusterhecke umgeben war. Am Heck des Wagens prangte unübersehbar ein Aufkleber mit dem Stuttgart21-Logo.

Ich löste den Sicherheitsgurt. »Mal sehen, ob es das richtige Haus ist.« Ich lief zu dem modernen Gartentor aus Lochblech und las das Namensschild. Teddy parkte inzwischen ein paar Meter weiter und stieg aus.

Ich nickte ihm zu. »Wir sind richtig.«

Teddy sah hinüber zum Bungalow und sagte: »Wir müssen die Bullen rufen. Dafür brauchen wir ein Telefon.« Er sah die Straße in die eine, dann in die andere Richtung hinunter. »Hier gibt's bestimmt keinen öffentlichen Apparat. Am besten, ich frage die Nachbarn.« Er sah mich streng an. »Du wartest hier im Alfa auf mich, verstanden? Keine Dummheiten, versprich mir das.«

»Ja, klar doch. Ich werfe nur rasch einen Blick in den Kombi. Vielleicht entdecke ich eine Spur von Jeannette. Warte mal, die hier solltest du besser mitnehmen.« Ich reichte ihm die Visitenkarte mit der Nummer des Kommissars.

Teddy rannte zum nächsten Hauseingang. Ich näherte mich dem Kombi. Auf dem Rücksitz lag ein Straßenatlas von Deutschland. Im Fach zwischen den Vordersitzen steckten eine Packung Zigaretten und eine Dose Halsbonbons. Kein Hinweis darauf, ob Jeannette vor Kurzem in diesem Auto mitgefahren war. Als Nächstes sah ich mir den Aufkleber am Heck an. Teddy schien noch kein Glück gehabt zu haben, inzwischen stand er zwei Häuser weiter über eine Sprechanlage gebeugt. Was sollte ich nun tun? Mich an der Telefonsuche beteiligen? Oder im Wagen abwarten, bis die Polizei eintraf?

Sekunden später war ich übers Gartentor gestiegen und lief

durch den Vorgarten auf Jans Bungalow zu. Auf halbem Weg stoppte ich und hielt auf Zehenspitzen über die Ligusterhecke hinweg Ausschau nach Teddy. Er redete immer noch auf die Sprechanlage ein.

Ich entdeckte einen Pfad, der von der Eingangstür über den Rasen auf die Hausecke zulief und seitlich am Bungalow entlangzuführen schien. Als ich an der Ecke ankam, blieb ich stehen. Die Hecke war hier nur etwas mehr als einen Meter von der Hauswand entfernt und verschluckte das wenige Licht, das die Dämmerung noch bot. Meine Augen gewöhnten sich an die düstere Umgebung. Die Rasenfläche fiel hier steil ab. Durch den Korridor zwischen Wand und Hecke sah ich über die Dachlandschaft der Esslinger Altstadt, aus der Kirchtürme und der Schornstein des Dick aufragten. Vor mir erhob sich der Dicke Turm. Ein paar Meter weiter unten glaubte ich etwas Helles wahrzunehmen. Mit beiden Händen hangelte ich mich an der Hauswand entlang. Der Putz war grob, scharfkantig und strahlte die Hitze des Tages ab. Der Lichtschein kam aus einem halbrunden Fenster. Ich kroch darunter, richtete mich auf und blickte vorsichtig hinein. Auf der gegenüberliegenden Seite des Raumes fiel durch eine angelehnte Tür ein schmaler Lichtstreifen, der Fliesen und Unterschränke einer weißen Einbauküche aus der Dunkelheit holte. Plötzlich glaubte ich gedämpfte Stimmen zu hören. Ich schirmte das Blickfeld mit den Händen ab. Etwas Helles blitzte auf und blendete mich. Ich sank in die Hocke und lauschte. Aus der Küche drangen Geräusche. Jemand öffnete einen Schrank und stellte etwas auf der Arbeitsplatte ab. Zentimeterweise schob ich mich hoch. Die Küchentür stand nun offen, dahinter leuchtete eine grellweiße Deckenlampe. Ich erhaschte gerade noch einen Blick auf eine menschliche Silhouette, die aus der Küche verschwand. Wieder waren die Stimmen zu hören. Sie gehörten zwei Frauen. Der Tonfall ihrer Unterhaltung war so hitzig, dass alle Unsicherheit wich und ich nur noch einen Gedanken hatte. Ich musste Jeannette helfen.

Entschlossen kehrte ich in den Vorgarten zurück und suchte nach einem Ersatzschlüssel. Mit den Fingern fuhr ich oben am Rahmen der Haustür entlang. Fehlanzeige. Unter der Fußmatte ebenfalls nur Dreck und Fusseln. Vor der Treppe stand ein Blumentopf mit einer Fuchsie, die ihre roten Blüten ringsum abgeworfen hatte, als sei sie länger nicht mehr gegossen worden. Ich kippte den Topf zur Seite. Asseln wuselten davon, aber auch hier wurde ich nicht fündig. Ich drehte einige große Steine in einem Kiesbeet neben dem Gitter eines Lichtschachtes um und tastete den von Kot verunreinigten Boden des Vogelhauses ab.

Als ich meine Finger an der Hose abwischte, entdeckte ich einen umgedrehten Tontopf unter einer Zwergkiefer. Darin fand ich einen verrosteten Schlüssel. Hoffentlich funktionierte der noch. Behutsam steckte ich ihn ins Schloss und drehte. Ein leises Knacken. Ich lauschte eine Weile, bis ich sicher sein konnte, im Flur keine unliebsamen Überraschungen zu erleben. Die Tür ließ ich angelehnt, damit die Polizei schnell hereinkonnte. Oder ich hinaus, falls ich fliehen musste. Es war kein gewöhnlicher Flur, eher ein richtiger Raum, von dem Türen und eine Treppe nach unten abgingen. An einer Wand erstreckte sich ein Einbauschrank, dessen Metallgriffe in der Dunkelheit glänzten und das Licht einer Straßenlaterne, das durch einen schießschartenartigen Fensterschlitz neben der Haustür hereinfiel, reflektierten.

Plötzlich schrie jemand auf. Das war eindeutig ein Schmerzensschrei, und er ging mir durch und durch. Die Stimme kannte ich. Es war Jeannettes. Der Schrei war aus dem unteren Stock gekommen. Ich tastete mich zur Treppe, streifte die Stiefel ab und stellte sie neben das Geländer. Dann ging ich auf Zehenspitzen zur obersten Stufe, die sich kälter als der Boden des Flurs anfühlte. Die Treppe führte in einem Halbkreis nach unten. Je tiefer ich kam, desto deutlicher nahm ich einen Lichtschein wahr, der durch den Glaseinsatz einer Tür fiel.

Bald erreichte ich die letzte Stufe und sah, dass noch eine zweite Tür vom Flur abging. Wenn ich richtig kombinierte, musste dort die Küche liegen, die ich von draußen gesehen hatte.

»Nicht so eng, das tut weh«, beschwerte sich jemand. Das war Jeannette.

»Du denkst wohl, ich merke nicht, dass du das Klebeband gelockert hast.« Die andere Frauenstimme. »Du bist selbst schuld.

Hättest dir früher überlegen sollen, was du dir mit deinem falschen Alibi einbrockst.«

Lautlos näherte ich mich der Tür.

»Jan hat nichts mit Sabinas Tod zu tun, das weiß ich.«

Erleichtert registrierte ich, wie bestimmt, ja sogar trotzig Jeannettes Stimme klang.

»Ich wollte ihm helfen. Das tut man für Menschen, die man liebt. Das dürfte für Sie allerdings neu sein, nach dem, was Jan mir über Ihre Ehe erzählt hat.«

»Was weißt du schon«, zischte es. »Du bist doch auch auf ihn reingefallen. Glaub nicht, dass du die Einzige bist, mit der er ins Bett geht. Eine Frau hat ihm noch nie genügt.«

»Er sucht nach Liebe, nach wahrer Liebe, auch wenn das für Sie kitschig klingt. So wie Sie sich an ihn geklammert haben, das hält doch kein Mensch aus.«

»Ich habe mich nicht an ihn geklammert. Hast du ihn mal gefragt, wer sein Studium finanziert hat? Jahrelang habe ich diese endlosen Nachtdienste und Wochenendschichten erduldet. Tagsüber habe ich seinen Papierkram erledigt. Eine billige Arbeitskraft war ich für ihn, sonst nichts! Und als er endlich Erfolg hatte, da hat er mich verlassen und sich auf die Suche nach einer Jüngeren gemacht.«

»Er konnte Ihre krankhafte Eifersucht einfach nicht mehr ertragen.«

Eine Weile war es still, dann näherten sich Schritte. Ich duckte mich in eine Ecke. Die Tür ging auf, und jemand trat auf den Flur, öffnete die Küchentür und verschwand.

Was sollte ich jetzt tun? Jeannette war trotz ihres Schmerzensschreis wohl nicht in unmittelbarer Lebensgefahr. Es schien mir das Klügste, mich zurückzuziehen, bis die Polizei kam und Jeannette befreite. Hoffentlich hatte Teddy den Kommissar inzwischen erreicht. Ich huschte zur Treppe zurück und lief nach oben. Ein Klappern dröhnte durch den unteren Flur, als würde eine Schranktür zufallen. Ich erstarrte und lauschte mit angehaltenem Atem eine Weile, bis ich die restlichen Stufen in Angriff nahm. Oben angekommen hielt ich auf die Haustür zu.

Ich kam nicht weit, denn beim nächsten Schritt trat ich auf

etwas Weiches, Glattes und rutschte aus. Mein Knöchel knickte um, und ich verlor das Gleichgewicht. Das metallene Treppengeländer dröhnte dumpf durchs ganze Haus, als ich dagegenfiel. Ein heißer Schmerz schoss durch meinen Fuß, dann polterte etwas die Stufen hinunter. Mist, das musste einer meiner Stiefel gewesen sein. Die hatte ich völlig vergessen.

Unten waren eilige Schritte zu hören. Ein Lichtschalter wurde betätigt. Eine Wandlampe über der Treppe und ein Spot an der Decke des Flurs flammten auf. Die Helligkeit blendete mich, doch die Haustür war nur ein paar Meter entfernt. Das schaffte ich. Mein Knöchel brannte höllisch, aber ich biss die Zähne zusammen und humpelte los. Nur noch ein paar Schritte, und ich wäre in –

Vor meinen Augen explodierte ein Blitz, dann wurde es wie im Zeitraffer dunkel um mich.

Durst. Mein Mund war so trocken, dass die Zunge am Gaumen klebte. Wo war ich? Ich lag auf etwas Warmem, Rundem. Fühlte sich an wie ein Schenkel. Als ich den Kopf anheben wollte, zuckte erneut ein Blitz auf. Vor Schmerz fast ohnmächtig hob ich die Hände, um eine pochende Stelle an meinem Hinterkopf abzutasten. Dabei merkte ich, dass die Handgelenke zusammengebunden waren.

Die riesige Beule fühlte sich feucht und klebrig an. Ich blinzelte zu meinen Fingern. Sie waren blutig.

Über mir erschien Jeannettes besorgtes Gesicht. »Gott sei Dank, du lebst! Ich dachte schon, das Nudelholz hätte dich erschlagen. Du hast eine Platzwunde. Beweg dich so wenig wie möglich.«

Schritte waren zu hören. Jeannettes Kopf schoss hoch. Ihr Oberschenkelmuskel spannte sich unter meinem Nacken an, als wollte sie gleich aufspringen.

Ohne den schmerzenden Kopf zu bewegen, ließ ich meinen Blick im Raum umherwandern. Ein wandhohes Regal mit Ordnern, davor ein schwarzes Ledersofa. Ein riesiger Tisch, auf dem Papierbögen und Stifte lagen. Ein Zeichenbrett mit Grundrissplänen.

»Sie ist wieder in der Küche verschwunden«, flüsterte Jeannette und atmete durch. Der Muskel unter mir lockerte sich.

Mein Blick glitt an Jeannette hoch. Ihr gelbes T-Shirt war zerknittert und schmutzig, es roch nach Schweiß. Ihr Gesicht war bleich, was die dunklen Ringe um ihre Augen noch gespenstischer wirken ließ. Das Haar war strähnig und stumpf. Um ihren Mund hatten sich scharfe Falten eingegraben. Jeannette hob die Hände an, um mir das Paketband zu zeigen, mit dem sie zusammengeklebt waren.

Als das Pochen in meinem Kopf etwas nachgelassen hatte, murmelte ich: »Wieso bist du nicht auf dem Kongress?«

Jeannette runzelte die Stirn. »Was für ein Kongress?«

»Der Architekturkongress. Ich dachte, du hättest Jan dorthin begleitet.«

»Ach, der Kongress. An den hab ich gar nicht mehr gedacht. Ich war lange bewusstlos, hat sie gesagt.« Jeannette deutete mit dem Kinn Richtung Tür. »Was für ein Tag ist heute?«, fragte sie.

»Donnerstag. Natascha hat mir erzählt, sie hätte dich am Dienstagabend in Jans Auto einsteigen sehen.«

»Tja, die Frau hat mich reingelockt. Meinte, sie müsste mir etwas über Jan erzählen. Dann hat sie irgendwo gehalten und mir einen Wattebausch vor die Nase gedrückt. Das ging so schnell, bevor ich reagieren konnte, war ich weg. Irgendwann bin ich hier in Jans Arbeitszimmer aufgewacht. Aber er war nicht da.«

»Er ist verschwunden, die Polizei sucht nach ihm. Das Sperma, das an Sabinas Leiche gefunden wurde, stammt von ihm.«

Jeannettes Augen weiteten sich. Sie schüttelte energisch den Kopf. »Das glaub ich nicht.«

»Musst du aber. Der DNA-Test war eindeutig.«

Jeannette schluckte ein paarmal, beharrte aber auf Jans Unschuld. »Er hat mir geschworen, er hätte nicht mit ihr geschlafen. Ich glaube ihm. Jan belügt mich nicht.«

»Weißt du denn, wo er an dem Abend wirklich war, als Sabina umgebracht wurde?«

Jeannette setzte zu einer Antwort an, doch ich kam ihr zuvor. »Ich weiß, dass dein Alibi für ihn gelogen war. Ich habe dein Tagebuch gelesen, tut mir leid. Aber ich habe mir schreckliche Sorgen gemacht, weil du dich nicht gemeldet hast.«

»Dazu hatte ich keine Gelegenheit«, sagte Jeannette trocken. »Jan hat nichts mit Sabinas Tod zu tun, da bin ich hundertprozentig sicher. Außerdem hast *du* doch erzählt, du hättest Teddy mit ihr gesehen. In der Roten Kapelle.«

»Teddy hat Sabina nach Hause gefahren. Vermutlich hat der Mörder ihr dort aufgelauert.«

»Und wer soll das gewesen sein? Jan war es jedenfalls nicht!«

»Alles spricht gegen ihn, glaub mir. Seine Exfrau hilft ihm, die Wahrheit zu vertuschen.« Ich glaubte nun, einen Anflug von Zweifel in Jeannettes Miene zu sehen. »Als du mich vorhin angerufen hast, da hat sie doch gesagt, dass Jan an dem Abend bei ihr war und mit ihr geschlafen hat, bevor er sich mit Sabina traf.«

Unter mir zuckte der Schenkel. Jeannettes Kopf schoss erneut in die Höhe. Ich folgte ihrem Blick. An der Tür stand Jeannettes Entführerin. Es war die Frau, die ich auf den Fotos von Jans Büroeröffnung gesehen hatte. Nur dass ihr Haar jetzt schulterlang war und einen helleren Ton hatte. Ihre Augen wirkten kalt und berechnend, als sie mich und Jeannette schweigend musterte.

Obwohl es in meinem Schädel vor Schmerzen brüllte, wollte ich mir meine Angst auf keinen Fall anmerken lassen. Ich schluckte und schaffte es, ohne allzu großes Zittern in der Stimme zu sagen: »Ihre Migräne scheint sich gebessert zu haben, Frau Wenzel.« Mit dem Satz war ich zufrieden, aber meine Stimme klang nicht im Mindesten so souverän wie gehofft, weil meine Zähne vor Angst klapperten.

Jeannette fuhr zusammen. Die abrupte Bewegung übertrug sich von ihrem Oberschenkel auf meinen Kopf. Schmerz peitschte wie ein elektrischer Schlag hindurch. Ich kniff die Lider zusammen und stöhnte.

»Du kennst die Frau?«, fragte Jeannette verblüfft.

»Ja. Sie arbeitet in der Partnervermittlung.«

Als ich die Augen öffnete, starrte Jeannette mich ungläubig an. Sie sah hinüber zu ihrer Entführerin, die mit raschem Blick unsere Fesseln kontrollierte, bevor sie das Zimmer betrat. In der

Hand trug sie einen hellblauen Gefrierbeutel, der mit einer Wäscheklammer verschlossen war.

Ich wollte mich aufrichten, aber mein Kopf fühlte sich an, als würde er gleich bersten.

»Es wäre besser gewesen, Sie hätten sich nicht eingemischt, Frau Pelzer«, zischte Frau Wenzel. »Pech, dass Sie von der Lüge Ihrer Freundin wissen.« Offenbar hatte sie unsere Unterhaltung belauscht.

Ihr aggressiver Tonfall brachte mich dazu, meinen Oberkörper zur Seite zu rollen und mich auf die gefesselten Unterarme zu stützen, auch wenn die Bewegung wie ein Laserstrahl durch meinen Kopf schnitt.

Hanna Wenzel legte die Gefriertüte auf dem Tisch ab. Sie beugte sich über mich, schlang ihre Arme um meinen Brustkorb und zog mich von Jeannette weg. Das machte sie mit verblüffender Leichtigkeit; sie hatte mehr Kraft, als ihre geringe Körpergröße vermuten ließ. Wahrscheinlich wusste sie als Krankenschwester, wie man Patienten bewegte, ohne sich das Kreuz auszurenken.

»Ich weiß von dem toten Mädchen am Neckarufer«, presste ich heraus, während ich unsanft über den Boden gezogen wurde. Ein merkwürdiger stechender Geruch weckte unangenehme Erinnerungen, die ich nicht genau einordnen konnte.

Frau Wenzel hielt inne und sah mich mit ausdruckslosem Gesicht an. Dann zuckte sie die Schultern und schleppte mich vor das schwarze Sofa, wo sie mich losließ. Mein Kopf knallte auf den Boden. In meinem Schädel brach ein Schmerzgewitter los.

»Was für ein totes Mädchen?«, fragte Jeannette.

»Jans … Freundin«, antwortete ich matt. »Das … das ist … mehr als zwanzig Jahre her.«

Hanna Wenzel nahm die hellblaue Gefriertüte vom Tisch und ging damit zu Jeannette. Als sie die Wäscheklammer löste, verstärkte sich der seltsame Geruch. Auf einmal wusste ich, woran er mich erinnerte. An Krankenhäuser. Sie fasste in die Tüte und holte etwas Weißes heraus. Es schien ein Tuch zu sein.

Jede ihrer Bewegungen verfolgend, versuchte ich sie aufzuhalten. »Die Polizei … kennt die Geschichte. Ich habe dem Kommissar … alles erzählt.«

Sie reagierte nicht, sondern näherte sich Jeannette, die mit weit aufgerissenen Augen auf ihrem Hintern zurückrutschte, bis sie gegen den Sessel stieß. Frau Wenzel beugte sich zu ihr herunter und hob die Hand mit dem Lappen vor ihr Gesicht.

Plötzlich waren Schritte im Flur zu hören. Jemand kam die Treppe herunter.

»Hanna?« Die Stimme eines Mannes. »Ich weiß, dass du da bist, ich habe den Kombi vor dem Haus gesehen.«

Hanna Wenzels Kopf fuhr herum, die Hand hing in der Luft wie festgefroren.

»Jan, ich bin hier!«, gellte Jeannettes Stimme. »Hilf mir!«

Eilige Schritte, dann erschien Jan im Türrahmen. Er hielt einen Schlüsselbund in der Hand und sah irritiert zwischen uns dreien hin und her. Sein Blick stoppte bei Jeannette. »Ich habe dauernd versucht, dich zu erreichen. Wieso hast du dein Handy nicht eingeschaltet –« Er brach ab, als er ihre Fesseln entdeckte. »Was ist hier los?«, fragte er und lief auf Jeannette zu.

»Bleib stehen!«, schrie seine Exfrau. Sie packte Jeannette an den Haaren und presste ihr den Lappen unter die Nase. Jeannette quiekte und wollte den Kopf wegdrehen, aber der feste Griff ließ das nicht zu. »Keinen Schritt weiter, sonst stirbt sie!«

Jan stoppte und keuchte: »Um Gottes willen, was hast du vor? Drehst du jetzt völlig durch?«

Erneut kam jemand die Treppe herunter. Die Tür wurde aufgestoßen, und zwei Männer stürmten mit erhobenen Pistolen herein. »Hände hoch, keine Bewegung.«

Der eine richtete seine Waffe auf Jan, dessen Hände sofort in die Höhe schossen. Der andere Beamte näherte sich mit der Waffe im Anschlag Hanna Wenzel. Sie drückte noch immer den Lappen auf das Gesicht von Jeannette, die mit den gefesselten Beinen strampelte.

In diesem Moment trat Kommissar Gabriel ins Zimmer. »Lassen Sie die Frau los!«, rief er und richtete seine Pistole auf Hanna Wenzel.

Frau Wenzel löste sich von Jeannette. Die glitt wie ein nasser Sack zu Boden.

SONNTAG

Unter dem futuristischen Glasdach herrschte fast tropische Hitze. Der Spätsommer schien noch einmal zu großer Form aufzulaufen. Das galt auch für unsere Amateurmodels, die sich alle Mühe gaben, elegant und souverän wie wirkliche Topmodels über den Catwalk zu schreiten.

Ich stand hinter den Kulissen und konnte nun nichts mehr tun, als die Daumen zu drücken. Bisher lief alles gut. Frau Brandenburg moderierte die Modenschau und hielt sich zu meiner Befriedigung wörtlich an das Skript, das ich für sie erstellt hatte.

»Lass mich mal vorbei, Bea«, forderte Werner mich auf, die Kamera im Anschlag. »Ich muss zurück vor den Laufsteg, gleich kommen die Stars der Veranstaltung.« In Lederhose und ärmellosem Netztop wirkte unser Fotograf noch schmieriger als sonst. Aber Hauptsache, er lieferte gute Bilder.

Ich machte ihm Platz und lauschte, wie Frau Brandenburg den Lauf von Hohlbergs Freundin Britta kommentierte. Gleich musste Jeannette kommen. Ich sah mich nach ihr um und entdeckte sie, wie nicht anders zu erwarten, bei Jan.

Jeannette trippelte in ihrem grün schimmernden Kleidchen auf und ab, als wolle sie sich noch einmal vergewissern, ob sie auf ihren neuen Stilettos auch wirklich geradeaus laufen konnte. Sie war noch ein wenig blass um die Nase, was aber unter dem üppigen Make-up kaum auffiel.

Jan konnte seinen Blick nicht von ihr wenden. Jeannette hatte die Tortur der Entführung unbeschadet überstanden. Obwohl die Ärzte Bedenken geäußert hatten, weil sie Nachwirkungen des Betäubungsmittels befürchteten, war sie nicht von der Teilnahme an der Modenschau abzubringen gewesen.

Ihrem Jan hatte sie großzügig verziehen, wie leicht er sich von seiner Exfrau noch einmal hatte verführen lassen. Vermutlich war Hanna Wenzel dabei ebenso raffiniert vorgegangen wie beim Rest ihres Racheplans. Noch immer konnte ich nicht recht glauben, dass diese nette und unauffällige Frau, mit der ich tagelang zusammengearbeitet hatte, eine kaltblütige Lügnerin und Mörderin war, die das Sperma ihres Exmannes benutzt hatte, um ihm den Mord an Sabina anzuhängen.

Im Hof brandete Beifall auf. Blitzlichter zuckten über die zahlreichen Zuschauer, die den Tag der offenen Tür nutzten, um sich über die Partnervermittlung zu informieren. Die Presse war gut vertreten, sogar Reporter des Regionalfernsehens und vom SWR waren da. Das hatten wir der brillanten Idee zu verdanken, die mir im Seniorenheim gekommen war, als ich die Theatergruppe bei der Probe von »Romeo und Julia« beobachtet hatte.

Frau Brandenburgs Stimme hallte durch den Innenhof. »Und nun, meine Damen und Herren, zeigt Ihnen Helene einen spektakulären Entwurf unserer Designer.«

Ich stellte mich auf die Zehenspitzen, um den Auftritt der alten Dame als Frau Holle nicht zu verpassen. Ihre lilafarbenen Dauerwellen passten wunderbar zum glänzenden Seidenstoff des Kleides, das sie vorführte. Mit ausgebreiteten Armen präsentierte sie ihre Schleppe, die mit künstlichen Gänsefedern besetzt war. Dahinter folgte ihr Kollege Albert aus der Theatergruppe, der mit seinem Zimmernachbarn zwei der Sieben Schwaben darstellte.

Stolz registrierte ich das Raunen, das durch die Menge ging, und das Blitzlichtgewitter in den Reihen der Pressevertreter. Sogar Hohlberg war von meinem Vorschlag sofort überzeugt gewesen. Wie üblich tat er jetzt so, als wäre niemand anders als ihm das eingefallen. Unsere Strategie war ebenso einfach wie publicityträchtig. Statt der bisher bevorzugten Wunschzielgruppe jedes Werbekunden, den Neunzehn- bis Neunundvierzigjährigen, setzten wir bewusst auf die sogenannten Best Agers. Als der Leiter der Seniorenresidenz uns sein Okay gegeben hatte, war alles ziemlich schnell gegangen. Acht Bewohnerinnen und Bewohner der Seniorenresidenz nahmen an der Modenschau teil, drei von ihnen waren inzwischen sogar Klienten von Frau Brandenburg geworden.

»Hi, Bea. Ich dachte, ich sehe besser mal nach dir«, sagte ein Mann hinter mir. »Seit unserem Ausflug nach Esslingen ist mir klar, dass man dich nicht aus den Augen lassen sollte, damit du keine Dummheiten anstellst.«

»Wieso Dummheiten?«, nahm ich Teddys spöttischen Tonfall auf und drehte mich zu ihm um. »Immerhin war ich es, die Jeannette gefunden hat.«

Teddys Gesicht wurde ernst. »Mensch, Bea, ich hatte solche Angst um dich, als du plötzlich genauso verschwunden warst wie Jeannette. Zum Glück ist die Polizei gerade noch rechtzeitig eingetroffen, bevor diese Hexe dir etwas antun konnte.«

»Sie ist keine Hexe, sondern eine Frau, die ihren Mann nicht loslassen konnte. So was soll vorkommen, Teddy. Auch wenn das natürlich keine Rechtfertigung dafür sein kann, eine unschuldige Frau umzubringen.«

Wenn ich mir vorstellte, wie Hanna Wenzel ihren Mann nach der Trennung monatelang verfolgt und einen kaltblütigen Racheplan geschmiedet hatte, lief es mir kalt den Rücken hinunter. Sogar ihre Stelle im Krankenhaus hatte sie aufgegeben, um Jan als Sekretärin der Partnervermittlung, bei der er Kunde geworden war, besser hinterherspionieren zu können. Als Frau Brandenburg für ihn ein Date mit Sabina arrangierte, hatte sie diese wegen ihrer Ähnlichkeit mit Jans Jugendliebe als Opfer ausgewählt. Weil die Chemie zwischen Jan und Sabina nicht gestimmt hatte, hatte sie sich danach noch mit Teddy in der Roten Kapelle getroffen. Hanna Wenzel hatte ihr vor ihrer Wohnung aufgelauert und sie in Jans Wagen gelockt, nachdem Teddy sie nach Hause gefahren hatte.

Teddy schüttelte den Kopf. »Es gibt eine Menge Perverse auf der Welt. Dazu zählt auch dieser Typ, der Magdalena Lenz umgebracht hat. Wie ist die Polizei eigentlich auf den gekommen?«

»Gabriel hat mir erzählt, das Sperma, das an ihrer Leiche gefunden wurde, sei mit einer Datenbank von Sexualstraftätern abgeglichen worden. Dabei sei die Polizei auf einen ungeklärten Mordfall aus den Achtzigern gestoßen, bei dem eine Frau missbraucht und erstickt wurde, genau wie Magdalena Lenz. Der Täter soll ein Handelsvertreter aus Bayern sein, der in letzter Zeit hier bei uns gearbeitet hat.«

Gleich war Jeannette dran. Noch lag sie in den Armen von

Jan, der ihr zärtlich über die karamellfarbenen Locken strich. Was für ein perfider Plan seiner Exfrau, ihm einen Mord unterzuschieben. Genau genommen sogar zwei. Zwar hatte das erste Opfer, das in der Nähe der Stelle am Neckar gefunden worden war, an der Jan damals seine tote Jugendliebe entdeckt hatte, Hanna Wenzel nur auf die Idee zu ihrem Racheplan gebracht. Aber aufgrund der Parallelen lag es für die Kripo nahe, Jan auch dieses Mordes zu verdächtigen. Vor allem, da der Handelsvertreter ebenfalls einen silberfarbenen Kombi gefahren hatte.

Jeannette schwang ihr Zauberstöckchen und blinzelte neckisch unter ihrem mit Sternchen besetzten Feendiadem hervor, als könne sie tatsächlich Wünsche erfüllen.

Von hinten legte sich ein Arm um meine Schulter. Teddy zog mich an sich. »Sag mal, Bea«, sagte er mit sanfter Stimme. »Hast du vielleicht Lust, nach der Modenschau mit mir essen zu gehen? Dabei könnte ich dir von meiner Ausstellung in dieser neuen Galerie am Hafen erzählen. Wir könnten rüber ins Locanda, wie in alten Zeiten.«

Fast beiläufig streifte ich seinen Arm ab. »Geht nicht. Ich muss noch packen.«

»Packen?«

Applaus brandete auf, und anerkennende Pfiffe gellten durch den Innenhof. Ich streckte mich, um einen besseren Blick auf den Catwalk zu erhaschen. Jeannette enthüllte gerade ihre langen Beine, indem sie den Rock mit ihrem Zauberstab anhob. Dabei strahlte sie übers ganze Gesicht und verteilte Luftküsse ins Publikum. Sie schien wieder ganz die Alte zu sein.

»Bea, wieso musst du packen?«

Ich holte tief Luft. »Morgen geht mein Flug nach Venedig.«

Danksagung

Danke an alle Expertinnen und Experten, die mir bei der Recherche für diesen Roman mit ihrem Wissen hilfreich zur Seite standen. Danke an Markus für sein dramaturgisches Geschick. Vielen Dank auch meiner Stuttgarter Autorenkollegin Britt Reißmann für ihr »Informationsbroking« mit den Ermittlern des Dezernats für Tötungsdelikte. Danke an meine Bürokollegin Despina Vradelis, deren Flirtführer mich zu diesem Buch inspirierte. Ein extragroßes Dankeschön gilt meiner scharfsichtigen Lektorin Stefanie Rahnfeld, für die der Satz »Lektoren haben immer recht« erfunden worden sein muss.

Alle Schauplätze in Stuttgart und Umgebung habe ich realistisch, aber unter sehr persönlichem Blickwinkel beschrieben. Falls meine Fantasie hier und da die Oberhand gewonnen hat, bitte ich alle Stuttgart-Kenner um Nachsicht. Ebenso möge man mir verzeihen, dass ich aus dramaturgischen Gründen an einigen Stellen die künstlerische Freiheit der wirklichkeitsgetreuen Schilderung vorgezogen habe, etwa was die Recherche im Archiv des Pressehauses anbelangt. Die Abläufe und Aufgaben einer Werbeagentur sind realistisch dargestellt, wurden für den Roman allerdings vereinfacht und dramatisiert.

Martina Fiess
TÖDLICH SCHÖN
Broschur, 208 Seiten
ISBN 978-3-89705-436-3

»›Tödlich schön‹ verbindet Nervenkitzel mit Beziehungsdrama und Gefühlskino.«
Stuttgarter Nachrichten

»Für Kenner der Landeshauptstadt ein besonderer Genuss.«
Stuttgarter Zeitung